www.ingramcontent.com/pod-product-compliance
Lightning Source LLC
LaVergne TN
LVHW041632060526
838200LV00040B/1546

9781778920400

به نام عشق

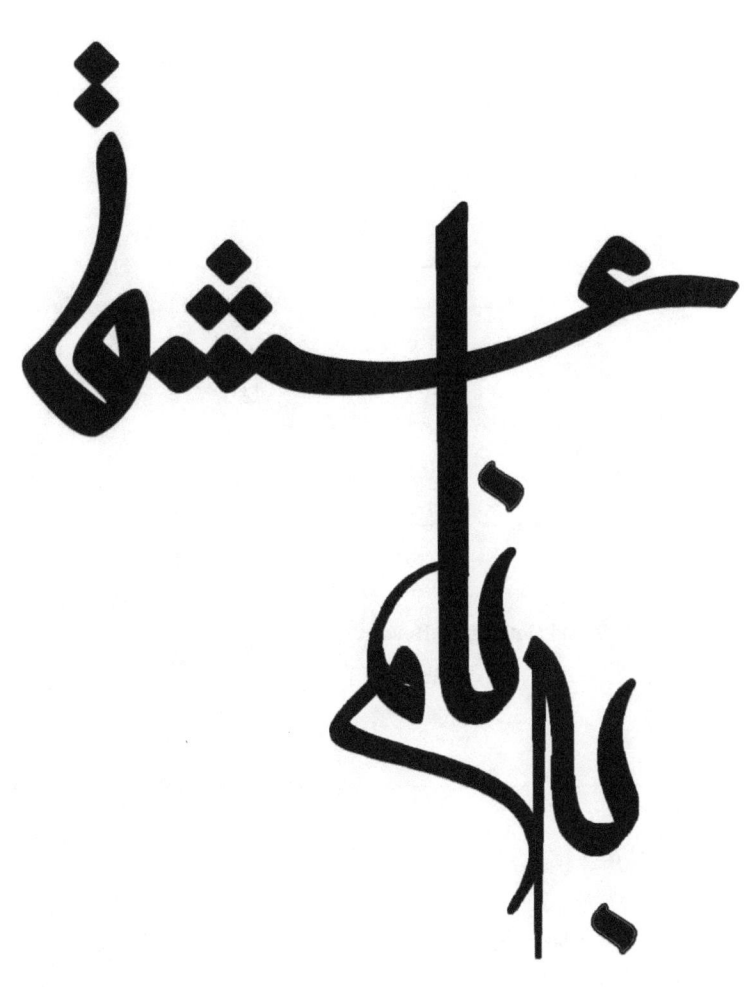

سریال کتاب	:	P2345250149
عنوان	:	سلطانِ زیرزمین
نویسنده	:	گلنوش دهقان‌پور
ویراستار	:	مریم نیازپور امغان
نمونه‌خوان	:	مهدیه همتی آهویی
صفحه‌آرا	:	سیدحمید حیدری‌ثانی
طراح جلد	:	مهدی الوندی
شابک	:	978-1-77892-040-0
موضوع	:	رمان، تخیلی، نوجوان
مشخصات کتاب	:	Paperback Book, A5
تعداد صفحات	:	۲۰۸
تاریخ نشر در کانادا	:	دسامبر۲۰۲۳

Kidsocado Publishing House

خانهٔ انتشارات کیدزو کادو

ونکوور، کانادا

تلفن: +1 (833) 633 8654

واتساپ: +1 (236) 333 7248

ایمیل: info@kidsocado.com

وبسایت انتشارات: kidsocadopublishinghouse.com

وبسایت فروشگاه: kphclub.com

هرگونه کپی و استفادهٔ غیرقانونی مشمول پیگرد قانونی است.

تمامی حقوق چاپ و انتشار در خارج از کشور ایران، محفوظ و متعلق به انتشارات است.

Copyright @ 2023 by Kidsocado Publishing House

All Rights Reserved

سلطانِ زیرزمین

گلنوش دهقان‌پور

فهرست

بخش اول **۹**
صحنهٔ اول ۹
صحنهٔ دوم ۲۷
صحنهٔ سوم ۳۶
صحنهٔ چهارم ۴۳
صحنهٔ پنجم ۵۴
صحنهٔ ششم ۶۲
صحنهٔ هفتم ۷۲
صحنهٔ هشتم ۸۰
صحنهٔ نهم ۸۶
بخش دوم **۹۷**
صحنهٔ اول ۹۷
صحنهٔ دوم ۱۰۷
صحنهٔ سوم ۱۱۶

صحنهٔ چهارم	۱۲۲
صحنهٔ پنجم	۱۳۱
صحنهٔ ششم	۱۳۹
صحنهٔ هفتم	۱۴۶
صحنهٔ هشتم	۱۴۹
صحنهٔ نهم	۱۵۴
بخش سوم	**۱۶۳**
صحنهٔ اول	۱۶۳
صحنهٔ دوم	۱۷۴
صحنهٔ سوم	۱۸۴
صحنهٔ چهارم	۱۸۹
صحنهٔ پنجم	۱۹۸
ته‌نامه	**۲۰۵**

بخش اول

صحنهٔ اول

در زندگی همهٔ ما لحظه‌هایی وجود دارد که با لحظهٔ پیش از خودش، از زمین تا آسمان متفاوت است؛ مثل آن لحظه‌ای که در زیر آسمان صاف آبی نشسته‌ای و به نغمهٔ پرندگان گوش می‌دهی و در یک صندلی چوبی عقب و جلو می‌روی که ناگهان نغمهٔ پرندگان شدت سراسیمه‌ای می‌گیرد. صندلی را متوقف می‌کنی و گوش می‌ایستی تا صدای غرش‌مانندی را که حالا از دور به گوش می‌رسد، بشنوی؛ و کمی بعد چیزی را در دوردست‌ها می‌بینی، چیز تیره‌ای که کم‌کم افق را پر می‌کند و در زیر آن آسمانی که هنوز بی‌خبر از همه‌جا صاف و آبی است، نزدیک و نزدیک‌تر می‌شود. انگار ناگهان نهنگ بزرگی از زیر پایت دهان باز می‌کند و می‌بردت به جایی که سرد و تاریک و نمور است. آن وقت است که یا باید صبر کنی تا خود نهنگ کمی بعدتر مثل بچه‌های

خوب به بیرون تُفت کند، یا مثل پینوکیو آتشی روشن کنی تا شاید عطسه‌اش بگیرد و پرتت کند بیرون؛ ولی اگر عطسه‌اش نگیرد، کار سخت می‌شود. آن‌وقت مجبوری آن تو خانهٔ راحت‌تری دست‌وپا کنی و به امید عطسه کردن نهنگ روزها را سر کنی؛ اما اگر جایت زیادی گرم‌ونرم باشد، شاید همان‌جا روی زبان نهنگ ماندگار شوی و کم‌کم یادت برود که با حل شدن در مایعی سوزان و بدبو، به‌اندازهٔ یک آب دهان قورت دادن فاصله داری.

این حقیقتی بود که هرازگاهی بعضی از اهالی بداقبال‌تر شهرارگ با آن مواجه می‌شدند، حقیقتی که روزی جلوی چشمان خودم هم سبز شد. همه‌چیز از خیلی قبل‌تر شروع شد، از آن روزی که صبح زود بیدار شده بودم. به‌همراه حناچه، ماهی کوچکم که در تنگش شنا می‌کرد، در کنار چشمه نشسته بودیم. به نور صورتی‌رنگ درخشان سقف نگاه می‌کردم که اینجا و آنجا داشت رگه‌های زردی پیدا می‌کرد. اینجا جایی بود که همهٔ کودکی و بخشی از نوجوانی‌ام را گذراندم، در حفرهٔ بزرگی که صدها سال پیش در زیرزمین کنده شده بود، حفره‌ای که دورتادورش را سنگ‌های سخت و غیرقابل حفر گرفته بودند. این حفره را شهرارگ نامیده بودند. من در محلهٔ سبزارگ این شهر به دنیا آمده بودم، در زیر سقفی که روزها رنگ زرد درخشانی داشت و شب‌ها آبی تیره می‌شد و در بین این‌ها صورتی و بنفش، سقفی که در زیر آن می‌توانستیم از رنگ‌های زیبایش لذت ببریم و از آشی که در مخروط‌های وارونه‌اش جمع می‌شد و به پایین می‌چکید، بخوریم، آشی که به رنگ آبی زلال بود و مانند آب بی‌مزه.

زمینِ کنار چشمه و دالان‌ها را تازه با جارو تمیز کرده بودم. داشتم ماهی‌های چشمه‌مان را برانداز می‌کردم. همان‌طور که از اسم محله‌مان پیداست، بیشتر ماهی‌های چشمه‌مان سبزرنگ بودند؛ ولی گروه‌های ماهی‌های زرد و سرخ و بنفش هم اینجا و آنجا دیده می‌شدند. بچه‌ترکه بودم، دوست داشتم بدانم چرا ماهی‌ها همیشه با هم‌رنگ‌های خودشان شنا می‌کنند. پدرم می‌گفت: «این زبون‌بسته‌ها هم عقلشون می‌رسه که باید با مثل خودشون بگردن؛ جز این باشه، فقط دردسره آقا برزو.» ولی شهرزاد نظر دیگری داشت: «خیال می‌کنن این‌جوری تو چشم نمی‌آن و راحت‌تر می‌تونن از قلاب فرار کنن.»

تنها ماهی‌ای که هیچ‌وقت ندیده بودم در گروهی شنا کند، حناچه بود که کج‌کی این‌ور و آن‌ور می‌رفت و نمی‌توانست خودش را پابه‌پای دیگر ماهی‌ها بکشاند. از بار اولی که دیده بودمش، می‌دانستم می‌خواهم ماهی من باشد. نگاهش کردم که به‌سمت راست شنا می‌کرد و گفتم: «دیگه دست‌دست کردن بسه، نه؟ شروع کنم؟»

به چپ رفت. گفتم: «توهم امروز تنبل شدی. باشه، یه کم دیگه حرف بزنیم؛ ولی می‌خوام قبل از اینکه کسی از بچه‌ها بیدار شه، یه کم تمرین کرده باشم. چی بگیم حالا؟ می‌خوای از تنگ جدیدت تعریف کنم؟ خسته نمی‌شی ازش؟ قرارمون این شد که حلقه‌ای بشه، نه؟! نه؟! بچۀ دم‌دمی. نمی‌شه که هرروز یه چیزی بگی. من به آقا محراب گفته بودم حلقه‌ایه. این‌جوری باشه، اصلاً تنگ جدید برات نمی‌گیرم. خوبه؟ آها پس اگه می‌خوایش، باید سر حرفت بمونی دیگه. حلقه‌ای باشه یا نه؟ آفرین. آره منم فکر کردم حلقه‌ای براي تو بهتره که راحت توش کج کج شنا کنی.»

با حناچه از تنگ جدیدش و سنگ‌هایی که می‌شد با آن تزیینش کنیم می‌گفتیم که شهرزاد را دیدم. برای تمرین دیر شده بود و همه‌اش هم تقصیر حناچه بود که می‌خواست حرف از تنگ جدیدش را کش بدهد.

برای شهرزاد که خودش را کش‌وقوس می‌داد و از چادر دخترها بیرون می‌آمد، دست تکان دادم. کنارم نشست. دست در جیبش کرد و چیزی بیرون آورد و روی زمین انداخت: یک ماهی مردهٔ زرد. همان‌طور که دستش را زیر چانه‌اش گذاشته بود و زل‌زل نگاهم می‌کرد، گفت: «این هم از وضع دیشب چادر ما.» هیچ تلاشی نکردم که جلوی خنده‌ام را بگیرم. شهرزاد گفت: «اگه صدای جیغ‌جیغش تا چادر شما هم می‌اومد، دیگه نمی‌خندیدی.»

دم ماهی زرد را گرفتم. بلندش کردم و بالای تنگ حناچه نگه داشتم: «می‌خوای تو رو هم شب‌ها بغل کنم؟»

حناچه به راست رفت. شهرزاد گفت: «این چه‌شه؟»

شانه بالا انداختم و ماهی زرد را دوباره روی زمین گذاشتم. ماهی زرد متعلق به گلرخ کوچولو بود. در واقع هفتمین یا هشتمین ماهی‌ای بود که شهرزاد برایش گرفته بود. گلرخ دوست داشت شب‌ها این ماهی‌های پشمالو را در آغوش بگیرد و بخوابد. شهرزاد قانعش کرده بود تا فقط تنگ را پیش خودش بگذارد و دستش را دور آن حلقه کند و بخوابد. بیشتر اوقات هم به این حرف گوش می‌داد؛ ولی وقتی هرازگاهی نیمه‌شب از خواب بیدار می‌شد، می‌خواست در تاریکی چادر، ماهی پشمالویش را بغل کند. قبل از آن از ماهی قول می‌گرفت که تا صبح زنده بماند؛ ولی ماهی بدقولی

می‌کرد و کمی بعد از اینکه گلرخ می‌خوابید، شروع به جست‌وخیز برای رسیدن به آب می‌کرد. گلرخ زمانی بیدار می‌شد که ماهی دیگر بی‌حرکت شده بود. آن‌وقت جیغ‌وداد‌ش کنار چشمه را برمی‌داشت که: «قول داده بود... بهم قول داده بود.»

پدرم به گلرخ گفته بود که اگر این ماهی را بغل کند، دیگر تا زمانی که بزرگ‌تر شود و قدش از نشان اول بگذرد، برایش ماهی نمی‌گیرند.

به چادر دخترها و پسرها نگاه تندی انداختم تا مطمئن شوم کسی ازشان بیرون نمی‌آید. بعد سنگ‌هایی را که با دقت گلچین کرده بودم، از جیبم بیرون آوردم و جلوی شهرزاد گرفتم: «ببین. این خاکستریه رو همین دیروز عصر گرفتم. تو چی‌ها جمع کردی؟»

همان طور که سنگ‌هایم را در دستش گرفته بود و نگاهشان می‌کرد، گفت: «من که یه دونه گرفتم.»

«از اون همه وقت تا حالا فقط یکی؟!»

سرش را به علامت تأیید تکان داد و یکی از سنگ‌هایم را بالا انداخت و گرفت. گفتم: «خب بده ببینم همون یکی رو.»

همان طور که سنگ‌ها را یکی‌یکی بالا و پایین می‌انداخت، صدای نُچی درآورد. بعضی وقت‌ها خیلی پررو می‌شد. گفتم: «اگه نشونم نمی‌دی، این‌ها رو پس بده.»

زبانش را درآورد و دوباره یکی از سنگ‌ها را در هوا انداخت. سنگ را در هوا گرفتم: «حالا بقیه‌شون رو هم بده.»

گفت: «از حناچه می‌پرسم. اگه گفت بده، می‌دم.»

سرش را بالای تنگ برد: «باید سنگ‌هاش رو بهش بدم؟» حناچه به چپ رفت. شهرزاد شکلکی درآورد و سنگ‌ها را در جیب لباسش گذاشت. تنگ حناچه را کمی هل دادم: «این امروز با من لج کرده.»

داشتم دستم را به‌سمت جیب شهرزاد می‌بردم که گفت: «زورکی بخوای بگیری، جیغ می‌زنم که همه بیدار شن.»

گفتم: «خب جیغ بزن. بعد می‌آن این‌ها رو می‌بینن و دیگه نمی‌تونیم ببریمشون پیش مامانم.»

شانه بالا انداخت: «خب، نریم. به من چه!» با چشم‌غره گفتم: «باشه، پس دیگه بهت نمی‌گم بیای باهام.»

چشم‌هایش را تنگ کرد. دست‌آخر سنگ‌ها را از جیبش بیرون آورد و جلویم گرفت. بی‌آنکه نگاهش کنم، محکم آن‌ها را از دستش بیرون کشیدم و به چشمه خیره شدم. دلم می‌خواست حرفی را که زده بود، به مادرم می‌گفتم تا دیگر نگذارد به چادرمان بیاید؛ ولی مادرم این کار را نمی‌کرد و می‌گفت که نباید بچه‌بازی دربیاورم و با یک دختریتیم بدرفتاری کنم. همیشه زیادی به شهرزاد رو می‌داد و اگر اعتراض می‌کردم، می‌گفت که دخترِ هم‌محله‌ای‌های ازدست‌رفته‌مان است و باید بزرگ‌تر شوم تا این چیزها را بفهمم. شهرزاد با انگشت به بازویم می‌زد و من همین‌طور به ماهی‌ها خیره شده بودم. بالاخره گفت: «باشه بابا، بگو یه کاری کنم که دیگه عصبانی نباشی.» دستم را جلو بردم: «پس سنگت رو بده ببینمش.»

صداهای غری از ته گلویش بیرون آورد و دست در جیب کرد. چندبرابرآهسته‌تر از حالت عادی‌اش حرکت می‌کرد. دستش را مشت‌کرده از جیبش بیرون آورد و بالای دستم گذاشت. وقتی مشتش را از هم باز کرد، سنگینی‌ای در دستم حس کردم. چند لحظه‌ای نفسم گرفته بود. سنگی سرخ با رگه‌های طلایی در دستم می‌درخشید. گرفته بودمش جلوی چشمانم. هنوز داشتم مات‌ومبهوت نگاهش می‌کردم که صدای دادوبیدادی از یکی از چادرها باعث شد رویم را از سنگ بگیرم. شهرزاد سنگ را به‌تندی در جیبش پنهان کرد. با بیرون آمدن داوود، سینا، سامان، مجید و مانی از چادر پسرهای چشمه، نتوانستم بپرسم آن سنگ را از کجا پیدا کرده. پسرها دادوبیدادکنان نزدیک می‌شدند. صدای فریاد سینا شنیده می‌شد که می‌گفت: «محکم زد به اینجام. جاش مونده؟ مونده؟»

بازویش را جلوی چشمان برادرش مانی می‌آورد. مانی به عقب هلش می‌داد: «نه نمونده. ولم کن. دستت رو بکش.»

مجید ساکت و کمی سرافکنده پشت سرشان می‌آمد. لابد مثل همیشه در خواب لگدپرانی کرده بود. با سروصدای پسرها کم‌کم دخترهای دیگر چشمه که شامل گلرخ، خواهر مانی و سینا، کیمیا، خواهر داوود، و سپیده می‌شدند هم از چادرشان بیرون آمدند. روز در چشمهٔ کناره رسماً شروع شده بود.

سینا به‌همراه مانی و گلرخ، پیک‌بازی می‌کردند. مانی و گلرخ در دو گوشهٔ چشمه دور از هم می‌نشستند و ادای این را درمی‌آوردند که در دو محلهٔ مختلف‌اند. سینا که نشستن برایش سخت‌ترین کار دنیا بود، پیک آن‌ها می‌شد و برایشان سفارش‌های

خیالی می‌برد و می‌آورد. از بقیهٔ ما که هفت نفر بودیم، یک نفر برای عصابازی زیادی بود. مجید خودش به گوشه‌ای رفت و گفت: «من می‌شم بزرگ‌ترِ بازی.» سامان گفت: «با این قدت، کوچیک‌تر بازی هم نمی‌شی.» مجید جوابی نداد. برای عصابازی باید می‌رفتیم به زمین لیز که چند قدمی دورتر از چادرها و در امتداد چشمه بود. دورتادور زمین لیز با استخوان‌های ماهیِ به‌هم‌چسبیده مشخص شده بود. در دو انتهایش دروازه‌های دو گروه با استخوان ماهی نشانه‌گذاری شده بودند. این زمین برخلاف نامش واقعاً لیز نبود. برای لیز شدن می‌بایست رویش آب می‌ریختیم. ریختن آب روی این زمین که مانند زمین‌های سراسر شهر با قشری از آش پوشیده بود، آن‌قدر لیزش می‌کرد که به‌راحتی می‌توانستیم رویش سُر بخوریم. بعد دو گروه شدیم و با عصاهای استخوان ماهی‌مان سعی می‌کردیم سنگ سیاه گردی را در دروازهٔ گروه مقابلمان بزنیم.

عصابازی از وقتی که قدّم از نشانهٔ اول چوبِ قدّی بالاتر رفت، تبدیل شد به بازی مورد علاقه‌ام. چیزی که در این بازی بیشتر از همه دوست داشتم، لیز خوردن بود؛ برای همین خیلی به کسی نزدیک نمی‌شدم. حالا هرچقدر هم شهرزاد دادوبیداد می‌کرد که سنگ را از داوود یا سامان بگیرم، فایده نداشت. فقط وقتی سنگ بین دو نفر تبادل می‌شد، به‌سمتش می‌رفتم. خود شهرزاد عاشق این بود که سنگ را از نزدیک عصای دیگران بزند. سپیده در دروازهٔ گروه ما ایستاده بود. تنها خواسته‌اش این بود که کسی محکم خودش را به او نزند. اگر می‌زدند، ممکن بود زمین بخورد و بلایی سر صورتش بیاید. آن‌وقت از ریخت می‌افتاد و وقتی به محلهٔ طلای ارگ می‌رفت، هیچ پسری حاضر نمی‌شد از محل‌دارمان بخواهد با او هم‌چادر شود و آن‌وقت باید همهٔ عمرش را

کنار این چشمه می‌ماند و مثل مجید آمدن و رفتن بچه‌های دیگر را تماشا می‌کرد. همهٔ این‌ها را پیش از شروع بازی گفته بود. به سپیده اطمینان داده بودیم که خودمان را به او نمی‌زنیم تا بتواند با خیال راحت به طلای ارگ برود.

روی زمین لیز سُر می‌خوردم و سنگ سیاه را با چشم دنبال می‌کردم. فکرم پیش سنگ سرخ شهرزاد بود. همیشه سنگ‌هایمان را از زیر چشمه پیدا می‌کردیم، سنگ‌هایی که رنگشان با هم فرق داشت؛ ولی تا حالا ندیده بودم هیچ کدام بدرخشند. فریادهای شهرزاد را که می‌خواست خودم را به سامان نزدیک کنم، نشنیده می‌گرفتم. این بازی آن‌قدرها نفس‌گیر نبود. سامان از روزی که هنگام اندازه‌گیری قد روزانه، که پدرم انجام می‌داد، فهمید تا رسیدن به نشانهٔ دوم و زمان انتخاب کارش تنها یک بندانگشت فاصله دارد، دیگر بیشتر روزش را با ما بازی نمی‌کرد. پیش آقا محراب که به‌همراه زنش، مژده خانم، این نزدیکی‌ها زندگی می‌کردند، استخوان‌بندی یاد می‌گرفت. تنها وقت‌هایی مثل آن زمان که آقا محراب بیدار نشده بود، با ما بازی می‌کرد. با زبانی که بیرون داده بود و دست‌هایی که برای جلوگیری از زمین خوردن دو طرفش می‌گرفت، به‌زحمت سُر می‌خورد. هنگام ایستادن نمی‌توانست خودش را متوقف کند و آن‌قدر می‌رفت تا به مرزهای استخوانی زمین برخورد کند. در دروازهٔ گروه دیگر، کیمیا با بی‌حوصلگی ایستاده بود و تماشایمان می‌کرد. او از خیلی قبل‌تر از نزدیک شدن قدش به دومین نشانه، دست از بازی روزانه با ما کشیده بود. همیشه دوست داشت قاطی آدم‌بزرگ‌ها بشود. کنارشان می‌نشست و همان‌طور که آن‌ها از آدم‌های محله‌های دیگر یا میانهٔ محلهٔ خودمان

حرف می‌زدند، به حرف‌هایشان گوش می‌داد و خودش هم از این و آن می‌گفت. من هیچ‌وقت حوصلهٔ این حرف‌ها را نداشتم؛ کیمیا ولی از این حرف‌ها سیر نمی‌شد. گاهی هم که به خیالش به ما افتخار می‌داد و هم‌بازی‌مان می‌شد، فقط در دروازه می‌ایستاد و هربار که داوود سنگ را از دست می‌داد، سرش فریاد می‌کشید.

از گروه مقابلمان، تنها داوود بود که همیشه هم‌بازی‌مان بود؛ ولی وقتی شهرزاد با شتاب به‌سمتش می‌رفت، طاقت نمی‌آورد و یک دستش را مثل سپر جلو می‌آورد و خودش سنگ را به‌طرف دیگری پرتاب می‌کرد. بعد با فریادهای کیمیا، شانه بالا می‌انداخت و می‌خندید: «این‌جوری طرف من نیاین.» همان‌طور که گفتم، بازی نفس‌گیر نبود و از گروه ما شهرزاد تروفرز به سامان و داوود حمله‌ور می‌شد. مشغول بودیم، تا اینکه صدای آشنایی گفت: «هم گروه نمی‌خواین؟» همه درجا ایستادیم، به‌جز سامان که آن‌قدر رفت تا به مرز استخوانی زمین خورد و نشست.

پدرم بود که کنار مجید ایستاده بود و دست روی شانه‌اش گذاشته بود: «پاشو، آقا مجید. پاشو یادشون بدیم چه‌جوری عصابازی می‌کنن.»

مجید که با دهانی نیمه‌باز به بالا نگاه می‌کرد، بدون چون‌وچرا از جا جهید. مجید به گروه ما اضافه شده بود و پدرم به گروه مقابل. دیگر لیز خوردن به‌راحتیِ سابق نبود، یکی به‌خاطر ازدحام جمعیتی که در زمین ایجاد شده بود و دوم به‌خاطر مجید که مثل یک تکه‌سنگ بزرگ و زمخت، آرام این‌ور و آن‌ور می‌رفت و هیچ‌جور نمی‌شد حرکت‌هایش را پیش‌بینی کرد. ناگهان تغییر جهت می‌داد یا می‌ایستاد. پدرم مدام چیزهایی می‌گفت از قبیل: «فکر کن وزن نداری... به هیچی فکر نکن، فقط سر بخور.»

مجید هربار با جدیت سرش را به بالا و پایین تکان می‌داد؛ ولی از زمختیِ حرکتش ذره‌ای کم نمی‌شد. در روزهای دیگر، کافی بود این دستورالعمل‌ها سه‌چهار باری بی‌اثرباشد تا صدای پدرم بالا و بالاتر برود: «توکه داری کار خودت رو می‌کنی، آقا مجید... نمی‌شنوی چی می‌گم؟ دقت کن.»

ولی آن روز، روز خوش‌خلقی‌اش بود. برای این خوش‌خلقی هم دلیل قرص و محکمی داشت. آن روز عصر، وقتی که نور سقف کم‌کم از زردی به قرمز تبدیل می‌شد، باید به‌همراه مجید کناره را ترک می‌کردند و به محلهٔ میان‌ارگ می‌رفتند.

برای اینکه دلیل این سفر چندروزه را بگویم، باید کمی دربارهٔ کناره توضیح بدهم. درست در نزدیکی چشمه، دو چادر برای بچه‌های یتیم قرار داشت. اگر از چشمه فاصله می‌گرفتیم، به سنگ‌های سخت نکندنی می‌رسیدیم که در میانشان دالانی بود. اگر در آن دالان راه می‌رفتیم، کمی جلوتر به فضای بازتری می‌رسیدیم. اینجا محل چادر آقا محراب و مژده خانم بود که خودشان بچه‌دار نمی‌شدند. در شهرمان بیشتر افرادی که در کنارهٔ محله‌ها چادر می‌زدند، بی‌فرزند بودند. اگر از کنار آن چادر رد می‌شدیم و باز در دالان حرکت می‌کردیم، کمی جلوتر دالان سیاهی سر راهمان سبز می‌شد که باید ندیده‌اش می‌گرفتیم و در همین دالان روشن آن‌قدر پیش می‌رفتیم تا به چادر خودمان که من و مادر و پدرم و حناچه در آن زندگی می‌کردیم، می‌رسیدیم. اگر از این چادر هم رد می‌شدیم، جلوتر فضای بازی می‌دیدیم. در میانهٔ این فضا، کاسهٔ خیلی بزرگی بود با دستگیره‌هایی در کنارش که با آن‌ها می‌شد ازش بالا رفت. روی کاسه درپوشی بود با حفره‌ای در میانش. اهالی روی این حفره،

پس‌ماندِ آنچه را خورده بودند، می‌ریختند تا برای اِندَر پس فرستاده شـود. زمانی که دیگر محتویاتش خیلی به لبۀ کاسه نزدیک می‌شد، باید دو نفر داوطلب آن را به محلۀ میان‌ارگ می‌بردند و کاسۀ تازه‌ای به جایش گذاشته می‌شد. پدرم که عاشق کار برای محله بود، همیشه برای بردن این کاسه داوطلب می‌شد. نفر دیگر قبل‌ترها همیشه آقا محراب بود؛ ولی از مدت‌ها پیش مجید را هم هرازگاهی می‌فرستادند. خیلی وقت بود که قد خواهرمجید، مرجان، از نشـانۀ دوم گذشـته بود و با پسـری از سـرخ‌ارگ هم چادر شـده بود. دیگر بچه‌هایی که وقتی کوچک‌تر بودیم با مجید هم‌بازی بودند هم یکی پس از دیگری قد کشـیدند و از کناره رفتند؛ ولی مجید همچنان دو بند انگشت با نشانۀ دوم فاصله داشت. بالاخره پدرم با مشاورۀ دوستش روزبه که دفتردار محله‌مان بود، به این نتیجه رسید که مجید می‌تواند در جمع‌آوری آش و بردن کاسه کمک کند، کاری که از هیچ‌یک از ماهایی که هنوز قدمان به دومین نشانه نرسـیده بود، خواسته نمی‌شد. مجید این حرف را بدون شکوه و شکایت پذیرفته بود.

همان‌طور که گفتم، آن روز روز خوش‌خلقی پدرم بود، روزی که قرار بود آنچه را از اِندَر گرفته بودیم، به او پس بدهیم: اندر که از سقف برایمان آش می‌فرسـتاد تا سیرمان کند و به شـهرمان روشـنی دهد و بیماری را ازمان دور کند. مژده خانم که دوست داشت هرازگاهی ما را دور خودش جمع کند و برایمان قصه بگوید، همیشه می‌گفت که اندر در مقابل همۀ این کارها فقط می‌خواهد ما چیز دیگری نخوریم. اینکه توقع زیادی نیست، هسـت؟ همه قبول داشـتیم که توقع زیادی نیسـت. حالا باید آنچه را خورده بودیم، پدرم و مجید به میان‌ارگ می‌بردند تا اندر دوباره آن‌ها را تحویل بگیرد.

آن روز به‌سرعت می‌گذشت. بعداز بیدار شدن آقا محراب و مژده خانم، بازی‌مان به پایان رسید. کیمیا کنار مژده خانم رفت تا همان‌طور که حرف می‌زنند، کمی با دوک کوچکش از مژده خانم نخ‌ریسی یاد بگیرد. سامان و آقا محراب به جایگاه کاسه‌ها رفته بودند تا با استخوان ماهی، آخرین محکم‌کاری‌ها را برای کاسهٔ جدیدمان انجام بدهند. بچه‌های کوچک‌تر، بازی شهری‌ها و بچه‌خوارها می‌کردند. بقیه‌مان کنار پدرم که داشت ماهیگیری می‌کرد و می‌خواست به حرکاتش دقت کنیم، حلقه زده بودیم. وقتی رنگ سقف زرد خالص شد، مجید سطل‌های آش را آورد و همه جمع شدیم و با قاشق‌های استخوانی‌مان آش خوردیم. مادرم هم از چادر به ما پیوسته بود. ماهی پشمالوی نیمه‌تمامی را که داشت می‌بافت، به گلرخ نشان داد. ناهار تمام شد و مادرم به چادر برگشت تا کارش را ادامه دهد. پدرم و آقا محراب کمی تخته‌بازی کردند و بعد دوباره سر کار خودشان برگشتند. رنگ سقف داشت نارنجی می‌شد که پدرم تصمیم گرفت بین دو نفراز ما مسابقهٔ ماهیگیری بگذارد. شهرزاد مثل همیشه داوطلب بود. من هم با چشم‌غره‌ای به حناچه که نگذاشته بود آن روز صبح تمرین کنم، با اشارهٔ پدرم قلاب دیگررا در دست گرفتم.

هیچ‌وقت از ماهیگیری خوشم نمی‌آمد. انگار قلاب هم این را حس می‌کرد و در دستم با تکان‌هایی ناشیانه و تشنجی این‌ور و آن‌ور می‌پرید. ماهی‌ها هم انگارنه‌انگار که خطری متوجهشان باشد، با چشم‌های قلمبه‌شان دور قلاب حلقه می‌زدند. شهرزاد خیلی زود با گرفتن دو ماهی از من جلو افتاد. دستورالعمل‌های پدرم که هرازگاهی می‌گفت: «دهنشون رو خوب ببین... این‌قدر سفت نچسب به قلاب، بذار

بازی کنه...» هم کمکی به وضعیت نمی‌کرد. خیلی زود ماهی سوم هم شکار شد. نه، من قرار نبود ماهیگیر شوم. تصور سروکله زدن با این قلاب‌های زبان‌نفهم تا آخر عمر کلافه‌ام می‌کرد.

شهرزاد دستانش را پیروزمندانه بالا آورده بود. پدرم دستی به شانه‌ام زد: «این یه قلقی داره، آقا برزو. باید تمرین بکنی که دستت بیاد. طوری نیست.»

به ماهی‌های صیدشده در سطل نگاه می‌کردم. ماهی اول انگار تازه ذخیرهٔ آبش تمام شده بود. داشت در سطل بالا و پایین می‌پرید. گفتم: «نگاهش کنین بدبخت رو. تازه فهمیده چه خبرشده.» پدرم گفت: «کی می‌خواد این ماهی‌ها رو ببره پیش آقا محراب؟»

یکی از ماهی‌ها را جلوی صورت داوود که از چشم‌هایشان می‌ترسید، گرفتم و گفتم: «داوود می‌خواد ببردشون.» داوود با جیغ کوچکی پشت کیمیا پرید که در استراحت از نخ‌ریسی بود و گفت: «من از چشم ماهی‌ها خوشم نمی‌آد. من رو بی‌خیال شین.»

کیمیا بازوی داوود را نیشگون می‌گرفت. ماهی را دوباره در سطل انداختم و گفتم: «این هم از چشم‌های تو خوشش نمی‌آد.» چهرهٔ پدرم از جیغ‌وداد داوود در هم رفته بود: «ماهیگیری که نمی‌کنی، چندشت می‌شه؛ سطل هم که نمی‌تونی بسازی؛ نخ هم که ریزه، دستت می‌لرزه؛ خوندن و نوشتن هم که هیچی؛ از تاریکی هم که می‌ترسی. به چه درد این شهر قراره بخوری شما؟»

داوود با لبخند گفت: «بالاخره یه کاری‌ش می‌کنیم، آقا افشین.»

«نه دیگه. شماها دارین بزرگ می‌شین، بچه نیستین دیگه. یه کاری‌ش می‌کنیم این موقع‌ها جواب نمی‌ده. این جوری پیش بری، به روزبه باید بگم بذاریمت توی اون

چالهٔ کناری. خوبه؟» داوود هنوز لبخند می‌زد: «نه، آقا افشین.» پدرم راضی به نظر نمی‌رسید؛ ولی پیش‌از اینکه بتواند حرفش را دنبال کند، فریاد شهرزاد بلند شد: «سوسک! سوسک! می‌بینینش؟»

با دست به سوسک کوچکی که در کنار چشمه مشغول پیاده‌روی بود، اشاره می‌کرد. پدرم از جا پرید: «اه اه! کثافت رو نگاه کن! بزنینش در نره. یه چیزی اینجا نیست باهاش بشه زد؟»

پدرم که وقتی در زمان کودکی‌ام آن فاجعه پیش آمد و فوجی از بچه‌های یتیم به کنارهٔ چشمه روان شدند هم دست‌وپایش را گم نکرده بود، با دیدن سوسک‌ها از جا می‌پرید. شهرزاد با کفش چند بار به اطراف سوسک ضربه زد. سوسک تندوتیز به سمت پدرم دررفت و او همان‌طور که چند قدم عقب می‌پرید، جهت می‌داد: «اون‌وری نزن که بیاد سمت من، ببرش به راست.»

شهرزاد که با لبخند بزرگی همچنان با پا جوری اطراف سوسک را هدف گرفته بود که به سمت پدرم برود، گفت: «اِه وا! این چرا این‌جوری می‌ره؟»

صدای پدرم با هرچه نزدیک‌ترشدن سوسک بالاتر می‌رفت: «ولش کن، نمی‌خواد بزنی» و رو به من و داوود کرد که داشتیم سوسک و حرکت پاهای شهرزاد را نگاه می‌کردیم: «واینستین نگاه کنین دیگه. یه تکونی بخورین.»

با جدیتِ کسانی که مأموریتی سرنوشت‌ساز بهشان محول شده است، سعی می‌کردیم مسیر سوسک را با پا هدف بگیریم. چند ثانیه‌ای صدای گرومپ گرومپ پا

کوبیدن در کنار چشـــمه طنین انداخته بود تا اینکه داوود ضــربهٔ نهایی را وارد کرد. با خنده گفت: «بفرما، آقا افشین. من می‌شم سوسک‌کش شهر.»

پدرم که چهره‌اش از صحنهٔ له شدن سوسک بدجوری در هم رفته بود، دستش را چند بار تکان داد: «می‌ری جســد این رو می‌ندازی توی چاله. یه دور هم کفشــت رو می‌زنی اون تو. بعد برمی‌گردی قشنگ کفشت رو اینجا توی آب می‌شوری. بدو.»

داوود که یک لنگه کفش سوسکی‌اش را درآورده بود، لی‌لی‌کنان به‌طرف چاله‌ای رفت که در انتهای چشمه و دورتر از زمین لیز واقع بود. ته‌چهرهٔ پدرم هنوز صاف نشده بود و به جایی که لحظاتی پیش جسد سوسک افتاده بود، نگاه می‌کرد: «خب، کی می‌خواد جای برزو و شــهرزاد بازی کنه؟» نگاهش از پشــت بچه‌ها به مادرم افتاد که با سطلی در دست نزدیک می‌شد و ادامه داد: «نه دیگه، مثل اینکه وقت رفتنه.»

مادرم نزدیک‌تر شد و سطل را که چند دست جامهٔ پشمی داشت، به‌سمت پدرم گرفت: «این‌ها رو برات سوا کردم. بگیر.»

پدرم به پشــت مجید زد و برای بچه‌ها ســری تکان داد: «تا برگردم، باید حســابی تمرین کنین ها.»

من و مادرم را کناری کشید و گفت: «مراقب باشین.»

رو به من ادامه داد: «تو هم حسابی مواظب مامان باش. باشه؟»

سری تکان دادم: «هستم.» پدرم با لبخند نامطمئنی به‌سمت مجید رفت. پس‌از راه افتادن چند باری سرش را به‌طرف ما که دست تکان می‌دادیم، برگرداند. وقتی در پیچ دالان محو شدند، با مادرم به‌سمت دیگر بچه‌ها برگشتیم. با رفتن داوود و مجید،

سپیده که نمی‌خواست تنهایی ماهیگیری کند، کنار مژده خانم و کیمیا رفته بود. بچه‌های کوچک‌تر هنوز جیغ‌زنان بازی می‌کردند.

مادرم به من و شهرزاد چشمکی زد و آرام به‌طرف دالان به راه افتاد. مژده خانم که داشت با چند تا از بچه‌ها نخ‌ریسی می‌کرد، در فواصل منظمی می‌پاییدش و وقتی به‌اندازهٔ کافی نزدیک شد، صدایش را بلند کرد: «باران جون، یه‌کم نمی‌خوای بیای پیش ما از اون بافتنی‌های قشنگت ببافی؟»

مادرم با ملایمت سر تکان داد: «حالا امروز نه، مژده. یه‌کم به کارمارهای چادر می‌رسم. فردا می‌آم.»

مژده خانم انگار می‌خواست باز هم چیزی بگوید، که مادرم حرکت کرد و کمی بعد در دالان محو شد. دیگر تنها من و شهرزاد و حناچه کنار قلاب‌های ماهیگیری بودیم. شهرزاد قلاب را گرفت و مدتی با آنوررفت. همان‌طور که سنگ‌های در طول هفته جمع‌کرده را در جیب لباسم به‌آهستگی لمس می‌کردم، به حرکت‌های قلاب و ماهی‌ها نگاه می‌کردم. نگاه‌های دزدکی شهرزاد را حس می‌کردم؛ ولی می‌بایست کمی بیشتر صبر می‌کردیم و آنجا می‌ماندیم. نمی‌خواستم برویم و داوود به‌دنبالمان راه بیفتد. بالاخره داوود برگشت و وقتی دید پدرم رفته، نفس راحتی کشید. کفشی را که در دست داشت، فقط به زمین مالید و دوباره پوشید: «تمیز شد دیگه.» داوود هم نمی‌خواست ماهیگیری کند و منتظر بود تا ببیند ما چه می‌کنیم. گفتم که شاید بخواهیم صفحهٔ تخته‌مان را از چادر بیاوریم. شهرزاد استقبال کرد و داوود که از تخته بدش می‌آمد و از رفتن پدرم هم خیالش راحت شده بود، برای بازی بچه‌خوارها و

شهری‌ها به بچه‌های کوچک‌تر پیوست. کمی بعد سروصدای خنده‌های از ته حلق داوود که دوان‌دوان به بچه‌های کوچک‌تر هجوم می‌برد و جیغ‌وداد‌شان موقع فرار، کنار چشمه را پر کرد. تنگ حناچه را گرفتم و با شهرزاد به‌سمت دالان به راه افتادیم. از چادر آقا محراب و مژده خانم رد شدیم. کمی جلوتر با شتاب از جلوی دالان بی‌نوری که مسیر را به دوراهی بدل می‌کرد، گذشتیم و سرانجام به چادر خودمان رسیدیم و وارد شدیم.

صحنهٔ دوم

گفته بودم که آن روز، روز خوش‌خلقیِ پدرم بود؛ چون داشت به میان‌ارگ می‌رفت. درست به همین دلیل، روز خوش‌خلقیِ همهٔ ما، یعنی من و شهرزاد و مادرم هم بود. دلیلش البته ربطی به کاسهٔ جدید یا رفتن مجید یا حتی پدرم نداشت. دلیل این خوش‌خلقی از جنس دنیای دیگری بود: دنیای سنگ‌های رنگی، طرح‌های کج‌ومعوج روی زمین و یک تکه‌پارچهٔ پشمالو که با شتاب روی زمین می‌خزید، دنیایی که بعداز بازگشت پدرم از میان‌محله حدود یک هفته پیش به رویمان بسته شده بود و آن روز با کنار زدن درز ورودی چادر دوباره بازش کرده بودیم. در آن‌سوی ورودی، مادرم در انتظارمان بود تا جیب‌هایمان را خالی کنیم و آنچه را که این هفته جمع کرده بودیم، نشانش دهیم. اگر سنگ شهرزاد را ندیده بودم، با افتخار سنگ‌هایم را بیرون می‌آوردم؛ ولی دیگر به چشمم رنگ‌ورورفته و حوصله‌سربر می‌آمدند. ریختمشان روی زمین. شهرزاد که می‌خواست بازی کنار چشمه را تکرار کند، با صدای ناراحتی گفت: «چقدر زیاد شدن، من همه‌ش یکی...»

پریدم توی حرفش: «فقط یکی گرفته؛ ولی قرمز و طلایی و خوشگله و برق می‌زنه. درش بیار دیگه.»

شهرزاد اخم کرد: «فضول» و سنگ را از جیبش بیرون آورد و روی زمین گذاشت. کنار سنگ‌های دیگر انگار بیشتر می‌درخشید.

مادرم همهٔ سنگ‌ها را کمی بررسی کرد و بعد گفت: «خب با کی شروع کنیم؟» و سنگ شهرزاد را در دست گرفت: «اول تکلیف این رو که خیلی داره جیغ‌جیغ

می‌کنه، روشن کنیم، ها؟ نمی‌ذاره صدای کس دیگه‌ای دربیاد. باشه، می‌ذاریمش برای راه اصلی. پررو هم هست، بهش می‌آد. پس بمون اون‌ور که ببینیم این یکی‌ها چی می‌گن.»

و سنگ سرخ را جدا از دیگر سنگ‌ها گذاشت. این بازی‌ای بود که خودمان اختراع کرده بودیم و نامی هم برایش نداشتیم: بازی کشیدن شهرهای خیالی با محله‌های مختلف روی زمین چادر و سفر در آن‌ها. در اول کار، مادرم بین همهٔ سنگ‌هایی که آورده بودیم، می‌گشت و هرکدام را برای بخشی از شهر انتخاب می‌کرد. برای این انتخاب‌ها دقت زیادی داشت و حسابی این‌ور و آن‌ورِ سنگ‌ها را بررسی می‌کرد. سنگ خاکستری تیغ‌تیغی را در دست می‌گرفت و می‌گفت: «این رو ببینین چقدر عصبانیه. چطوره یه محله رو بدیم دستش که کسی اجازهٔ ورود بهش رو نداره، ها؟»

سنگ سبز کم‌رنگ را بالا می‌انداخت و می‌گرفت و می‌گفت: «اینکه خیلی خجالتیه. موافقین بذاریمش برای دالون‌های میون‌بر که کسی زیاد ازشون رد نمی‌شه؟»

انگشتش را روی سنگ بنفش برجسته می‌زد: «ولی این حسابی قلدره. یه محله‌ای داره که همه وقتی ازش رد می‌شن، باید لی‌لی کنن» و همین‌طور محله‌های مختلف را می‌ساخت.

همیشه این شهرهای خیالی را از شهر خودمان بیشتر دوست داشتم. بین محله‌های شهر ما هم دالان‌های میان‌بر بودند؛ ولی رنگی نبودند. دالان‌های تیره و بی‌نور و ترسناکی بودند که در دلشان دشمنان اِندَر لانه داشتند. در کمین بودند که

اگر بچه‌ای وارد دالان شد، بخورندش. فقط پیک‌ها آن هم در گروه‌های دوتایی از این دالان‌های میان‌بر رد می‌شدند و برای گم نکردن راه در آن تاریکی، شعرهایی می‌ساختند. دالان تیرهٔ نزدیک چادر ما به محلهٔ سرخ‌ارگ می‌رفت. هروقت پیک‌ها می‌خواستند ازش رد شوند، می‌شنیدیم که با فریاد می‌گفتند: «از سبز که به سرخ بری، پنج تا شصت تا جلو می‌ری: یک یک، یک دو، یک سه، ...» و به طرف‌های «چهار، چهل‌وهشت» که می‌رسیدند، دیگر صدایشان را نمی‌شنیدیم؛ ولی در این دالان‌های رنگی می‌توانستیم طبق دستورات مادرم با حبس کردن نفس، کلاغ‌پر رفتن، پرش زیگزاگی یا کارهای دیگر، از دست بچه‌خورها در امان باشیم. مادرم که کارش با سنگ‌ها تمام شد، سنگ سرخ برای راه‌های بین محله‌ها انتخاب شده بود، سبز کم‌رنگ برای دالان‌های میان‌بر، و شهر هم چهار محله به رنگ‌های خاکستری، بنفش، زرد و آبی داشت.

حالا باید این سنگ‌ها را حسابی له می‌کردیم، کاری که با میله‌های استخوان ماهی به‌راحتی انجام می‌شد. صدای قرچ خیلی خوشایندی از سنگ‌ها درمی‌آمد. با شهرزاد به گوشهٔ چادر رفتم تا مادرم شهر جدیدمان را با آش رنگین‌شده به‌وسیلهٔ خرده‌سنگ‌ها برایمان بکشد. عصایی استخوانی که به سرش پارچهٔ پشمی زده بود، در دست داشت که سرپارچه‌ای‌اش را به رنگ‌های مختلف می‌زد و در چادر روی زمین می‌کشید و از این سو به آن سو می‌دوید؛ ولی پیش از اینکه کارش را تمام کند، می‌بایست «سپنج» را پیدا می‌کردیم. سپنج تکه پارچهٔ پشمالویی به‌اندازهٔ دو کف دست بود که مادرم از مادرش به ارث برده بود و او هم از مادر خودش که می‌شد مادربزرگ مادرم. او

این پارچهٔ پشمالو را زمانی که در چشمهٔ میانهٔ سبزارگ شنا می‌کرد، در کف آن پیدا کرده بود: گلولهٔ پارچه‌ای رنگارنگی که یک سمتش پشم داشت و سمت دیگرش صاف بود با سه ردیف پنج‌تایی از حفره‌های کوچک. او نام سپنج را برای این گلوله انتخاب کرده بود. سپنج را با خودش همه‌جا می‌برد. یک بار که خواست همراه خودش به او آش بخوراند، متوجه چیز عجیبی شد: اینکه سپنج اشتهای خیلی زیادی برای آش داشت. اگر در سطلی از آش می‌انداختش، درجا همه‌اش را در حفره‌هایش می‌کشید. اگر کمی آش روی مسیری ریخته بود و سپنج را در یک سر مسیر می‌گذاشت، سپنج با صورت روی زمین سُر می‌خورد و همهٔ آن آش‌ها را می‌بلعید. مادربزرگ مادرم روی مسیر بزرگی آش می‌ریخت و بعد سوار بر سپنج که با شتاب آش‌ها را می‌بلعید، در دالان‌ها می‌تاخت. بعدترها وقتی دختری به دنیا آورد، سپنج را به دخترش داد تا هم‌بازی‌اش باشد و دخترش هم آن را بعدتر به مادرم داد.

یادم می‌آید که وقتی خیلی بچه‌تر بودم، مادرم که خودش از کودکی دوست داشت سنگ‌های کف چشمه را جمع کند، برایم با ترکیب آن‌ها و آش نقاشی می‌کشید. این زمانی بود که هنوز در میانهٔ محله زندگی می‌کردیم. آن زمان هنوز پدرم آن‌قدر سفت‌وسخت ضدنقاشی نبود. حتی گاهی نگاه می‌کرد، ولی مراقب بود کسی ناگهان وارد چادر نشود و مدام سر تکان می‌داد: «آخه این‌ها به چه دردی می‌خوره» و مادرم سپنج را به‌سمتش پرتاب می‌کرد: «خب خوشگله دیگه، ببین» و پدرم می‌خندید. زمانی بود که هنوز سقف محله‌مان دچار ریزش نشده بود. و روزی شد. پدرم خیلی آشفته به چادر آمد و خبر داد که اتفاق بدی افتاده. در نزدیکی چشمهٔ

میانهٔ محله‌مان، بخش‌های بزرگی از سقف روی چادرها ریخته بود. این همان ریزشی بود که باعث یتیم شدن شهرزاد، گلرخ، سینا و مانی شده بود که در زمان ریزش داشتند کنار چشمه بازی می‌کردند. انگار در سه چادر دیگر، هیچ‌کس از این ریزش جان سالم به در نبرده بود. چشمهٔ میانهٔ محله‌مان که تا پیش از آن از جیغ‌وداد لبریز بود، ناگهان سوت‌وکور شده بود. پدرم خیلی جدی انگشتش را در هوا تکان می‌داد و می‌گفت حتماً چیزی شده و کسی کاری کرده که نمی‌بایست و باعث خشم اندر شده. در چادر راه می‌رفت و می‌گفت این نقاشی کردن‌ها نباید ادامه پیدا کند. شاید کار درستی نباشد و همه باید حسابی مواظب باشیم. کمی بعد کودک چهارساله‌ای از بچه‌های یتیم چشمهٔ کناره، به خوردن کمی از خاک چشمه اعتراف کرده بود و گفته بود که وسوسهٔ شدیدی برای جویدن خاک حس کرده. آن کودک را به میانارگ برده بودند تا به اِندَر تحویلش دهند. وقتی چند روزی گذشت و از ریزش جدید خبری نشد، همه نفس راحتی کشیده بودند. مجرمی که خشم اندر را علیه محلهٔ ما شورانده بود، به‌درستی سزای کارش را دیده بود؛ ولی حتی بعداز آن هم پدرم نمی‌خواست نقاشی ادامه پیدا کند. به مادرم می‌گفت: «این کاری که می‌کنی، کار امنی نیست. کسی نگفته غیرقانونیه، درست؛ ولی کار مرسومی نیست که بخوان حرفی ازش بزنن. من که نمی‌فهمم درست و غلط توی این کاری که می‌کنی، چیه. می‌دونی؟ هرآن ممکنه یه چیزی بشه که به عقل من و تو نمی‌رسه و سقف بریزه. اون‌وقت تو می‌تونی همچین چیزی رو گردن بگیری؟»

مادرم نمی‌توانست چنان چیزی را گردن بگیرد. تا مدت‌ها نقاشی را کنار گذاشته بود. من هم طبق سفارش پدرم بیشتر زمانم را در چادر آقا روزبه می‌گذراندم. دفتردار محله‌مان بود و به دستیارش که مرد جوانی با دست‌های لرزان به نام قباد بود، سپرده بود که به من هم کمی خواندن و نوشتن یاد بدهد. به‌همراه زری که دختر آقا روزبه بود و حسام که پسر محل‌دارمان آقا فرید بود، از قباد درس می‌گرفتیم. فکر می‌کردم که کارمان خیلی شبیه بازی‌های مادرم است. می‌بایست سنگ‌های سیاهی را خرد می‌کردیم و در کاسهٔ کوچکی رویشان آب می‌ریختیم. بعد با قلم‌های استخوانی روی پوست ماهی شکل می‌کشیدیم. مادرم آن روزها عبوس و اخمو در گوشهٔ چادر می‌نشست و بافتنی می‌بافت. حوصلهٔ حرف زدن با هیچ‌کس را هم نداشت و اگر کسی دلیل بداخلاقی‌اش را می‌پرسید، چیزی سرِ هم می‌کرد. می‌گفت: «شلوغی اینجا حالم رو بد می‌کنه.» یا می‌گفت: «جای خالی اون چادرها کنار چشمه اذیتم می‌کنه.»

پدرم راه چاره را در رفتن به کنارهٔ محله یافته بود. می‌گفت: «با روزبه خیلی حرف زدم. اون هم می‌گه بهترین کار همینه. هم تو دیگه دوروبرت شلوغ نیست و این چشمه رو نمی‌بینی، هم من می‌تونم یه‌کم بیشتر به اون بچه‌های یتیم برسم. همین‌جوری ولشون کردیم برای خودشون می‌چرخن. آخر عاقبت خودشون و ما معلوم نیست چی بشه.»

و به کناره آمدیم. آن زمان برای بار اول شهرزاد را دیدیم. از من کوچک‌تر بود. دختر دماغویی بود با چشم‌های درشت سیاهی که با کوچک‌ترین بهانه‌ای پر اشک می‌شدند و بعد، هیچ جور نمی‌شد ساکتش کرد. در بازی بچه‌خورها و شهری‌ها که

آن زمان می‌کردیم، کافی بود کسی بهش دست بزند تا سیل اشک از چشمانش روان شود. مژده خانم با آب‌وتاب برای مادرم می‌گفت که شاید بخواهند او را کمی در چالهٔ کناری بگذارند تا شاید حالش بهتر شود و اگر نشود، خب شاید بهتر بود می‌فرستادندش به میان‌ارگ. به‌هرحال تحمل چنین بچه‌ای اینجا ناممکن بود و کسی از دستش آسایش نداشت. بعداز شنیدن این حرف‌ها، مادرم با بی‌حوصلگی به من گفته بود که تا وقتی پدرم مشغول ماهیگیری با بچه‌های بزرگ‌تر است، شهرزاد را هرازگاهی به چادرمان بیاورم. یواشکی سپنج را درمی‌آورد و آش خالی روی زمین می‌ریخت و بعد شهرزاد را روی سپنج می‌ایستاند. شهرزاد روی سپنج که با سرعت روی آش‌ها می‌خزید، می‌ایستاد. برای اولین بار خنده‌اش را آن موقع شنیدم. کم‌کم مادرم وقتی مطمئن می‌شد پدرم مشغول است، مسیرهای رنگی هم می‌کشید و می‌گذاشت که من هم سوار سپنج شوم. بزرگ‌تر که شدیم، باید صبر می‌کردیم که پدرم برود. آن‌وقت مادرم مثل آن روز برایمان شهر کاملی روی زمین چادر می‌کشید. بالاخره سپنج را پیدا کردیم و مادرم هم نقاشی شهر را به پایان رسانده بود. همان‌طور که دست به کمر تماشایش می‌کرد، اشاره کرد تا پیشش برویم و شاهکارش را ببینیم.

این شهر را خیلی خوب یادم مانده؛ چون راه‌های میان‌محله‌هایش حسابی برق می‌زدند. شهرزاد گفت: «چه خوشگل شده. با شهر قبلی‌ها یه فرقی داره، ها؛ ولی دقیق نمی‌دونم چیه. یه چیزی‌ش اساسی طور دیگه‌ست.»

و موذیانه نگاهم کرد. مادرم انگار که می‌ترسید سنگ‌ها از دستش ناراحت شوند، گفت: «همهٔ شهرها همیشه با هم فرق دارن، شهرزاد؛ ولی هرکدوم جور خودشون خوشگلن.»

ولی باید کور می‌بودم که این حرف را قبول کنم. این شهر با آن راه اصلی براق انگار زنده بود و می‌خواست ما را در خود ببلعد.

اول نوبت من بود که سوار سپنج شوم. با پا سُراندمش روی ابتدای راه سرخ. توصیف این بازی از بیرون، کار سختی است. باید آنجا باشید و سوار بر سپنج بر فراز آن شهر رنگی پرواز کنید. باید تلاش کنید که با دستانتان تعادلتان را حفظ کنید، آن هم بر روی این تکه پارچهٔ پشمالو که انگار جان گرفته و با کینه و خصومتی شخصی به شهر حمله می‌کند. باید وقتی به دالان‌های مخفی‌اش می‌رسید و از سپنج پیاده می‌شوید، ترس حملهٔ بچه‌خورها وجودتان را پر کرده باشد و جرئت نکنید که از دستورات پیش از بازی داده‌شدهٔ سرمحل‌دار شهر که مادرم باشد، تخطی کنید. باید تا آخرین نفس در برابر وسوسهٔ دم‌وبازدم مقاومت کنید و با چهره‌ای که به بنفشی می‌زند، همچنان با چشم سپنج را دنبال کنید که دارد دالان‌های اصلی شهر را می‌خورد و جلو می‌رود. باید در جایی که سرمحل‌دار تعیین کرده، به‌موقع حاضر باشید و دوباره روی سپنج بپرید، جوری که انگار اگر از دست بدهیدش، خودتان هم به همراه دالان‌ها و مسیر اصلی شهر پشت سپنج جا می‌مانید و به هیچ تبدیل می‌شوید. و مهم‌تر از همه، باید آن‌قدر در دل این شهر رنگی فرورفته باشید که وقتی صدایی از بیرون چادر فریاد می‌کشد: «باران خانم هستی؟»، نفرینی نباشد که از نثار کردنش به آن شخص که از قضا آقا محراب بود، دریغ داشته باشید. درست زمانی که لی‌لی‌کنان داشتم خودم را از دالان شهر قرمز به شهر زرد می‌رساندم و به جایی می‌رسیدم که شهرزاد می‌بایست از سپنج پایین می‌پرید و من سوار می‌شدم، آن

صدای لعنتی بلند شد. با پچ‌پچی که از عمق وجودمان برمی‌خاست، یک‌صدا با شهرزاد گفتیم: «اه...» مادرم که انگشتش را به‌سمتمان تکان می‌داد، هیسی کشید و بلند گفت: «آره، آقا محراب. کاری داشتی؟»

آقا محراب من‌من‌کنان چیزی دربارهٔ تعمیر سطل‌های چادرمان گفت. البته این بهانه‌ای بود برای هرازگاهی سرزدن به چادرمان. مژده خانم که انگار خودش را در غیاب پدرم به‌نوعی مسئول حفاظت از کناره حس می‌کرد، دوست داشت هرازگاهی با بهانه‌های عجیب خودش به چادرمان بیاید یا آقا محراب را بفرستد. درست نمی‌دانستم دنبال چه بود؛ ولی می‌دانستم که وقتی پدرم به کناره برمی‌گشت، این دیدارها به همان شکل ناگهانی که آغاز شده بودند هم پایان می‌یافتند. مادرم کمی دست‌دست کرد تا سپنج آخرین بقایای شهر را هم ببلعد و بعد آن را در گوشه‌ای بین لباس‌ها مخفی کرد و به‌همراه چند سطل از چادر بیرون رفت. آقا محراب از درز ورودی چادر به داخل سرک می‌کشید و چشم می‌گرداند. برایمان دستی تکان داد. بعد اصرار کرد که سطل‌ها نیاز به تعمیر دارند و به‌همراه سامان وسایلشان را می‌آورند تا دستی به سروگوششان بکشند. مادرم می‌خواست به بهانه‌ای از زیر این لطف زوری دربرود؛ ولی آقا محراب قرص‌ومحکم ایستاد. کمی بعد سامان هم آمد. در ورودیِ دنیایمان باز هم بسته شد و من و شهرزاد با صفحهٔ تخته و تنگ حناچه از چادر بیرون زدیم.

صحنهٔ سوم

تا به چشمه نرسیدیم و با فاصله از مژده خانم و بقیهٔ بچه‌ها نشستیم، از داخل چادر حرفی نزدیم. با باز کردن صفحهٔ تخته خیالم راحت بود که کسی از بچه‌های دیگر نزدیکمان نمی‌آید. تنها پدرم و آقا محراب و مادرم هرازگاهی تخته‌بازی می‌کردند. در حین چیدن مهره‌ها، شهرزاد گفت: «شرط می‌بندم مژده بهش گفته بود. همچین بدوبدو خودش رو رسوند.»

سر تکان دادم: «مردم حال دارن. یه‌کم دیرتر رسیده بود، تموم شده بود.»

شهرزاد گفت: «آره، حیف از اون سنگ‌ها.» نگاهی بهش انداختم که با سری به‌زیرانداخته داشت مهره می‌چید؛ ولی لبخندش پیدا بود. دنبالهٔ حرف را نگرفتم. شهرزاد آه دل‌گدازی کشید. وانمود می‌کردم همهٔ حواسم متوجه قرار دادن مهره‌ها در جای درستشان است. وقتی آهش هم بی‌پاسخ ماند، دست‌به‌دامن حناچه شد و با انگشت تلنگری به تنگ زد: «حیف شدن، نه؟»

حناچه به راست رفت. شهرزاد گفت: «خوبه اقلاً یکی اینجا دلش می‌سوزه. ببینم، تو که دیدی سنگ‌ها رو، نه؟ همم. همشون حیف شدن، ها؟ نه؟ یعنی فقط یکی‌شون چشت رو گرفته بود؟ عجب! اگه بدونی از کجا پیداش کردم! می‌خوای بدونی؟»

حناچه به راست رفت. تنگش را سمت خودم کشیدم و گفتم: «فضولی موقوف. سنگ سنگه دیگه، حالا از هرجا پیدا شده باشه.»

شهرزاد گفت: «می‌خواد بدونه خب. تو چی کاره‌ای؟»

گفتم: «دست‌به‌سرت کرده. این امروز هربار یه چیزی می‌گه. راست‌راستی می‌خوای بدونی از کجا پیدا کرده؟»

حناچه به راست رفت. شهرزاد با لبخند و دست‌به‌سینه نگاهم می‌کرد. گفتم: «باشه» و تنگ را به وسط هل دادم: «می‌خوای بهش بگی، بگو.»

شهرزاد کمی به جلو خم شد: «تو هم که دلت نمی‌خواد بدونی؟»

شانه‌ای بالا انداختم: «گوشم رو که نمی‌گیرم. خواستی بگو، نخواستی نگو.»

با مهره‌ها ور می‌رفتم. شهرزاد سرش را به طرف تنگ برد و پچ‌پچ‌کنان رو به حناچه گفت: «دم اونجا افتاده بود. می‌دونی کجا رو می‌گم دیگه. نمی‌دونی؟ اونجا که اگه نزدیکش بشی، بعضی وقت‌ها یه صدایی ازش می‌شنوی. یه چیزهایی می‌گن واسه خودشون. می‌دونی چی می‌گن دیگه. نمی‌دونی؟ منم از خیلی دور شنیدم. بذار ببینم چی بود.» مکث اعصاب‌خردکنی کرد و ادامه داد: «یه چیزهایی می‌گن مثل این: از سبز که به سرخ بری، پنج تا...»

با دست به سرم ضربه‌ای زدم و حرفش را بریدم: «از اونجا گرفتی‌ش؟ از اون تو؟ عقلت کمه دیگه. باز خوبه بابا مامان خودت هم...»

شهرزاد که لب‌هایش را جلو داده بود و کمی اخم کرده بود، دستانش را بالا برد: «امون بده بذار کامل بگم. کی گفتم از توی اونجا؟ گفتم از دمش. گوش نمی‌کنی به حرف آدم دیگه.»

چشمانم را حسابی تنگ کردم: «دمش افتاده بود؟ من که این‌همه از کنارش رد شدم، چیزی اون دم ندیدم، اون هم به اون قرمزی. هیچ‌کس دیگه هم ندیدش، فقط تو دیدی‌ش؟»

شهرزاد شانه‌ای بالا انداخت: «به من چه که شماها ندیدینش. می‌خواستین ببینین؛ ولی راست گفتم. دم اون دالون افتاده بود. دیشب که خوابم نمی‌اومد، داشتم قدم می‌زدم که دیدمش. اون جلو افتاده بود.»

چشم‌هایم را که دیگر داشتند درد می‌گرفتند، باز کردم: «خب اگر یکی گذاشته باشدش اونجا چی؟»

«یه چیزهایی می‌گی ها. به‌جز من و توکی سنگ جمع می‌کنه که بذاره‌ش اونجا؟»

«خب سنگه یکهویی چه‌جوری اونجا سروکله‌ش پیدا شده؟»

شانه بالا انداخت: «من چه بدونم. سنگه دیگه. قِل خورده افتاده یه جایی. مگه مهمه؟»

نمی‌دانستم مهم بود یا نه. از پدرم و مژده خانم آن‌قدر شنیده بودیم که بدانیم رفتن در دالان‌های تاریک اگر پیک نباشیم و قصد میان‌برزدن نداشته باشیم و البته بدون همراه باشیم، دردسر است. یاد داستان نسرین کوچولو افتادم.

داستان نسرین کوچولو را مژده خانم برایمان تعریف کرده بود. ازمان خواسته بود در حلقه‌ای دورش جمع شویم و تعریف کرده بود که نسرین کوچولو دختری بود که خیلی وقت پیشِ در کنار همین چشمه زندگی می‌کرد. نسرین کوچولو عاشق لباس‌های قرمز بود. روزی وقتی از کنار دالان سیاه رد شده بود، دستانی را دیده بود که از تاریکی بیرون آمده بودند و لباس قرمزی را نگه داشته بودند. با شوق‌وذوق دویده بود و آن را گرفته بود. همان آن، سقف ریخته بود روی چادر پسرها در کنار چشمه. نسرین کوچولو اعتراف کرده بود و فرستاده بودندش به میان‌ارگ. ولی سقف ما که نریخته بود. پس شاید ایرادی نداشت. عجب چیزی می‌شد اگر آن دالان‌های تاریک

پرباشند از سنگ‌هایی درخشان و رنگی. صدایی در پس سرم گفت: «و البته بچه‌خورها.»

شهرزاد کمی سرش را کج کرده بود و نگاهم می‌کرد: «خب باز هم می‌تونیم از چشمه سنگ جمع کنیم دیگه. به درک که شهرهایی که مامانت می‌کشه، مثل شهر ارواح می‌شن.»

شانه‌ای بالا انداخت و ادامه داد: «تاس نمی‌ریزی؟» تاس را در دستم می‌گرداندم. فکر می‌کردم که شاید یک شب کنار آن دالان را بررسی کردن ایرادی نداشته باشد؛ یا شاید داشته باشد؛ شاید همان لحظه‌ای که پا به نزدیکی دالان بگذاریم، آن‌طور که مژده خانم در داستان‌هایش می‌گفت که «یه صدای گرومپ بزرگی اومد، بچه‌ها جونم»، بعد ما هم تبدیل می‌شدیم به یکی از داستان‌های بی‌شمارش که با چشم‌هایی گشاد و مکث‌هایی تأثیرگذار برای بچه‌های دیگر تعریف کند. به شهرزاد گفتم: «شاید یه شب اون کنار رو دیدن ایرادی نداشته باشه، ها؟»

شانه‌ای بالا انداخت: «چه می‌دونم...» می‌دانستم که نمی‌خواهد مسئول رفتنمان به دالان باشد. خودم هم نمی‌خواستم. به تنگ حناچه ضربه‌ای زدم و گفتم: «یه بار ایراد داره؟» به چپ رفت. شهرزاد دستانش را به هم زد. اجازهٔ دیدار آن شبمان از نزدیکی دالان تاریک را گرفته بودیم.

به بچه‌ها که هنوز داشتند بازی بچه‌خورها و شهری‌ها می‌کردند، نگاهی انداختم. در این بازی همان‌طور که از نامش پیداست، بازیکن‌ها به دو گروه تقسیم می‌شوند: گروه بچه‌خورها که باید بتوانند یکی از شهری‌ها را به داخل چادر تاریکشان

بکشانند و شهری‌ها که باید همان‌طور که می‌دوند، خودشان را به سطل پر از آشی در گوشۀ چادر برسانند و مشت مشت آش به سمت بچه‌خورها پرتاب کنند. زمانی را که بچه‌تر بودم و پدرم قوانین این بازی را برایمان توضیح می‌داد، به یاد آوردم. گفته بود که بچه‌خورها با اندر دشمنی دارند و طاقت برخورد با آش را ندارند.

شب وقتی رنگ سقف آبی تیره شد، مادرم کرکرۀ حفرۀ بالای چادر را کشید. کمی بعد در تاریکی چادر، صدای نفس‌های عمیقش را شنیدم. آرام بیرون آمدم و با یک سطل آش که قبل‌تر بیرون گذاشته بودم، به راه افتادم. دوست داشتم حناچه را هم با خودم ببرم؛ ولی اگر قرار می‌شد پا به فرار بگذاریم، جلوی دست و پا می‌آمد. برای قوت قلب، سپنج را در جیبم گذاشته بودم. در طول راه سر پشمالویش را در دستم لمس می‌کردم. به‌تندی از جلوی دالان تاریک رد شدم و با فاصله از آن، در انتظار شهرزاد ماندم. انتظارم خیلی طولانی نشد. کمی بعد شهرزاد پاورچین خودش را رساند. سطل آش را بین خودم و او گذاشتم تا اگر چیزی سمتمان آمد، بتوانیم دوتایی بزنیمش. شهرزاد هم به لبۀ دیگر سطل چنگ زد و آهسته و با پشت‌هایی خمیده جلو رفتیم. برای این بازی از بچگی آماده بودیم. به تاریکی لبۀ دالان نگاه می‌کردم، جوری که انگار چادر پسرهاست و هر آن قرار است که سامان کوچک با فریاد از آن بیرون بپرد و زیگزاگی به سمتمان بیاید، یا شهرزاد همان‌طور که دستش را جلویش گرفته، صاف و با سرعت بدود بیرون، یا بدتر از همه، سپیده درحالی‌که چیز سفیدی از ته گلویش بیرون آورده و تهدید می‌کند که به‌طرفمان پرتش می‌کند، نزدیک شود. دیگر در چند قدمی دالان تاریک بودیم. به آن نزدیکی‌ها چشم

می‌انداختم؛ ولی چیزی روی زمین نیفتاده بود. با آرنج به شهرزاد زدم و یک ابرویم را بالا دادم. او که داشت سرش را می‌گرداند و با دهانی نیمه‌باز به جلوی دالان خیره شده بود، شانه‌ای بالا انداخت و زمزمه کرد: «همین‌جا بود دیشب» و انگشتش را به‌سمتی دراز کرد که به‌نظر درست لبهٔ تاریکی و روشنی جلوی دالان بود. ولی آن شب چیزی نه در آنجا و نه در نزدیکی‌اش نیفتاده بود. می‌بایست برمی‌گشتیم؛ ولی ایستاده بودیم و خیره به دالان تاریک نگاه می‌کردیم. تازه سرشب بود و ما همهٔ چیزهایی را که برای فرار از بچه‌خورها لازم بود، در دست داشتیم. شهرزاد گفت: «شاید یه‌کم اون‌ورتر باشه.»

و منتظر ماند تا من چیزی را که هردویمان فکرش را کرده بودیم، بگویم. دلم می‌خواست حناچه را آورده بودم. او می‌دانست باید چه می‌کردیم؛ ولی اگر ایستادن دم این دالان ضرری نداشت، دست در آن گذاشتن نمی‌توانست آن‌قدرها بد باشد. گفتم: «پس همین دم رو دست بزنیم، ها؟ شاید نزدیک افتاده.»

سرتکان داد و نشستیم روی زمین. شهرزاد سمت راست دالان بود و من سمت چپ. انگشت اشاره‌ام را به‌طرف زمین تاریک بردم. چه می‌شد که چیزی آنجا در انتظارمان باشد تا بیرون بیاوریمش و در زیر نور دالان‌هایمان بدرخشد. فکر کردم انگار داریم این سنگ‌ها را از آن دالان تاریک و بچه‌خورها نجات می‌دهیم و انگشتم را در تاریکی فروکردم و روی زمین گذاشتم. سنگی آنجا نبود. کمی انگشتم را حرکت دادم و شهرزاد هم بعداز این دستش را در تاریکی برد. هرازگاهی ترس از اینکه دستم در آن تاریکی به‌جای زمین دالان یا سنگی صاف و گرد، به دست دیگری بخورد و به داخل

کشیده شوم، باعث می‌شد پشتم بلرزد و دستم را ناگهان بیرون بکشم و باز با نفس‌های عمیق دستم را در دالان ببرم. شهرزاد بی‌صدا می‌خندید. حالا آرنجش را هم در دالان تاریک برده بود. خبری از سنگ در آن نزدیکی نبود. آرام‌آرام جلو می‌رفتیم و سطل را هم به‌همراهمان می‌لغزاندیم. نمی‌دانستم چقدر از آمدنمان به دالان گذشته. بودن در آن دالان، حسی بود که تا آن زمان تجربه‌اش نکرده بودم؛ انگار هوایی که با نفس کشیدن فرومی‌دادم، چندین برابر شده بود و تا اعماق وجودم می‌رفت؛ انگار دستم بزرگ و بزرگ‌تر شده بود و هرتماسش سطحی به‌اندازۀ محله‌مان را لمس می‌کرد. همان وقت‌ها بود که ناگهان سرم را به‌طرف راست گرداندم و دیدمشان. از آرنجی که به پهلویم خورد، دانستم که شهرزاد هم آن‌ها را دیده.

صحنهٔ چهارم

سمت راستمان دالانی پدیدار شده بود. درونش کمی آن‌سوتر از ما نوری سرخ و زرد انگار داشت در کاسه‌ای می‌رقصید. بعدتر فهمیدم نام آن نور آتش است. آن دو تا را در کنار نور دیدم: دو جانور پشمالوی گرد کوچولو با چشمان درشت سیاه و بینی و دهانی کوچک. تا آن زمان هرگز نه از کسی و نه در هیچ داستانی دربارهٔ چنین موجوداتی چیزی نشنیده بودم. شاید اجدادمان نگران بودند که بچه‌ها درصورت اطلاع از وجود این گلوله‌های پشمی در تاریکی، برای رفتن به دالان‌های تیره وسوسه شوند. آن‌طور که پس‌از آن فهمیدیم، این جانوران که در اعماق سیاهی‌های دالان‌های ما لانه داشتند و ما در شهرازشان به کل بی‌خبر بودیم، گرباش نام داشتند، گربه‌های پشمالوی کوچکی که مانند خفاش‌ها دارای بال بودند و زندگی در تاریکی را دوست داشتند. یکی از گرباش‌ها جلویمان داشت در سمت راست کاسهٔ آتش، روی زمین می‌غلتید و صداهای جیرجیرمانندی تولید می‌کرد. دیگری در سمت چپ کاسه مشغول لیسیدن خودش بود. شاید در ابتدای دالان با دیدن این دو، از جا می‌جهیدم و پا به فرار می‌گذاشتم؛ ولی بعداز آن‌همه نفس‌نفس زدن و خزیدن، جانوری در درونم بیدار شده بود، جانوری که می‌خواست به‌سوی این دو گلولهٔ پشم، خیز بردارد. سطل را کمی به‌سمتشان هل دادم و وقتی شهرزاد هم هم‌سو با من هل داد، فهمیدم که هر دویمان یک هدف داریم.

با پشتی خمیده و آرام‌آرام به‌سوی دو گلولهٔ پشم حرکت کردیم. صدای جیرجیرشان بلند و بلندتر می‌شد. وقتی به نزدیکی گلولهٔ پشمی که داشت پشت

خودش را لیس می‌زد رسیدیم، دست دراز کردم و از پشت، گردنش را گرفتم و بلندش کردم. آن یکی کپهٔ پشم ناگهان از جا پرید. با جیرجیر بلندی دور کاسه می‌چرخید و گاهی حتی به کاسه برخورد می‌کرد. گرباشی که در دست گرفته بودم، پاهای کوچکش را تندتند در هوا تکان می‌داد و جیغ‌های بریده‌بریده‌ای می‌کشید. شهرزاد همان‌طور که لبهٔ سطل را رها نکرده بود، به‌سمت گلولهٔ پشمی روی زمین خم شد و سعی کرد با دست آزادش آن را بگیرد. گرباش کوچکی که در دست داشتم، کش‌وقوسی به خودش داد. پشت گردنش از دستم رها شد و به زمین افتاد. بال‌های کوچک پشمالویش را بیرون آورد و به هوا رفت. پریدم و پای کوچکش را گرفتم و شهرزاد هم که چند لحظه از لبهٔ سطل آویزان شده بود، پای دیگرش را گرفت. گرباش کوچک به‌طرز عجیبی قوی بود. توانست هردویمان را از زمین بلند کند. جیرجیری کرد و گرباشی که روی زمین مانده بود و با گردنی به‌پشت چرخیده شاهد فرار دوستش بود، انگار تازه به یاد آورد که بال دارد. با چشمان سیاه گشاد که در نور برق می‌زدند و دهانی باز به ما نگریست. بعد بال‌هایش را باز کرد و به‌سرعت تکان داد. به هوا بلند شد و لبهٔ بالایی کاسهٔ آتش را در دهان گرفت. کاسه را با خود بالا کشید و با سرعت غریبی جلوی ما پروازکنان دور شد. گرباش ما هم به‌دنبالش به راه افتاد.

سریع پرواز می‌کرد. باد تندی وارد دهانم می‌شد و چشم‌هایم را خشک می‌کرد و به پوستم می‌سابید. دهانم را باز گذاشته بودم و فریاد بی‌صدایی می‌کشیدم. دوست داشتم می‌توانستم آن لحظه‌ها را کش بدهم تا پروازمان هرگز به پایان نرسد؛ ولی حرکتمان همان‌طور که ناگهانی آغاز شده بود، ناگهانی به پایان رسید. گرباش پایین

آمد و وارونه از دست من و شهرزاد که پاهایش را گرفته بودیم، آویزان ماند. با شنیدن صدای فریادی، چشمانم را که به‌خاطر گریز از تندی باد بسته بودم، باز کردم. مردی رنگ‌پریده با موهای سیاه و ابروهای پیوسته را دیدم که با شمشیری طلایی در دست به‌سویمان هجوم آورده بود. فرصتی برای فکر کردن یا جیغ‌وداد یا حتی فرار نبود. از آغاز شب برای این لحظه آماده بودیم. پای گرباش را رها کردم. با سر به زمین خورد و جیغ کوتاهی کشید. دستم را در سطل آش فروبردم و گلوله‌ای به‌سمت مرد که هنوز به‌سویمان می‌آمد، پرتاب کردم. صاف به سرش خورد و کمی بعد گلولهٔ شهرزاد هم به شانه‌اش. نمی‌دانستیم دقیقاً انتظار داشتیم چه پیش بیاید. قرار بود از درد به خودش بپیچد و برزمین بغلتد یا مثل چوب خشکی برزمین بیفتد یا درجا به مایع لزجی بدل شود؛ ولی انتظار آنچه را پیش آمد، نداشتیم.

مرد ایستاد و دستش را با نفرت به صورتش زد. آش را از آن پاک کرد و گفت: «اه! این دیگه چه گندکاری‌ایه...» و باز با شمشیرِ بالابرده به‌طرفمان هجوم آورد. دور از مرد می‌دویدیم و در همان حال به‌سویش گلوله‌های آشی پرتاب می‌کردیم که گاه بهش می‌خورد و گاه نمی‌خورد و مرد نعره‌زنان به یورشش ادامه می‌داد: «برین پی کارتون! اینجا جای شما نیست! دارین همه‌جا رو به گند می‌کشین.»

و صدای دیگری کم‌کم از جایی پشت‌سرمان بلند می‌شد. زنی می‌گفت: «آرش وایستا! یه لحظه صبر کنین.»

مرد متوقف شد. شهرزاد برگشت و به من گفت: «من حواسم به این‌وره.» گلولهٔ دیگری به‌طرف مرد پرتاب کردم که باز به سرش خورد و از خشم نعره کشید: «این آت‌وآشغال‌ها رو پرت می‌کنین که چی بشه؟»

نمی‌دانستم؛ ولی مطمئن بودم بی‌تأثیر نیست. انگشتم را به‌سمتش بردم: «خودتون خوب می‌دونین قراره چی بشه. یه قدم جلو بیای، با این سطل آش ناکارت می‌کنم، فهمیدی؟»

مرد شمشیر را به زمین انداخت و جلو آمد. جای عقب رفتن نداشتیم. شهرزاد گلوله‌هایی به‌سمت زن پشت‌سر پرتاب می‌کرد و از آن‌سو صدای خنده‌های زنی می‌آمد. مرد بالاخره به چند قدمی‌مان رسید و سطل آش را از دستم قاپید و روی سر خودش خالی کرد: «خب؟ الان قراره چی بشه؟» با سرورویی که آش ازش می‌چکید و چشم‌هایی قرمز از عصبانیت نگاهمان می‌کرد. شهرزاد که پشتش به ما بود، دستش را برای گرفتن آش دراز کرد و وقتی دستش به چیزی نرسید، به پشت‌سر نگاه کرد. با دیدن مرد، جیغ کوتاهی کشید. صدای زن از پشت‌سرم گفت: «خب بازی‌تون تموم شد؟ گفتم که می‌دونم برای چی اومدین. اومدی که یکی از این‌ها رو ببری؛ مگه نه، دختر جون؟»

شهرزاد دستش را به‌سمت صورتش برد. سرم را برگرداندم. جلوی رویم زنی به رنگ‌پریدگی مرد، با موهای فرفری سیاه و بلند ایستاده بود. دور شانه‌هایش پارچه‌ای انداخته بود و در انتهای پارچه، سنگی دوخته شده بود، سنگی سرخ و طلایی که برق می‌زد. آرش از پشت‌سرمان سرک می‌کشید: «چی؟ داری چی رو نشونشون می‌دی؟»

و با دیدن سنگ، نگاه گیجی به زن انداخت و این بار بدون فریاد گفت: «سنگ؟ خیال می‌کنی این بچه‌وحشی‌ها این‌همه راه اومدن اینجا که ازت سنگ بگیرن؟»

شهرزاد اخمی کرد: «چه پررو! شماهایین که بچه می‌خورین.»

مرد چهره در هم کشید و گفت: «اخخخ. واقعاً خیال کردی ممکنه کسی دلش بخواد شماها رو بخوره؟! تنها کسی که ممکنه همچین هوسی کنه، یه حلزون گنده و لیزه.»

نمی‌دانستم حلزون چیست؛ ولی به نظر توهین‌آمیز می‌آمد. فریاد زدم: «خودت یه حلزون گنده و لیزی.» مرد گفت: «شماها هم یه جفت بچه‌پررو هستین که سرتون رو انداختین پایین و اومدین جایی که نباید می‌اومدین.»

زن از پشت سرمان گلویش را صاف کرد: «آرش می‌شه بری یه قدمی بزنی؟» مرد نفس محکمی بیرون داد و با دست‌هایی که پشتش قلاب کرده بود، در دایرهٔ کوچکی راه رفت. خودش را به دو گلولهٔ پشمالو رساند که داشتند به‌آرامی و دور از چشم می‌خزیدند و پشت گردن یکی‌شان را گرفت و بلندش کرد: «این جوری نگهبانی می‌دین؟» و دستش را رها کرد تا گرباش کوچک با جیغ ریزی تلپی به زمین بخورد.

زن پشت سرم باز گلویش را صاف کرد، و به‌سویش برگشتم. هنوز سنگ را در دست داشت و با ابروهایی بالاداده نگاهمان می‌کرد: «برای این اومدین؛ مگه نه؟» و با انگشت به شهرزاد اشاره کرد: «دیشب دیدمت که اون یکی سنگ شالم رو گرفتی. فهمیدم خیلی ازش خوشت اومده که اون‌قدر وایستاده بودی اونجا و نگاهش می‌کردی.»

انتهای دیگر شالش را که سنگی نداشت، نشانمان داد. با مشت به بازوی شهرزاد زدم. بلند گفت: «آاااخ... من چه می‌دونستم؟! سنگه اونجا افتاده بود خب.»

زن گفت: «تقصیر من بود. وقتی صدای اومدنت رو شنیدم، اون‌قدر عجله کردم برگردم توی دالون که خوردم به دیوارش و اون سنگه جدا شد. این دو تا سنگ‌های مورد علاقه‌م بودن؛ ولی اگه شما بچه‌ها دوست دارین جمعشون کنین، این رو هم می‌دم بهتون.»

گفتم: «جمع؟ نه ما جمعشون نمی‌کنیم.»

ابروی زن بالاتر رفت و گفت: «پس چی کارشون می‌کنین؟» لبخندی زدم: «ما خوردشون می‌کنیم.»

شهرزاد گفت: «آره، حسابی ریزریزشون می‌کنیم.»

زن چهره در هم کشید: «آخه چرا؟» مرد از سمت چپمان فریاد زد: «نگفتم؟ وحشی‌ان.» با لبخند پیروزمندانه‌ای گفتم: «برای اینکه وقتی ریزریز شدن، قاطی‌شون کنیم با آش و بعدش بذاریم جلوی دوستمون.»

شهرزاد گفت: «دوستمون عاشق اینه که خُرده‌های سنگ و آش رو دولُپی قورت بده. یه جوری می‌خوره‌ش که هیچی از سنگه باقی نمی‌مونه.»

آرش فریاد می‌زد: «می‌بینی؟ می‌بینی؟» زن دستش را زیر چانه زده بود: «دوستتون با آش سنگ می‌خوره؟»

گفتم: «آره، غذای مورد علاقه‌شه.» چشم‌های زن در نور آتش برق می‌زد. گفت: «آخ آخ آخ... کوچولوئه، نه؟ کوچولوترها از این چیزها می‌خورن.»

دستم را در جیبم روی پشم‌های سپنج گذاشتم و گفتم: «آره، خیلی کوچولوئه.» شهرزاد گفت: «این‌قدریه تقریباً» و دستانش را به‌اندازهٔ سپنج باز کرد. آرش از آن سو با

چهره‌ای در هم گفت: «به بچهٔ اون‌قدری دارین سنگ می‌خورونین، کله‌پوک‌ها؟ وضعتون از اونی که خیال می‌کردم هم خراب‌تره.»

به همراه شهرزاد سرتکان دادیم و زن با نگرانی گفت: «نه، بچه‌ها، نه. اگه برای این کار سنگ می‌خواین، نمی‌تونم بهتون بدمش. کار خوبی نمی‌کنین.»

شهرزاد گفت: «ما بهش چیزی نمی‌خورونیم. خودش می‌پره روش و همین‌جوری از روی زمین می‌بلعدش.»

گفتم: «آره، بعضی وقت‌ها می‌پریم روی کولش که شاید نخوره؛ ولی ما رو هم با خودش می‌کشونه.»

زن دستش را روی دهانش گذاشت و آرش با گام‌های بلندی به‌سمتمان آمد: «خجالت نمی‌کشین؟ ها؟» سپنج را از جیبم بیرون آوردم و فریاد زدم: «نه، نمی‌کشیم» و سپنج را به طرف صورتش پرتاب کردم. مرد در هوا گرفتش و نعره زد: «باز که شروع کردین به چیزپرت کردن؟ این یکی قراره چی‌کار کنه؟» سپنج را جلوی صورتش گرفت و نگاهش کرد. منتظر بودم که باز با دادوفریاد بگوید: «این چه کثافتیه...» و سپنج را به‌سمتم پرت کند؛ ولی در عوض، چند لحظه‌ای ساکت شد و ناگهان سرش را عقب برد و غش‌غش خندید: «با این بازی می‌کنین؟ با این؟ می‌بینی، شیوا؟»

زن پشت‌سرمان هم در تعجبش دست کمی از ما نداشت و با نیمچه اخمی آرش را نگاه می‌کرد و گفت: «نه، چی رو ببینم؟» آرش که همچنان می‌خندید، سپنج را

بالا انداخت و گرفت. از خنده‌اش و بازی‌اش با سپنج هیچ خوشم نیامد. شهرزاد گفت: «به چی می‌خندی؟ پسش بده.»

گفتم: «آره، بده ببینم. مال مامانمه.» دستم را جلو گرفتم و چند قدمی به‌سمتش رفتم. مرد هنوز داشت لبخند می‌زد. گفت: «می‌خواینش، آره؟ این رو می‌خواین؟ که سنگ بریزین توش و روش سوار شین، نه؟ پس باید از ما پسش بگیرین. حواست رو جمع کن، شیوا.»

و سپنج را به‌سمت زن پرتاب کرد که در هوا گرفتش و براندازش کرد. او هم خنده‌اش گرفت و نگاهی با آرش تبادل کرد. شهرزاد به‌سمت شیوا رفت. من کنار آرش مانده بودم تا جلوی پرتاب بعدی بایستم. گفتم: «باشه ازتون می‌گیریمش. شهرزاد برو اون جلو وایستا.»

شهرزاد با اخم نگاهم کرد: «تو نمی‌خواد به من بگی چی‌کار کنم.» شیوا لبخند زد: «سپنج. اسم قشنگیه. می‌دونین الان چی کم داریم؟» و صدای زیر آرامی از دهانش خارج کرد.

یکی از گلوله‌های پشمی از جا پرید و بالای سر شیوا رفت. شیوا از پای گرباش آویزان شد. فریاد زدم: «بگیرش، شهرزاد. نذار بالا بره.» دیر شده بود. شیوا پاهایش را به بالا جمع کرده بود و شهرزاد با پریدن هم نمی‌توانست برسد. شیوا که حالا بالای سرمان سوار بر گرباش پرواز می‌کرد، گفت: «پس معطل چی هستین؟ بیاین دیگه.»

آرش هم صدای زیری از دهانش خارج کرد و گرباشی بالای سرش ظاهر شد. رو به من گفت: «برو بالا، بچه.» کمی بعد من و شهرزاد و آرش و شیوا آویزان برپاهای

چهار گرباش بالای زمین بودیم. شیوا و آرش سپنج را بین خودشان دست‌به‌دست می‌کردند و من و شهرزاد ناشیانه تلاش می‌کردیم جلوی مسیر قرار بگیریم. تازه داشتم قلق راه بردن گرباش را یاد می‌گرفتم. اگر مچم را به راست خم می‌کردم، به راست می‌رفت و اگر به چپ خم می‌کردم، به چپ می‌رفت. جلو و عقب بردن مچ هم سرعتش را زیاد و کم می‌کرد. این بازی حتی از عصابازی هم بهتر بود؛ چون اصلاً لازم نبود به‌سمت کسی هجوم ببریم. و سنگ وسط را که همان سپنج بیچاره بود، باید در بین دست‌دست شدن‌ها می‌ربودیم. آرش و شیوا در کنارمان پرواز می‌کردند و تندتند سپنج را از بیخ گوش ما دو نفر بین هم ردوبدل می‌کردند. ما هم مانند نوزادان تازه‌به‌دنیا‌آمده‌ای دستمان را بیهوده در هوا باز و بسته می‌کردیم. چند باری فکر کردم که دیگر ترفند راهبری گرباش دستم آمده و سرعتم را زیاد می‌کردم؛ ولی به نزدیکی دیوار می‌رسیدیم و گرباش جیرجیر می‌کرد و خوشبختانه به دیوار نمی‌خورد. شهرزاد هم وضعش از من بهتر نبود. می‌خواست به آن دو نفر هجوم ببرد. آرش گاهی آن‌قدر سر جایش می‌ایستاد که فکر می‌کردم الان است شهرزاد بهش بخورد؛ ولی در لحظۀ آخر قهقهه‌زنان جاخالی می‌داد. شیوا آن‌قدر حرکت‌های پیچ‌درپیچ می‌کرد که شهرزاد دست از تعقیبش می‌کشید.

بالاخره دل شیوا به رحم آمد و درجا متوقف شد و به ما هم اشاره کرد تا سر جا بایستیم. گفت: «نه، بچه‌ها. این‌جوری پیش برین، ممکنه من سرپا خوابم ببره. اگه این کوچولو رو می‌خواین، باید حالا‌حالاها تمرین کنین. فرداشب بیاین ببینیم چی‌کار می‌شه کرد.»

خواستم چیزی بگویم و انگار شهرزاد که داشت گرباشش را کمی جلو می‌برد هم همین قصد را داشت؛ ولی شیوا ناگهان صدای خیلی زیری با دهانش درآورد. ناچار شدم باز چشمم را ببندم؛ چون گرباشی که به آن آویزان بودم، باز با همان سرعت سرسام‌آوری که ما را آورده بود، به راه افتاد و ما را به تاریکی برگرداند. کمی بعد در نزدیکی زمین ایستادیم. مشتم را باز کردم تا گرباش را که داشت در دستم پیچ‌وتاب می‌خورد، رها کنم.

جلوی رویمان نور آبی تیرهٔ دالان را می‌دیدیم. این بار ایستاده و همچنان با احتیاط از دالان خارج شدیم و به هم نگاهی کردیم. دست در جیب بردم. امید ابلهانه‌ای داشتم که سپنج به طور معجزه‌آسایی آنجا باشد؛ ولی نبود. گفتم: «عوضی‌ها. سپنج رو گرفتن.»

شهرزاد به دستم زد: «فرداشب می‌ریم ازشون پس می‌گیریم. خیلی با عصابازی فرقی نداره ها. باید توی هوا سُر بخوری. می‌دونی؟»

گفتم: «مثل بابام حرف می‌زنی.» شهرزاد خندید: «آره» و دستش را مثل پدرم در هوا تکان داد و با لحنی جدی گفت: «فکر کن خودت هم یک بخشی از اون پنجولی...»

گفتم: «آره... باید با حناچه هم حرف بزنم؛ ولی مامانم حسابی به هم می‌ریزه اگه سپنج رو گم کنیم.»

شهرزاد گفت: «گم نمی‌شه. اگه ما نتونیم از اون دو تا بچه خور ببریم، به چه دردی می‌خوریم؟» باید زودتر به چادرمان برمی‌گشتیم. شهرزاد به‌سمت چشمه رفت و من

به چادر خودمان برگشتم. دوست داشتم زودتر صبح بشود و آنچه را گذشته بود، برای حناچه تعریف کنم. به‌هرحال او بود که به ما گفته بود وارد آن دالان تاریک شویم. پاورچین برمی‌گشتم که حرکتی روی زمین باعث شد نفسم را حبس کنم. سوسک کوچکی داشت روی زمین می‌خزید؛ انگار مثل من می‌خواست کسی صدایش را نشنود. نفرت عجیب‌غریب پدرم از این موجودات کوچک را به یاد آوردم و کمی قلبم فروریخت. می‌گفت: «چه کثافت‌هایی‌ان...! سرشون رو می‌ندازن پایین و همه‌جا می‌رن. شهر و دالون و تاریکی هم سرشون نمی‌شه. جونورهای کثیفِ زبون‌نفهمی‌ان.»

حالا خودم هم داشتم مثل یک سوسک از تاریکی به شهر می‌آمدم؛ ولی نه، ما بیخود و بی‌جهت در تاریکی پرسه نمی‌زدیم. به‌دنبال سنگ بودیم و از مسیر پیک‌ها رفته بودیم و اگر می‌خواستیم دوباره برویم، تنها و تنها برای پس گرفتن سپنج می‌رفتیم. با این افکار خودم را آهسته به نزدیکی سوسک رساندم و زیر پا لهش کردم.

حناچه خیلی دلش می‌خواست که آن شب به دالان برگردیم.

صحنهٔ پنجم

اولین باری بود که می‌دیدم به سؤالی هرچند بار و هرقدر ناگهانی آن را می‌پرسیدم، بدون استثنا یک پاسخ می‌داد.

کنار چشمه نشسته بودیم. از این فرصتی که نبودِ بچه‌های دیگر ایجاد کرده بود، استفاده کردم و بعداز جارو کردن همهٔ زباله‌های کنار چشمه‌مان، ماجرای شب گذشته را برای حناچه گفتم. می‌خواستم بدانم آن شب باید چه می‌کردیم: برمی‌گشتیم و سپنج را برای مادرم پس می‌گرفتیم؟ نمی‌خواستم مثل آن قدیم‌ها بداخلاق شود؛ ولی اگرآن‌ها ما را می‌خوردند هم شرط می‌بستم که حسابی بداخلاق می‌شد؛ مگر نه؟ حناچه می‌گفت: «نه»؛ ولی می‌دانستم که بیخود می‌گوید؛ ولی اگر می‌خواستند بخورندمان، همان شب کارشان را می‌کردند؛ نمی‌کردند؟ حناچه صاف می‌رفت. به بحث خوردن و خورده شدن علاقه‌ای نداشت. فقط می‌خواست ما را باز هم به آن دالان بکشاند. بهش گفتم که اگر کسی مرا بخورد، او را هم به چشمه برمی‌گردانند. همین را می‌خواست؟ باز هم صاف رفت. گفتم که جای عجیبی بود، تاریک بود؛ ولی سنگ‌هایش از سنگ‌های ما براق‌تر بودند و جانوران پشمالویش هم از جانوران پشمالوی ما به‌دردبخورتر. می‌شد آویزانشان بشوی و پرواز کنی و در دل دالان‌های تاریک در هوا لیز بخوری، آن هم با چه سرعتی. این کارها که قرار نبود سقف را پایین بیاورد؟ جوری صاف می‌رفت که انگار ریزش سقف کوچک‌ترین ارتباطی به او نداشت.

شهرزاد از چادر بیرون زد و دوان‌دوان کنارمان آمد: «گفتی؟ گفتی؟» سر تکان دادم و گفتم: «این که می‌گه برگردین.»

دستش را دور تنگ انداخت: «آفرین. این می‌دونه چی به چیه. معلومه که باید برگردیم. سپنج پیششونه.»

چشم‌هایم را تنگ کردم. شهرزاد که جوابش به نُه سؤال ازدَه تا، شانه بالا انداختن و گفتنِ به من چه بود، ناگهان برای سپنج ابراز نگرانی می‌کرد. گفتم: «پیششون باشه؛ به توچه؟»

اخم کرد و گفت: «برای مامانت می‌گم، خنگه. مگه نمی‌دونی چقدر دوستش داره.»

گفتم: «داشته باشه. مامانِ من به توچه؟ توکه فقط می‌خوای از اون پشمالوها آویزون شی.»

با لبخند گفت: «حالا که گفتی، از اون هم بدم نمی‌آد.»

گفتم: «عادت نکنی ها. سپنج رو بگیریم، دیگه خبری از رفتن نیست.»

گفت: «چرا نیست؟ ایرادش چیه که باز هم بریم؟ اون بازیه رو یاد می‌گیریم خب.»

دنبال کلمهٔ مناسبی گشتم: «چون کارِ... امنی نیست. اونجا معلوم نیست چی به چیه.»

دست‌به‌سینه نشست و گفت: «خیلی هم معلومه. ما که چیزی جزآش نمی‌خوریم. از اون‌ها هم چیزی نمی‌گیریم. فقط بازی می‌کنیم.»

مشخص بود که او هم مثل من در طول شب به این‌ها فکر می‌کرده: توجیه‌هایی که خودم هم بهشان چسبیده بودم؛ ولی بلند شنیدنشان باعث می‌شد به نظر ابلهانه بیایند.

گفتم: «یعنی می‌خوای به خاطر آویزون شدن از اون پشمالوها کاری کنی سقف بریزه؟»

مشتش را محکم به زمین کوبید: «اه، دیگه حوصله‌م داره سرمی‌ره ها... این کار رو نکنین... اون کار رو نکنین... اگه می‌خواست بریزه، دیشب می‌ریخت دیگه. یا همین‌الان می‌ریخت و راحتمون می‌کرد.»

سریع دست را روی دهانش گذاشت و با کمی ترس بالا را نگاه کرد. مویش را کشیدم: «چرت‌وپرت نگو. فقط امشب می‌ریم سپنج رو می‌گیریم. همین.»

با اخمی قلاب را از نزدیکی‌اش برداشت و به آب انداخت: «باشه. بعدش بشینیم اینجا همین ماهی‌های بی‌خاصیت رو بگیریم» و به یاد حناچه افتاد و ضربه‌ای به تنگش زد: «به‌جز شما البته.»

کمی بعد بچه‌های دیگر هم یکی‌یکی و چند تا چند تا از چادرها بیرون آمدند و دور ما حلقه زدند. شهرزاد بی‌حوصله قلاب را به کناری انداخت و گفت: «اگه کس دیگه‌ای می‌خواد، بگیره.» کس دیگری قلاب را نمی‌خواست. بچه‌های کوچک‌تر می‌خواستند شهری‌ها و بچه‌خورها بازی کنند و داوود هم هم‌گروهی‌شان شد. من که حوصلهٔ عصابازی نداشتم، گفتم: «وایستین منم می‌آم.» شهرزاد نگاهم کرد و از جا پرید: «منم هستم، صرفاً محض تنوع.» سامان گفت: «به عصابازی نمی‌رسیم این‌جوری. تا آقا محراب بیاد، شاید منم باشم.»

سپیده شانه‌ای بالا انداخت و گفت: «باشه؛ ولی من اگه باشم، بچه‌خور می‌شم. کسی هم توی صورتم آش بزنه، از این‌ها می‌گیره ها.»

با انگشت به سفیدی ته حلقش که همه با آن آشنا بودیم، اشاره کرد. کیمیا با اخم سرش را تکان داد و گفت: «شماها هر کاری دوست دارین بکنین. من که به نخ‌ریسی خودم می‌رسم. حوصلهٔ این بچه‌بازی‌ها رو ندارم» و از ما فاصله گرفت. شهرزاد گفت: «به‌هرحال یکی اضافه بود. حالا می‌تونیم دو تا گروه شیم.»

ولی سامان این‌پاوآن‌پا می‌کرد: «راست می‌گه خب. این بازی مال بچه‌کوچولوهاست. منم نیستم، آقا.»

و به‌سمت جایی که کیمیا رفته بود، به راه افتاد. با شهرزاد که داشت پوزخند می‌زد، نگاه تندی تبادل کردم. تعدادمان دوباره فرد شده بود. سپیده برای رفتن داوطلب شد: «همه رفتن که. خودتون بازی کنین، بچه‌ها.» بعداز رفتن سپیده گفتم: «کس دیگه‌ای هم اگه می‌خواد به کاروبارش برسه، بگه. راحت باشین.»

مانی با چشم‌های وق‌زده و فضولش گفت: «شماها که نباید با ما بازی کنین، با این قدتون.»

با پس‌گردنی‌ای که شهرزاد به مانی زد، بازی را شروع کردیم. من و سینا و داوود بچه‌خور بودیم و دیگران شهری.

در چادر تاریک ایستاده بودم تا در وقت مناسب بپرم بیرون و بچهٔ ازهمه‌جابی‌خبری را کشان‌کشان با خودم در دل تاریکی ببرم، بچه‌هایی را که در روشنایی اندر می‌خندیدند و جیغ‌کشان این‌ور و آن‌ور می‌دویدند، آن هم وقتی خودم با دندان‌های به‌هم‌ساییده نوری نداشتم. منتظر آن لحظه‌ای بودم که خنده‌هایشان را به جیغ‌های پراز وحشت بدل می‌کردم: یک بچه‌خور درست‌وحسابی، از همان‌ها که مژده خانم و پدرم بارها تعریفشان را کرده بودند. نفس‌هایم را آرام و عمیق کردم و گذاشتم تا حس نفرت از همهٔ چیزهای بیرون از تاریکی در بدنم به گردش دربیاید. این کار را شاید از بچگی صدها بار کرده بودم؛ ولی آن روز سخت‌تر از همیشه بود.

می‌بایست موجودات پشمالوی پرنده، نورهای سرخ رقصان و سنگ‌های درخشان کنارم را فراموش کنم.

با فریادهای داوود و سینا که صدایم می‌کردند، از چادر بیرون پریدم. داشتند مانی را کشان‌کشان به‌طرف چادر می‌بردند. مانی لگد می‌زد و از هم‌گروهی‌هایش درخواست کمک داشت. گلرخ روی زمین نشسته بود و گریه می‌کرد. شهرزاد در کنار سطل آش تندتند گلوله درست می‌کرد و به‌سمت سه نفر دیگر می‌انداخت؛ ولی گلوله‌ها تنها به سروصورت خود مانی می‌خوردند. مانی فریاد می‌زد: «اون‌ها رو هدف بگیر. گلرخ تو هم...» و گلوله‌ای به دهانش می‌خورد و جمله‌اش ناتمام می‌ماند. سلانه‌سلانه به‌سمتشان رفتم؛ چون انگار شهرزاد خیال نداشت کسی جز مانی را بزند. یکی از پاهایش را گرفتم و توانستیم از زمین بلندش کنیم. جوری نعره می‌کشید که انگار واقعاً در آستانهٔ خورده شدن بود: «کمک... کمکم کنین...» دادوبیدادهایش باعث شد مژده خانم که معمولاً دیرتر بیدار می‌شد، به‌سمتمان بیاید. من و داوود، مانی را رها کردیم. مانی پای دیگرش را محکم از چنگ سینا بیرون آورد و به‌طرف مژده خانم رفت. تعقیبش کردیم تا وقتی خبرچینی‌مان را می‌کرد، بخت دفاع داشته باشیم؛ ولی وقتی مانی با انگشت نشانمان داد و با صدای لرزانش گفت: «مژده خانم، من هی بهشون گفتم بزرگ‌ها نباید با ما بازی کنن؛ خودشون گوش نمی‌دادن.»

مژده خانم لبخندی زد: «کار خوبی کردین، بچه‌ها جونم. اتفاقاً آقا روزبه بهم گفته بود بد نیست توی این بازی، بزرگ‌ها هم یه‌کم با کوچیک‌ها بازی کنن. این‌جوری

بچه‌ها بازی رو جدی‌تر می‌گیرن؛ مثل همین آقا مانی خودمون که مطمئنم چند وقتی طرف دالون‌های تاریک پیداش نمی‌شه، مگه نه؟»

دستی به سرمانی که حسابی کنف شده بود، کشید و به‌طرف جایی که کیمیا و سامان و سپیده نشسته بودند، رفت.

دیگر حوصلهٔ این بازی را نداشتم. گفتم: «من که دیگه نیستم.» شهرزاد زبانش را برای مانی درآورد و گفت: «آره این نینی کوچولوها خیلی جیغ‌وویغ می‌کنن.»

به‌طرف تنگ حناچه رفتیم. شهرزاد صفحهٔ تخته را که دیروز در همان نزدیکی گذاشته بودیم، باز کرد و گفت: «تخته بزنیم؟» روبه‌رویش نشستم و مشغول چیدن مهره‌ها شدم. می‌دانستم که شهرزاد خیالش از بابت کارش راحت است. بهترین ماهیگیر کنار چشمه‌مان بود و پدرم می‌گفت شاید حتی در محله هم بهترین باشد؛ ولی من می‌بایست به فکر خودم می‌بودم. تا چند وقت دیگر شاید قدّم از نشانهٔ دوم بالا می‌زد. نمی‌دانستم چه کاری باید بکنم؛ ولی می‌دانستم از ماهیگیری و استخوان‌بندی و کار با نخ‌ها بیزارم. از حرف‌های پدرم فهمیده بودم که بختِ برگشتن به دفترداری را دارم. می‌گفت دستیار جدید روزبه، که عاطفه دختر محل‌دارمان بود، به‌تازگی نامزد پسر محل‌دار طلای ارگ شده است و عجله دارد که هرچه سریع‌تر محله‌مان را ترک کند. تنها کس دیگری که برای گرفتن جای دستیار حاضر بود، زری دختر روزبه بود. پدرم می‌گفت: «دختر خوبیه؛ ولی خود روزبه هم به من می‌گه که خیلی توی این کار کُنده؛ انگار اصلاً یاد نمی‌گیره.»

درست می‌گفت. هنوز فریادهای قباد و خط‌هایی را که با دست لرزانش محکم روی تکلیف‌های زری می‌کشید، به یاد داشتم. پدرم چند باری هم گفته بود: «روزبه می‌گه اگه زری هم مثل برزو تندتند یاد می‌گرفت، خیالم از بابت دستیار راحت می‌شد.» این‌ها را می‌گفت و با احتیاط به مادرم نگاه می‌کرد. مادرم مخالف رفتنم بود و هیچ دوست نداشت از کناره فاصله بگیرم. می‌دانستم اگر بروم، باز هم بداخلاق می‌شود، حتی اگر شهرزاد همان‌جا می‌ماند و با هم نقاشی می‌کردند.

ولی همهٔ این‌ها مال بعدتر بود. حالا مادرم برای بداخلاق شدن دلیل خیلی موجه‌تری داشت. اگر به این زودی سپنج را برنمی‌گرداندیم، نیازی نبود نگران بی‌حوصله شدنش در زمان رفتنم از کناره باشم. وسط چیدن مهره‌های تخته، فهمیدم باید چه کنیم.

به شهرزاد گفتم: «چطوره امشب تخته رو با خودمون ببریم؟»

گفت: «می‌خوای با صفحهٔ تخته بزنی‌شون؟»

گفتم: «چرت نگو. به‌جای اون بازیِ من‌درآوردی، باهاشون تخته‌بازی می‌کنیم و سپنج رو می‌بریم.»

«ولی من اون رو بیشتر دوست داشتم.»

«تو که همه‌ش به بقیه می‌خوردی. تا اون رو یاد بگیریم، مامانم فهمیده که سپنج نیست.»

شانه‌ای بالا انداخت: «نمی‌شه یه داستانی سرهم کنیم؟»

«نه، نمی‌شه.»

«باشه. تخته هم بد نیست. بعدش می‌شه اون یکی رو یاد بگیریم.»

«گفتم که، بعدِ سپنج دیگه بعد نداریم.»

«داریم.»

«نداریم.»

ضربه‌ای به تنگ حناچه زد: «داریم؟» حناچه به راست رفت. شهرزاد برایم شکلکی درآورد و تاس انداخت.

آن زمان اولین باری بود که تخته به نظرم بازی غریبی آمد. به دو مهرهٔ کوچکی فکر می‌کردم که راهشان را کشیده بودند و رفته بودند در دل خانه‌های دشمن، به همهٔ مهره‌های کوچکی که می‌بایست می‌کشاندمشان به خانه‌های خودم. همه‌شان را تمیز و مرتب کنار هم ردیف می‌کردم. آن‌وقت، سور واقعی شروع می‌شد و همه‌شان را می‌خوردم. نام عجیبی بود؛ ولی نام دیگری هم نمی‌شد روی کاری که می‌کردیم، گذاشت. مهره‌های کوچک را بلند می‌کردیم و از صفحه بیرون می‌بردیم، جوری که دیگر نمی‌توانستند برگردند و در خانه‌های صفحه این‌ور و آن‌ور بروند و با مهره‌های دیگر جفت یا ازشان جدا شوند. برای برنده شدن باید همهٔ این مهره‌های کوچک را می‌بلعیدیم. وقتی بازی‌مان تمام شد، شهرزاد با موفقیت همهٔ مهره‌هایش را خورده بود؛ ولی من به‌خاطر مهرهٔ سفید کوچکی که هنوز در دل خانه‌های شهرزاد بود، باخته بودم، به‌خاطر مهرهٔ سفید کوچکی که از خورده شدن فرار کرده بود. در بین کری خواندن‌های شهرزاد فکر می‌کردم که تخته، بازی غریبی است.

صحنهٔ ششم

با کم شدن سرعتمان، چشمانم را که هنوز به خاطر باد تند حرکت گرباش خشک بود، گشودم. چیزی عوض شده بود. اینجا و آنجا در کنار نور سرخ، کاسه‌های بزرگی پر از خاک افتاده بودند. از درون کاسه‌ها، جانورانی سر برآورده بودند: جانورانی با تنه‌های لاغر و انگشتان بی‌شمار و ترکه‌ای. اینجا و آنجا روی انگشتانشان با چادرهای نیمه‌تمامِ سبزرنگی پوشیده شده بود. در زیر چادرها انگار سنگ‌هایی رنگی ولی بی‌درخشش تاب می‌خوردند. می‌توانستم در یکی از کاسه‌ها سنگ‌هایی گرد و بنفش و کوچک، در دیگری سنگ‌هایی دراز و باریک و سبز و در دیگری سنگ‌هایی پهن و قرمزرنگ را ببینم. جانوران درون این کاسه‌ها انگار که در جایشان میخکوب شده بودند. کوچک‌ترین حرکتی نداشتند. ما هم جرئت تکان خوردن نداشتیم. می‌ترسیدیم اگر بلند شویم، آن‌ها با آن انگشت‌های ترکه‌ای‌شان به‌مان حمله کنند. از گوشهٔ چشمم تکان خوردن چیزی را دیدم. بعد صدای آرش را شنیدم که گفت: «این‌ها که دارن می‌گندن. باید زودتر برسوننشون به سرخ‌ارگ که حسابی نور بگیرن.»

صدای شیوا از دورتر گفت: «شیرین‌کاری بارِ بده دیگه. حالا به روش می‌آرم، ناراحت می‌شی.»

سرم را چرخاندم. آرش کنار کاسهٔ یکی از جانوران که تنهٔ خیلی لاغر و بلندی داشت با چادرهای سبز بزرگ بر انگشتان و سنگ‌هایی گرد و نارنجی، ایستاده بود. چشمش که به من افتاد، یکی از سنگ‌ها را از انگشت جانور کند و به‌طرفم پرت کرد. حتی این هم باعث نشد که جانور کاسه تکانی به خودش بدهد. دستم را جلوی سرم

گرفتم تا سنگ نارنجی را بگیرم؛ ولی اصلاً مثل سنگ نبود. شل‌وول و وارفته بود و همین که به دستم خورد، دل‌وروده‌اش به بیرون پاشید. دستم را با نفرت به زمین کشیدم: «اه!» آرش خندید: «زدم که یادت باشه دیگه چیزهای گندیده به سروکلهٔ کسی نزنی.» و صدایش را بلند کرد: «شیوا، دوست‌هات برگشتن.»

کمی سرم را به‌سمت شهرزاد چرخاندم که مثل من مات‌ومبهوت به جانوران استخوانی کاسه‌ها نگاه می‌کرد. سر شیوا از بین انگشت‌های ازکاسه‌بیرون‌آمده پیدا شد که با ابرویی بالاداده نگاهمان می‌کرد: «پس برگشتین، بچه‌ها. چرا خشکتون زده؟ مگه نیومدین دوستتون رو بگیرین؟» صدای شهرزاد را که انگار پچ‌پچ می‌کرد، از کنار گوشم شنیدم: «این‌ها کی‌ان؟» شیوا خندید: «از این‌ها ترسیدین؟ این‌ها...»

پیش از آنکه جمله‌اش را تمام کند، آرش گفت: «این‌ها بچه‌خورن» و جانور نارنجی را به‌طرفمان هل داد. دست‌های استخوانی‌اش انگار برای گرفتنمان دراز شده بود. با دادوبیداد خودمان را عقب کشیدیم. آرش می‌خندید. شیوا گفت: «کسی قرار نیست اینجا کسی رو بخوره. این‌ها گیاهن. کاری هم به کار کسی ندارن.»

هنوز با فاصله ایستاده بودیم تا اگر لازم شد، بتوانیم فرار کنیم؛ ولی انگار راست گفته بود: جانور یا همان گیاه هیچ حرکتی نداشت.

گیاه برایم کلمهٔ آشنایی بود. این همان چیزی بود که مژده خانم در داستان‌هایش تعریف کرده بود. ضربهٔ شهرزاد به شانه‌ام فکرم را برید. شهرزاد گفت: «این‌ها چقدر آشنان برزو، نه؟» با انگشت به چادرهای سبزروی انگشتان اشاره می‌کرد. لحظه‌ای مکث کردم و بعد شناختمشان. گفتم: «آره، خودشونن؛ ولی اینجا...»

صدای لرزان شیوا حرفم را برید که گفت: «شناختینشون، مگه نه؟ دیدی آرش؟ دیدی الکی نبوده؟ می‌دونستم ته وجودتون هنوز هم یه چیزی باید مونده باشه. این‌ها برگن، بچه‌ها. شماها می‌دونین برگ چیه نه؟ حسش می‌کنین نه؟»

با اخم نگاهی با شهرزاد تبادل کردیم و شهرزاد با سر کج‌شده گفت: «ها؟ من این برگی رو که می‌گی، نمی‌دونم چیه؛ ولی یه چیزی خیلی شبیه همین‌ها رو صبح به صبح اندر از کلهٔ اهالی محل می‌کشه و روی زمین محله می‌ریزه؛ برای اینکه ذهن‌هامون صبح‌ها تروتمیز بشه.»

سر تکان دادم و گفتم: «ته‌خوابه. من بدبخت هم جاروشون می‌کنم سرصبحی.»

شیوا محکم سر تکان داد: «نه، بچه‌ها. اندر که به‌جز لزجی تنش چیزی نداره براتون بریزه. ما این‌ها رو هرشب که می‌خوابین، برای شماها می‌ریزیم: این برگ‌ها رو؛ برای اینکه یادتون بیاد که اجدادتون چه‌جوری زندگی می‌کردن. اون‌ها کشاورزی می‌کردن، بچه‌ها. برای غذاشون زحمت می‌کشیدن، نه اینکه یه کاسه بگیرن و هر آشغالی رو که توش پرت می‌شه، بخورن.»

آرش گفت: «همهٔ همه که نه. یه سری‌هاشون واقعاً یه‌مشت گدای مُفت‌خور بودن که برای اینکه کار نکنن و مفت بخورن، آدم هم کشتن. ببینم، حالا شماها این مثل ته‌خواب‌ها رو چی کارشون می‌کنین؟»

شانه بالا انداختم و گفتم: «می‌ریزمشون قاطی پس‌مونده‌های آشمون که ببرن برای اندر.»

آرش پخی خندید: «این هم از پیوند به گذشته، شیوا خانم. انگار داشتی اندر رو با کشاورزی آشنا می‌کردی.»

شیوا اخمی کرد و گفت: «کار درست رو باید انجام داد، حالا هرچی که می‌خواد بشه. مطمئنم تماس روزانه با برگ‌ها، حتی دیدنش، بی‌تأثیر نمی‌مونه؛ نمی‌تونه بی‌تأثیر بمونه.»

شهرزاد انگار می‌خواست حرف شیوا را امتحان کند. دستش را جلو برد تا به گیاه نارنجی دست بزند که محکم پشت دستش زدم. این دیگر شوخی‌بردار نبود. شک نداشتم که دست زدن به خوراک دشمنان اندر کار ابلهانه‌ای است. گفت: «چه‌ته؟» گفتم: «مگه بچه‌ای که باید به همه‌چی دست بزنی؟ یه گندی بالا می‌آری سقف محله بریزه آخرسر.»

آرش گفت: «آره بچه جون، اگه دستت به این‌ها بخوره، سقفتون می‌ریزه؛ پس اون انگشت‌های درازت رو ازشون دور کن.»

شهرزاد که هنوز دستش در نزدیکی گیاه بود، اخم کرد و به من گفت: «خودت که به اون نارنجیه دست زدی.»

کمی از بقایای دل‌ورودهٔ سنگ نارنجی هنوز روی دستم ماسیده بود. گفتم: «از عمد که دست نزدم. وقتی خودت دست بزنی، خیلی فرق داره.»

آرش کاسه‌ای را هم که گیاه بنفشی در آن بود، به‌طرفمان سُراند و گفت: «ولی اگه به این‌ها بخورین، خیلی بد می‌شه؛ ممکنه سقف بریزه روی سر دوست‌هاتون. بهتره راهتون رو بکشین و برین.»

از مسیر گیاه بنفش جاخالی دادیم. آن موقع دوست داشتم سطل آش دیگری آورده بودیم تا به‌طرف آرش پرتاب کنم؛ ولی با وجود تخته جایی در دستمان نداشتیم. شهرزاد نق زد: «نه‌خیر. سقف به‌خاطر این چیزها نمی‌ریزه. ما که کاری نکردیم.»

شیوا که بین ما و آرش قرار گرفته بود، گفت: «شوخی می‌کنه، بچه‌ها. سقف قرار نیست با کارهای شما بریزه؛ فقط وقتی همونی که اون بالا روی سقف نشسته، هیکل گنده و چاقش رو تکون بده، می‌ریزه؛ اون هم فقط وقت‌هایی که زیرش خیلی شلوغ شه، تکون می‌خوره.»

آرش گفت: «یادتون باشه، هر عربده‌ای، هر جیغی، هر خنده‌ای می‌ره بالای سرتون جمع می‌شه و کی می‌دونه چه وقت ولی به‌وقتش یکهو از بالای سرتون می‌ریزه پایین.»

گفتم: «اونی که روی سقف نشسته؟»

شیوا جوری که انگار بدیهی‌ترین چیز جهان را می‌گوید، گفت: «آره، اِندَر.»

گفتم: «اون که با شماها کاری نداره. از مایی که آشش رو می‌خوریم، توقع داره.»

شهرزاد پا به زمین کوبید: «آره، فقط از ما توقع داره، اون هم توقع‌های آن‌چنانی، اون هم نه یکی‌دوتا؛ تا چیزی بشه هم، سقف می‌ریزه پایین روی سروکلهٔ مردم.»

سمتش شیرجه زدم تا جلوی حرف زدنش را بگیرم؛ ولی عقب می‌رفت و می‌گفت: «خیلی بدجنسه، خیلی.» مویش را کشیدم و گفتم: «خفه شو دیگه. یه کاری نکن چند تا بچهٔ دیگه رو مثل خودت بکنی.»

به دستم چنگ می‌زد تا مویش را رها کند و می‌گفت: «نرگس خاک خورده بود. من که کاری نکردم.» شیوا دستم را گرفت و موی شهرزاد را جدا کرد. آهی کشید و گفت: «آره، نرگس خیلی خاک می‌خورد. اون وقت‌ها می‌رفتم از یک دالون اون‌ور چشمه بچه‌ها رو نگاه کنم. یک دختر کوچولویی بود که همیشه می‌رفت ته چشمه و خیلی می‌موند. بقیه اسمش رو داد می‌زدن و می‌گفتن: «نرگس برگرد.» وقتی می‌اومد بالا، توی دستش پر خاک کف چشمه بود. می‌ریختشون توی دهنش و پشت به بقیه و رو به من تندتند می‌جوید.»

شهرزاد محکم دست‌هایش را به هم زد: «همیشه! گفت همیشه خاک می‌خورد. بعدش هم سقف نمی‌ریخته.»

گفتم: «تو هم باورت شد. اون‌وقتی که باید گوش کنی، گوش نمی‌کنی. این همه مژده خانم گفت که همون موقعی که کار بدی بکنین، سقف می‌ریزه.»

شهرزاد انگار حرفم را نشنیده باشد، باز با پا به زمین کوبید: «اگه بار اول یه کوچولو سقف می‌ریخت، نرگس هم می‌ترسید و دیگه خاک نمی‌خورد؛ ولی اون صبر کرد که بیشتر بخوره و بعدش کلی از سقف رو بریزونه. خیلی بدجنسه.»

می‌خواستم باز مویش را بکشم؛ ولی شیوا دستم را گرفت و گفت: «مگه نشنیدین چی گفتم، بچه‌ها؟ ریختن سقف...»

دستم را جدا کردم و گفتم: «شماها که این چیزها سرتون نمی‌شه. نه قصه‌های اندر رو شنیدین، نه هیچی. ما خودمون توی محله‌مون می‌دونیم چی به چیه. لازم نکرده شماها بهمون یاد بدین.»

آرش با بداخلاقی گفت: «پس راهتون رو بکشین و برگردین به محله‌تون. معطل چی هستین؟»

این بار من پا به زمین کوبیدم: «معطل اون چیزی که ازمون دزدیدین. تا پسش ندین هم نمی‌ریم. اون بازی مسخره‌تون رو هم نمی‌کنیم. خودمون بازی آوردیم.»

به صفحهٔ تخته اشاره کردم. آرش چهره‌اش را در هم کشید: «اه تخته؟ قرارمون این نبود.» گفتم: «الان قرارمون اینه. ما اون بازی شما رو بلد نیستیم.» آرش نیشخندی زد و گفت: «پس انگار این کوچولو پیش ما موندنیه.»

سپنج را از جیبش بیرون آورد، بالا انداخت و گرفت. از بین دندان‌هایم گفتم: «نه خیر، موندنی نیست. با تخته می‌بریمش.» شیوا که کنار تخته می‌نشست، گفت: «اگه واقعاً این رو ترجیح می‌دین، قبوله. اینجا چیزی زورکی نیست.» من و شهرزاد نشستیم. آرش که زیرلب غرولند می‌کرد هم پاکشان به ما پیوست.

شیوا پانزده سنگ سبز کوچک از جیبش بیرون آورد. گفت که تختهٔ آن‌ها کمی با تختهٔ ما فرق دارد. در تختهٔ آن‌ها گروه سفید کم‌وبیش مثل قوانین خودمان بازی می‌کردند؛ ولی هر دور بیشتر از چهار خانه نمی‌توانستند بروند؛ گروه سیاه ولی کلاً داستان دیگری داشتند. این مهره‌ها نمی‌توانستند مهره‌های سفید را بزنند. وقتی پرسیدیم چرا، آرش که یکی از مهره‌های سفید را در دست گرفته بود و نوازش می‌کرد، با صدایی نازک‌تر از معمول گفت: «چون این مهره‌ها خیلی ناز و ملوسن و زدنشون کار خیلی بدیه، گناه دارن؛ ولی اون‌ها می‌تونن مهره‌های سیاه رو بزنن، هیچ ایرادی هم نداره.»

شیوا مهرهٔ سفید را از دستش گرفت و سر جایش گذاشت و گفت: «بازیه دیگه، بچه‌ها. برای تنوع خوبه.» مشکل دیگر مهره‌های سیاه این بود که حتی نمی‌توانستند از روی مهره‌های سفید بپرند. اینکه دیگر حماقت محض بود؛ ولی آرش برایمان این‌طور توضیح داد: «می‌دونین، مهره‌های سفید خیلی حساسن و کسی نباید مزاحمشون بشه. این مهره‌های سیاه بدبخت باید عین موش آروم این‌ور و اون‌ور بخزن و حواسشون باشه سر راه اون سفیدهای بیچاره سبز نشن.»

تنها مزیت مهره‌های سیاه این بود که در هر دو جهت حرکت می‌کردند و می‌توانستند تا شش خانه بروند، البته اگر مهرهٔ سفیدی سر راهشان نبود. از همه عجیب‌تر این بود که مهره‌های سیاه قرار نبود همه در خانه‌ای جمع شوند و خورده شوند، بلکه خودشان سنگ‌های سبزی را که شیوا از جیبش درآورده بود، روی خودشان حمل می‌کردند. مهره‌های سیاه درصورتی می‌بردند که همهٔ سنگ‌های سبز را به خانهٔ مهره‌های سفید ببرند. بازی عجیبی بود؛ ولی شیوا برایمان این‌طور توضیحش داد: «ببینین، مهره‌های سیاه می‌خوان سنگ‌های سبزشون قوی باشن. توی خونهٔ مهره‌های سفید یه چیزی هست که سنگ‌های سبز لازمش دارن و مهره‌های سیاه می‌خوان سنگ‌هاشون رو ببرن اونجا، اون هم بدون اینکه مهره‌های سفید اون‌ها رو بزنن. مهره‌های سفید هم می‌خوان قبل از این کار همه‌شون توی خونه‌شون جمع شن و خورده بشن.»

زمان انتخاب گروه، من و شهرزاد به‌هیچ‌وجه نمی‌خواستیم با مهره‌های سیاه بازی کنیم. شیوا قبول کرد که خودش و آرش سمت مهره‌های سیاه باشند و ما سمت

مهره‌های سفید. آرش سپنج را از جیبش بیرون آورد و روی زمین پرت کرد و داد کشید: «می‌خوای این رو همین‌جوری بهشون بدیم که ببرن و الکی وقتمون رو هدر ندیم؟»

شیوا دستش را گرفت: «بازیه، آرش. بازیه. اگه از من بپرسین، هرکدوم از گروه‌ها نقطهٔ مثبت و منفی دارن.»

آرش قانع نشده بود و در طول بازی مدام زیرلب غرغر می‌کرد.

فکر می‌کردم که حق داشت. بازی با مهره‌های سیاه خیلی سخت بود. تا می‌خواستند به خانهٔ مهره‌های سفید برسند، مهرهٔ سفیدی جلوی راهشان سبز می‌شد و می‌بایست عقب می‌نشستند و دعا می‌کردند که مهرهٔ سفید با حرکتش به آن‌ها نزند و از رویشان بپرد. نیازی نبود تخته‌نردباز قهاری می‌بودیم تا برندهٔ آن بازی می‌شدیم. وقتی تمام شد، دست دراز کردم تا سپنج را بگیرم. آرش چند لحظه‌ای آن را در دستش گرفته بود؛ ولی با نگاه شیوا آن را در دستم رها کرد. از جا بلند شد و به‌طرف کاسه‌های گیاه پشت‌سرمان رفت. شیوا هم بلند شد و از جیبش سه سنگ درخشان درآورد و به‌سمتمان گرفت. گفت: «این‌ها رو برای بازی‌تون جمع کردم. هروقت خواستین هم می‌تونین برگردین.»

برای گرفتنشان دست‌دست می‌کردم و داستان‌هایی را که از مژده خانم شنیده بودم، مرور می‌کردم. می‌دانستم گرفتن پیراهن بد است، ولی سنگ چه؟ آن سنگ‌ها را خودمان هم می‌توانستیم پیدا کنیم. ذهنم مشغول بود، که شهرزاد سنگ‌ها را با لبخندی گرفت و در جیبش گذاشت. با گرباش‌ها به شهر روشن خودمان رسیدیم. می‌خواستم سنگ‌ها را از شهرزاد بگیرم و زیر نور سقف بیشتر بررسی‌شان کنم؛ ولی

شهرزاد خمیازه‌ای کشید و به‌طرف چادر دخترهای چشمه رفت. فکر کردم فردا از خجالتش درمی‌آیم و خودم هم راهی چادرمان شدم.

آن شب خیلی زود خوابم برد. خواب عجیبی می‌دیدم. خواب می‌دیدم در احاطهٔ گیاهان خیلی درازی که انگشت‌های بلندشان را به‌سمتم گرفته‌اند، ایستاده‌ام و نمی‌توانم حرکت کنم. سر بلند می‌کردم و می‌دیدم که دستی از بالا پایین می‌آید و انگار حرکتم می‌دهد به‌سمت جایی که نمی‌دانم کجا بود. در خواب می‌دانستم که دوست ندارم به آنجا بروم؛ ولی مقاومتی در کار نبود. همان‌طور ایستاده بودم و به انگشتان اتهام‌آمیز گیاهان خیره شده بودم و قدم‌به‌قدم به‌سمت جایی می‌رفتم که نمی‌خواستم. کمی بعد انگار جلوی رویم که پیش‌تر پوشیده از گیاه بود، تبدیل به چشمهٔ کناره شد. می‌توانستم بچه‌های چشمه را آنجا ببینم که شاد و خوش‌حال بازی می‌کردند؛ ولی باز هم نمی‌خواستم به آنجا نزدیک شوم. دست پایین می‌آمد و همهٔ تلاشم را می‌کردم تا به‌نحوی جلویش مقاومت کنم. می‌خواستم جیغ بکشم و صدایم درنمی‌آمد. ناگهان انگار موفق شدم. صدای جیغ خیلی بلندی به گوشم رسید. دست در جایش بی‌حرکت ماند. از خواب پریدم؛ ولی صدای جیغ در بیداری هم تعقیبم کرده بود و هنوز در گوشم زنگ می‌زد. انگار که از بیرون چادرمان صدای جیغی می‌آمد. چند لحظه گیج‌ومنگ سر جایم نشستم. از بیرون چادر صدایی شبیه به صدای سپیده جیغ می‌کشید و چیزهایی می‌گفت. در میان حرف‌هایش، فقط کلمهٔ سقف را توانستم بشنوم.

صحنهٔ هفتم

زمانی که به‌همراه مادرم و سپیده به نزدیکی چشمه رسیدیم، می‌شد طنین جیغ ممتدی را شنید. مادرم با صدای سپیده سراسیمه از چادر بیرون دویده بود. نیازی به درخواست توضیح نبود. از میان گریه‌های منقطع سپیده فهمیدیم که در نزدیکی چادر بچه‌ها سقف ریخته. بی‌معطلی و حرف اضافه، تقریباً دوان‌دوان به‌سمت چشمه راه افتادیم. در طول راه می‌خواستم فکرهای مزاحمی را که در سرم این‌ور و آن‌ور می‌پریدند، ساکت کنم. این به‌خاطر ما بود؟ تقصیر ما بود که هم‌بازی دشمنان اندر شده بودیم؟ مثل بچه‌ها فکر کرده بودم که چون داستانی از عاقبتش نشنیده‌ام، لابد کار بدی نیست؛ ولی مگر باید برای هرچیزی داستانی باشد؟

به چشمه رسیدیم. بین چادر دخترها و پسرها در سقف، حفرهٔ سیاهی ایجاد شده بود. بچه‌ها گردِ مژده خانم در حلقه‌ای نشسته بودند. هرچه چشم گرداندم، اثری از آقا محراب نبود. مژده خانم دستش را محکم در هوا تکان داد تا بهشان بپیوندیم. سپیده هق‌هق‌کنان دوید و من و مادرم هم کمی بعد کنارشان نشستیم. مژده خانم که یک دستش را روی سرش گذاشته بود، رو به مادرم کرد: «می‌بینی چه وضعی شده، باران جون؟ می‌بینی؟»

و مادرم انگار که پاسخ این پرسش به دقتِ بینایی‌اش وابسته بود، نگاهی به دوروبر کرد و آرام سر تکان داد. مژده خانم ادامه داد: «محراب رفت به میون محله که به محل‌داری خبر بده.»

جملاتش را در میان جیغ و گریهٔ گلرخ به‌زور می‌شنیدیم. مادرم که با هر جیغ گلرخ کمی شانه‌اش را جمع می‌کرد، با همان لحنی که ازمان دربارهٔ سنگ‌هایی که می‌آوردیم می‌پرسید، گفت: «همه سالمن؟»

مژده خانم نالید: «بختمون بلند بوده که کسی طوری‌ش نشده؛ ولی باید... مانی جان می‌شه خواهرت رو یه‌کم آروم کنی؟... باید برای همدیگه... عزیزم یه‌کم آروم‌تر...»

به‌سختی می‌توانستیم صدای مژده خانم را بشنویم. مانی آستین گلرخ را می‌کشید و می‌گفت: «بسه دیگه... تموم شد.»

سینا برای گلرخ شکلک درمی‌آورد تا شاید بخندد. شهرزاد با عصبانیتی که پیش‌تر درش سراغ نداشتم، سعی می‌کرد با پچ‌پچ گلرخ را ساکت کند: «جیغ نزن دیگه. ساکت شو»؛ ولی هیچ‌کدام کارساز نبود. صدای جیغ همچنان در هوا پخش می‌شد و مثل سیخی به اعماق کله‌مان فرومی‌رفت. دل‌سوزی برای بچه‌یتیمِ ترسیده داشت جای خود را به حس‌های ناهم‌دردانه‌تری می‌داد. مانی که هنوز آستین گلرخ را در دست داشت، به مژده خانم گفت: «آروم نمی‌شه این‌جوری. می‌خواین یه‌کم ببرمش اون‌ور چشمه؟»

به جایی اشاره می‌کرد که چالهٔ پر از آشی قرار داشت تا کسانی که به هر دلیلی حس ناخوشی داشتند، در آن غوطه بخورند. اگر ناخوشی‌شان برطرف نمی‌شد و زمان زیادی می‌گذشت، چاره‌ای جز فرستادنشان به میان‌ارگ و نزد خود اندر نبود. تا حالا نشنیده بودم کسی که از چالهٔ آش به میان‌ارگ فرستاده شده بود، برگردد. مژده خانم

گردنش را خاراند. این پیشنهاد که مانی با آن ابروهای به‌وسط بالارفته‌اش داده بود، باعث از جا پریدن مادرم شد که به یاد ماهی پشمالوی نیمه‌تمامش افتاد. مژده خانم که دیگر از هر ترفندی برای ساکت کردن گلرخ استقبال می‌کرد، قبول کرد که مادرم راهی چادرمان شود. من هم به‌همراهش رفتم تا حناچه را بیاورم.

به دالان که رسیدیم، مادرم آهی کشید: «وای سرم رفت! چه الم‌شنگه‌ای به پا شده!»

نگاهش که می‌کردم، نمی‌توانستم کمترین اثری از نگرانی و پرسش و ترس و هرچیز دیگری که خودم حس می‌کردم، در او ببینم. انگار مثل هر روز دیگری داشتیم در دالان قدم می‌زدیم. گفتم: «تو فکر می‌کنی چی بوده؟»

گفت: «بچه‌ست دیگه. ترسیده.» دستم را محکم به سرم زدم و گفتم: «وای مامان! گلرخ رو نمی‌گم. سقف چرا ریخته؟»

اخمش در هم رفت و گفت: «از کی تا حالا صدات رو برای من بلند می‌کنی؟» نفس عمیقی کشیدم تا پاسخی را که در آستانهٔ بیرون پریدن از دهانم بود، ببلعم. راستش از این رفتار نمی‌بایست تعجبی می‌کردم. او هیچ‌وقت کوچک‌ترین توجهی نه به حرف‌های پدرم داشت و نه به داستان‌های مژده خانم. در جهان خودش که با سنگ‌ها و آش و بافتنی‌های رنگارنگش تزیین شده بود، خوش بود. به شنیدنِ داستانِ فلان بخت‌برگشته‌ای که وقتی خواب بوده، بچه‌های شیطانش تاس تخته را به‌شوخی در دهانش ریخته‌اند و بعداز آنکه آن‌ها را قورت داده و نعره‌زنان از جا پریده، همه‌شان دسته‌جمعی توسط محل‌دار سرخ‌ارگ راهی میان‌ارگ شده بودند و قضایایی از این قبیل، کوچک‌ترین علاقه‌ای نداشت.

وقتی جوابی ندادم، دست‌هایش را کمی از هم باز کرد و گفت: «دلیلش دیروزود روشن می‌شه. اینکه ما فکر کنیم دلیلش چی می‌تونه باشه هم اصلاً مهم نیست. خودت رو الکی درگیرش نکن.»

ضربه‌ای به پشتم زد و لبخندزنان گفت: «ببینم، این چند روز سنگ هم جمع کردین یا نه؟»

گفتم: «نه.» انگشتش را با ملایمت تکان داد: «نکنه تو هم داری مثل شهرزاد تنبل می‌شی؟ مگه نمی‌خواین تا بابا برنگشته، باز هم نقاشی کنیم؟» سر تکان دادم و چیز دیگری نگفتم.

هیچ‌وقت حاضر نمی‌شد زیر بار برود که ریزش ممکن بود به نقاشی‌های عزیزش ربط داشته باشد. فقط با نیاوردن سنگ، می‌توانستم جلویش را بگیرم. از پیامد این کار که شامل عبوسی و بی‌حوصلگی مادرم می‌شد، غافل نبودم؛ ولی کار دیگری ازم برنمی‌آمد، دست‌کم تا زمانی که مقصر واقعی معلوم می‌شد: کسی که از دستورهای مستقیم اندر سرپیچی کرده باشد. مادرم بی‌توجه به سکوتم، ادامه می‌داد: «دم ماهی گلرخ هنوز تموم نشــده. کاش قبل از اینکه محراب بره میانه، می‌دیدمش و بهش می‌گفتم به فریبا خانم بگه یه کم نخ طلایی از طلای ارگ برامون بفرسته.»

عمیقاً شــکرگزار بودم که مادرم نتوانســته بود آقا محراب را پیش از رفتنش ببیند. نمی‌توانستم تصور کنم آقا محرابِ معمولاً آرام، چه می‌کرد اگر همان‌طور که داشت برسرزنان راهی میانه می‌شد تا خبر نابودی احتمالی‌مان را برساند، ناگهان سفارشی برای نخ‌های طلایی دریافت می‌کرد.

در راه برگشت، مادرم از استفادهٔ نخ‌های طلایی در بافتنی‌های دیگری که نیاز داشت، می‌گفت. می‌گفت که با دیدن سنگ شهرزاد، به فکر چسباندن خرده‌های آن سنگ براق به لباس‌ها افتاده است. می‌خواست بداند که آیا به نظر من آن‌طوری جامه‌هایمان قشنگ‌تر می‌شوند یا نه. به یاد جامهٔ دیگری در دل تاریکی که به سنگ آراسته بود، افتادم و مخالفت کردم. مسیر چادر تا چشمه به نظرم از همیشه طولانی‌تر می‌آمد. شنیدن صدای جیغ گلرخ دل‌گرمم می‌کرد که گفت‌وگویمان رو به پایان است. گلرخ ماهی بی‌دم را در آغوش گرفت و جیغ‌هایش بدل به هق‌هق‌های ضعیفی شدند. مژده خانم که دیگر خیالش از بابت سروصدا راحت شده بود، شروع کرد: «خب بچه‌ها جونم، بیاین همه‌مون نوبتی کارهایی رو که از دیروز صبح کردیم، برای هم تعریف کنیم. خودم شروع می‌کنم. صبح که با سروصدای آقا سامان از خواب بیدار شدم...» چشمکی زد و ادامه داد.

دیگر نمی‌شنیدم مژده خانم چه می‌گفت. داشتم فکر می‌کردم وقتی نوبت به خودم برسد، می‌بایست چه می‌کردم. وقتی همهٔ آن چشم‌ها به من خیره می‌شدند، شکاکانه براندازم می‌کردند و می‌خواستند بدانند دیروز چه کرده‌ام، می‌خواستند بدانند در همهٔ لحظات دیروز به فکر محله و هم‌محله‌ای‌هایم بوده‌ام و حواسم بوده که کمترین بی‌احتیاطی می‌تواند دمار از روزگارمان برآورد.

جملاتی را که می‌خواستم به زبان بیاورم، در ذهنم می‌گفتم؛ ولی خودم هم باورم نمی‌شد راست باشند؛ انگار خودم هم داشتم از آن‌سو به کسی که در جای من نشسته بود، نگاه می‌کردم. چهرهٔ گرگرفته و بدن منقبضش را می‌دیدم. صدای تپیدن

قلب و نفس‌های بریده‌اش را می‌شنیدم. نیازی به پرسش‌وپاسخ نبود. کافی بود به صدای لرزان و بزاقی که به‌زحمت فرومی‌داد، گوش کنم و دست‌هایش را که انگار نمی‌دانست با آن‌ها چه کند، ببینم تا بدانم کسی که روبه‌رویم نشسته، یک دروغ‌گوست، یک شیاد حقه‌باز دغل‌کار.

بچه‌ها به‌نوبت حرف می‌زدند و از کارهای دیروزشان می‌گفتند. چقدر معصوم و بی‌شیله‌پیله و روراست به نظرم می‌آمدند؛ حتی شهرزاد با آن چشم‌های مشکی معصومانهٔ گشادشده، سرکمی به یک طرف کج و ابروهایی که برای نشان دادن جدیتش در یادآوری به هم گره کرده بود، انگار نمی‌توانست چیزی جز حقیقت بگوید. تعریف می‌کرد که صدای جیغ بلند گلرخ از خواب بیدارش کرده بود. گفت می‌شنیده که از چادر پسرها، سینا هم تصمیم به همراهی با گلرخ گرفته بود و کیمیا فریاد می‌زد می‌خواهم بخوابم و داوود وحشیانه می‌خندید. مژده خانم با این تعریف‌ها لبخند می‌زد و بعد که شهرزاد از ریزش گفت، با دل‌سوزی سرش را تکان داد. بعد نگاهش متوجه من شد.

نفسم به زور بالا می‌آمد. فکر می‌کردم که اگر دروغم را نمی‌فهمیدند، دیگر هرگز هرگز پایم را از دالان‌های روشنمان جز برای مأموریت محله و به دستور دیگران بیرون نمی‌گذاشتم. دیگر هیچ کاری جز آنچه همه علنی می‌کردند، انجام نمی‌دادم. اهمیتی نداشت که مادرم چقدر بداخلاق می‌شد و دیگر حوصلهٔ حرف زدن با هیچ‌کس حتی خودم را نمی‌داشت. با این افکار دهان باز کردم. داستانی را که آماده کرده بودم، گفتم، داستانی که در آن مثل روزهای

پیش از رفتن پدرم، تمرین ماهیگیری کرده بودم و با حناچه از تنگش گپ زده بودم. بعد با بچه‌ها مشغول بازی شده بودم تا شب هنگام. آن موقع هم با صدای جیغ سپیده بیدار شده بودم. در چشم‌های شنوندگانم دقیق می‌شدم تا علائم نفرت و انزجار را در آن‌ها بخوانم. منتظر بودم که مژده خانم هر لحظه دستم را بگیرد و کشان‌کشان به میان محله ببردم تا همه بدانند آن کسی که باعث ریزش سقف شده است، منم. وقتی آخرین جمله از دهانم بیرون آمد و مژده خانم سر تکان داد، موجی از سپاس‌گزاری وجودم را گرفت. دیگر یک قدم هم از آنچه مطمئن بودم درست است، کج نمی‌گذاشتم. من نفر آخر بودم و کس دیگری باقی نمانده بود تا خاطرهٔ روز پیشش را بازگو کند؛ ولی مژده خانم خیال پراکنده کردن حلقه را نداشت. دست‌هایش را به هم زد و گفت: «ببینم بچه‌ها جونم، با چند تا قصه چطورین؟ بعدش اگه چیز دیگه‌ای هم یادتون اومد، می‌تونین بهمون بگین. خوبه؟ امشب هم همه‌مون کنار چشمه می‌خوابیم.»

سینا مشت به زمین کوبید: «من گشنمه... من گشنمه...» قرار شد اول کمی آش بخوریم تا بعد مژده خانم برایمان قصه بگوید.

بین مادرم و شهرزاد، با قاشقی در دست نشسته بودم. تمام شده بود. دیگر تا آخر عمرم هرگز نمی‌خواستم کار ناامنی کنم. باید آن سنگ‌های لعنتی را از شهرزاد می‌گرفتم و در دریاچه می‌انداختم، آن‌قدر دور که دست کسی بهشان نرسد. باید همهٔ خاطراتم از آن دالان تاریک را از کله‌ام پاک می‌کردم. باید دیگر سنگ جمع نمی‌کردم. قاشق‌های آش را یکی پس از دیگری می‌بلعیدم. شهرزاد به پهلویم زد:

«خوب اشتهات باز شده.» نشنیده‌اش گرفتم. می‌خواستم بعد از آن، یک هم‌محله‌ای نمونه باشم. تصمیمی که برای چند روز سعی کردم بر آن بمانم و اگر زیر پا نگذاشته بودمش، شاید هنوز در شهرمان ماندگار بودم.

صحنهٔ هشتم

«می‌دونین که خیلی خیلی وقت پیش‌ها که اِندَر هنوز اینجا نیومده بود، اجداد ما این پایین زندگی نمی‌کردن. اون‌ها بالای این سقف زندگی می‌کردن. با بدبختی و کارهای سخت که بهش کشاورزی می‌گفتن، غذا درمی‌آوردن برای خوردن. یه‌وقت‌هایی هم برای همه نمی‌تونستن غذا پیدا کنن. خیلی‌ها از کمبود غذا می‌مردن. خلاصه زندگی خیلی سختی داشتن. تا اینکه وقتی اندر اومد، یکی از اهالیِ خیلی دانای شهر به نام هرمزان به فکر افتاد که شهر رو به این پایین منتقل کنن. یه سری‌ها که عقلشون بیشتر کار می‌کرد، دیدن خب به‌جای جون کندن اون بالا، می‌تونن بیان اینجا و راحت و آروم غذا بخورن. اون‌ها این محله‌های ما رو اولین بار درست کردن. قانون‌ها رو هم امیرهٔ اول که زن خیلی بادرایتی بود، اولین بار نوشت و شهر ما درست شد؛ ولی یه سری‌ها از اون‌هایی که بالا بودن، نمی‌خواستن از راه‌ورسم خودشون دست بکشن، حتی وقتی که دیگه گزینه‌های بهتری هم بود. اون‌ها یه مدت بعد، به بهانهٔ اینکه اندر داره مزاحم خوردنشون از زمین می‌شه، بهش حمله هم می‌کردن. یه سری‌هاشون خواستن بیان پایین که اهالی این شهر رو هم بکشن. اون موقع بود که هرمزان که خودش بالا مونده بود، به اهالی پایین هشدار داد. اون‌ها هم دریچه‌ای رو که ساخته بودند، بستند. خب خودش هم اون بالا موند؛ ولی کار خیلی بزرگی برای شهر کرد. مطمئنم که اندر باهاش کاری نداشت؛ ولی بقیهٔ بالایی‌ها رو بعد اینکه دید هیچ رقمه کوتاه نمی‌آن، از بین برد. اون‌هایی که پایین موندن، اگه از تعصب‌هاشون دست می‌کشیدن، می‌تونستن راحت کنار ما زندگی کنن؛ ولی اون‌قدر دشمنی

چشمشون رو کور کرده بود که تصمیم گرفتن برن جاهایی که از سقفش آش نمی‌آد بیرون و توی تاریکی زندگی کنن و هرچیزی به‌جزآش بخورن، هرچیزی؛ ماهی و بچه رو ولی بیشتراز همه‌چیزدوست دارن. اندر هم گذاشته‌شون که توی تاریکی به حال خودشون بمونن؛ ولی ماهایی که آش اندر رو می‌خوریم، اگه بهشون نزدیک شیم، دیگه خیلی نمک‌نشناسیه، مگه نه بچه‌ها جونم؟ اون موقع اندر هم حق داره که عصبانی بشه و وقتی عصبانی بشه، می‌دونین که چی می‌شه.»

وقتی مژده خانم داستان هرمزان را تمام کرد، تا مدتی بعد اصرار داشت که در حلقه دورش بمانیم. می‌خواست اگر چیزی به قول خودش «هرچقدر هم کوچولو باشه» یادمان آمد، «برای همه‌مون» یا در واقع برای خودش تعریف کنیم. وقتی کار به یادآوری سینا از اینکه دیروز چند بار زمین خورده بود رسید، مژده خانم قبول کرد تا حلقه پراکنده شود. خودش با مادرم و کیمیا و سپیده در گوشه‌ای جمع شدند. با کمی فاصله از آن‌ها سامان نشسته بود. در غیاب آقا محراب، استخوان‌ها و چکش و سوهان و دیگروسایلش را جلوی صورتش می‌گرفت و جوری باهاشان ورمی‌رفت که انگار می‌توانست شیوهٔ کار کردن با آن‌ها را همین‌جوری کشف کند.

من و شهرزاد با مهره‌های تخته ورمی‌رفتیم. با هر سروصدای بچه‌های کوچک‌تر که به‌همراه داوود بازی می‌کردند، اخم‌های شهرزاد در هم می‌رفت و سر تکان می‌داد. گفتم: «اون چرت‌وپرت‌ها رو باور کردی؟ خب تا الان با دو تا خندهٔ داوود باید سقف می‌ریخت.»

و خودم هم بلندتر از معمول خندیدم. شهرزاد چشم‌غره‌ای رفت و گفت: «هیسسسس! چه‌ته؟ تو که اون موقع اینجا نبودی. انگار یکهو یه‌عالمه صدا از بالا ریختن پایین؛ انگار یکی داشت هم جیغ می‌کشید، هم داد می‌زد، هم می‌خندید.»

گفتم: «اون‌جوری که تعریف کردی، خودتون داشتین همهٔ این کارها رو با هم می‌کردین.»

سر تکان داد و گفت: «نه، این فرق می‌کرد. صدای... نمی‌دونم... باید خودت می‌شنیدی؛ ولی ماها نبودیم. معلوم بود.»

گفتم: «به نظرت اومده. می‌دونی، حرف‌های اون‌ها رفته بوده توی کله‌ت. اون‌جوری که تک‌به‌تک حرف‌هاشون رو قورت می‌دادی، اگه می‌گفتی صدای حرف زدن سقف رو هم شنیدی، تعجب نمی‌کردم.»

با دستش به همهٔ کنار چشمه اشاره کرد و گفت: «راست می‌گفتن. مگه ندیدی؟ امروز اینجا ته‌خواب نریخته بود؛ یعنی واقعاً خودشون داشتن می‌ریختن.»

شانه بالا انداختم و گفتم: «بهتر. کار من رو زیاد می‌کردن. اینکه با سقف یکی نیست. کی فکرش رو می‌کرد که یه‌مشت احمق خیال می‌کردن با ریختن آت‌وآشغال‌هاشون کف محله، هوس حمالی برای غذا به سرمون می‌زنه! ولی سقف فرق داره. باید حواسمون رو حسابی جمع کنیم.»

شهرزاد چشم‌غره‌ای به بچه‌های در حال بازی رفت و گفت: «چرا به من می‌گی؟ به اون‌ها بگو که اینجا رو گذاشتن روی سرشون.»

گفتم: «ولشون کن. ولی فکرش رو می‌کردم از حرف‌های بچه‌خورها خوشت بیاد. این‌جوری می‌تونی همین‌جوری هرجا خواستی، بچرخی و هرکاری هم بکنی، فقط هیس‌هیس صدای کسی درنیاد.»

اخم کرد و گفت: «من می‌چرخم؟ من که بهترین ماهیگیر این دوروبرم. اونی که دست به سیاه‌وسفید نمی‌زنه، جناب‌عالی‌ای.»

«منم اگه مامانم می‌ذاشت، می‌رفتم دفترداری، شاید دستیاری چیزی می‌شدم. آقا روزبه که همیشه به بابام می‌گه.»

«فعلاً که توی چادر دفترداری نیستی و این‌جا ور دل ما یتیم‌های بدبخت تشریف داری. مفیدترین کاری که می‌کنی هم سنگ جمع کردن برای نقاشی‌هاست.»

«ته خواب‌ها رو من جمع نکنم که اینجا رو گند می‌گیره. نقاشی فعلاً خبری نیست‌ها. از این سنگ‌های جدید هم چیزی به مامانم نمی‌گی. اگه خودت سنگ جمع می‌کردی، می‌گفتم نکن؛ ولی خب از اون جهت خیالم راحته.»

«عقلم که کم نیست جلوی مژده بخوام کاری کنم؛ ولی دوسه روز دیگه احتمالاً شما هم برمی‌گردین چادرتون.»

«نه، فعلاً همه‌چی تعطیله. توهم شدی مثل مامانم انگار، بفهمن، خیلی وضع خراب می‌شه.» «مامانت که می‌گه این مشکلی نداره، توهم که می‌گی نداره. خب بفهمن، چی می‌شه.»

«من کـه هنوز هم می‌گم مشـکلی نداره؛ ولی کی می‌خواد این رو به مژده خانم توضیح بده. بعدش هم بابام قول گرفت ازمون. تا معلوم نشه سقف چرا ریخته، نباید ماها کاری بکنیم. حالی‌ت شد؟»

آهی کشید و با نوک انگشت یکی از مهره‌ها را تکان داد: «نقاشی که نکنیم، اون ور هم نریم؛ چی‌کار بکنیم اون‌وقت؟»

«همون کارهایی که این‌همه آدم این‌همه وقت کردن و باز هم می‌کنن.»

پوزخندی زد و تلنگری به تنگ حناچه زد و گفت: «تو چی می‌گی؟ کلاً بی‌خیال همه چی بشیم؟»

حناچه صـاف می‌رفت. برای یک بار هم که شـده، با من موافق بود. به شهرزاد گفتم: «ببین، این ماهی عقلش از تو بیشتر می‌رسه.»

اخم کرد و گفت: «اینکه آره یا نه نبود. صاف می‌ره؛ یعنی حال‌وحوصله نداره.»

«خب سؤال‌هات این‌قدر چرتن که حال نداره جوابشون رو بده.»

«تو یه سؤال غیرچرت بپرس، ببینیم چی می‌گه.»

می‌دانسـتم موضوعی که همیشـه حناچه برایش حوصله دارد، چیسـت. سرم را بالای تنگ بردم و گفتم: «ببینم، اون تنگی که قراره آقا محراب برات بسازه، می‌خوای حلقه‌ای باشه؟»

باز هم صـاف می‌رفت؛ انگارنه‌انگار که قبلاً مدت‌های طولانی دربارۀ تک‌تک جزئیات تنگش می‌خواست حرف بزنیم و سیر نمی‌شد. شهرزاد انگشتش را تکان داد و گفت: «این یه چیزی‌ش شده. اصلاً خوب نیست.» تنگ حناچه را کمی هل دادم

و گفتم: «چیزی‌ش نیست. بازی درمی‌آره. یه کم دیگه درست می‌شه.» شهرزاد سرش را تکان می‌داد.

بعدتر هر چند بار و دربارهٔ هرچیزی از حناچه می‌پرسیدم، فقط صاف شنا می‌کرد و هیچ توجهی به حرف‌هایم نداشت. دیگر نه رفت‌وآمدمان به دالان تاریک برایش مهم بود، نه نقاشی کشیدن و نه حتی شکل تنگش. ناگهان به یک ماهی عادی بدل شده بود. چند روز بعد به پیشنهاد شهرزاد به چشمه برگرداندمش تا شاید آنجا حالش بهتر شود. بعد از افتادن در چشمه، به گروهی از ماهی‌های سبز پیوست. تا روزهای بعد از آن، هر صبح به چشمه سر می‌زدم تا حناچه را که می‌بایست دوباره کج‌کج و جدا از دیگر ماهی‌ها شنا می‌کرد، ببینم؛ ولی هرچه چشم می‌گرداندم، همهٔ ماهی‌ها داشتند دسته‌ای شنا می‌کردند.

صحنهٔ نهم

«جفت شیش.» پدرم این را با چهره‌ای که تازه چند روزی بود از گرفتگی درآمده بود، گفت. در چادر تخته‌بازی می‌کردیم و مادرم با چهره‌ای اخم‌آلود، گوشهٔ چادر بافتنی می‌بافت. پدرم با ذوق روی صفحه خم شده بود و انگشتانش را بالای مهره‌ها تکان می‌داد: «خب، این رو چی کارش کنیم؟» دو هفته از ریزش سقف گذشته بود و آرامشی نسبی بر حاشیهٔ محله حکم‌فرما بود. چند روزی بود که دیگر خبری از خوابیدن همگانی کنار چشمه و گذراندن روز زیر نگاه‌های مراقب مژده خانم و آقا محراب نبود. مژده خانم به مرکز رفته بود و از آقا روزبه این‌طور شنیده بود که شاید این ریزش به‌خاطر کاری در جای دیگری از محله بوده. البته هرازگاهی پدرم شب‌هنگام چادر را ترک می‌کرد و به‌سمت چشمه می‌رفت و دوباره برمی‌گشت. در طول این گشت‌های شبانه، بیدار می‌ماندم و خداخدا می‌کردم که شهرزاد به دیدن آرش و شیوا نرفته باشد. پس از بازگشت بی‌سروصدای پدرم، می‌توانستم نفس راحتی بکشم و بخوابم. وقتی بازی‌مان تمام شد، پدرم رو به مادرم کرد که گوشهٔ چادر کز کرده بود و گفت: «نمی‌خوای یه دور تورو هم ببرم؟»

مادرم از بافتنی چشم برنمی‌داشت: «الان نه.»

«ناز نکن دیگه، بیا.»

«گفتم نه دیگه. این رو باید زودتر تموم کنم. سینا یه دونه پیرهن سالم نداره.»

پدرم با لبخند گفت: «یعنی اندازهٔ یه دست تخته با ما هم وقت نداری؟»

«نه.» آهی کشید و به من گفت: «خیلی خب، پس ما یه سر بریم ماهیگیری، ها؟» سر تکان دادم و به‌سمت چشمه به راه افتادیم.

نوبت ماهیگیری مجید بود که انگار می‌خواست ماهی‌ها را با قلاب کتک بزند. داوود و سپیده و شهرزاد که با من دور مجید نشسته بودند، نخودی می‌خندیدند. لبخند می‌زدم؛ ولی در این جمع، بدترین ماهیگیر بعداز مجید من بودم. موقع ماهیگیری خودم هم گاهی صدای پخ خنده‌ای را از این‌ور و آن‌ور می‌شنیدم. پدرم وقتی از میان‌ارگ برگشت، چند باری دربارهٔ عجلهٔ دستیار روزبه برای رفتن پیش نامزدش و کندی زری در یادگیری گفته بود؛ ولی مادرم فقط مشغول بافتنی بود و به تولید صداهای توگلویی در پاسخ اکتفا می‌کرد. سنگ‌های صیقلی‌ای را که شیوا به شهرزاد داده بود و من از او گرفته بودم تا در دریاچه بیندازم، در جیبم لمس می‌کردم. اول فکر کرده بودم که تا وقتی همه در کنار دریاچه هستیم، دور انداختنشان کار احمقانه‌ای است؛ چون ممکن بود کسی ببیندم؛ ولی بعداز برگشتن پدرم و رفتن به چادرها باز هم وقت داشتم که صبح‌های خیلی زود همان‌طور که به چشمه خیره می‌شدم تا بلکه بار دیگر حناچه را ببینم، سنگ‌ها را در آن بیندازم؛ ولی نینداختمشان. هرچه بیشتر فکر می‌کردم، تصور ریختن سقف به‌خاطر نقاشی‌های ما احمقانه‌تر به نظر می‌رسید. اگر با این سنگ‌های درخشان برای مادرم نقاشی می‌کشیدم، حتماً از بی‌حوصلگی درمی‌آمد و شاید دیگر آن‌قدر از رفتنم به میان‌محله ناراحت نمی‌شد. شهرزاد هم اینجا بود و می‌توانست باز برایش سنگ‌های درخشانی بیاورد و من هم هرازگاهی برمی‌گشتم. می‌دانستم مادرم دوست ندارد آخرعاقبتم مثل مجید شود و مایهٔ خندهٔ دیگران باشم.

با این فکرها بلند شدم و به‌سمت چادرمان برگشتم. پدرم که هنوز داشت مجید را راهنمایی می‌کرد، میان حرف‌هایش گفت: «یه‌کم آروم‌ترش کن... نه دیگه این‌قدر... بذار تکون بخوره... این‌جوری نه... تو کجا می‌ری، آقا برزو؟»

«با کاسه کار دارم، برمی‌گردم.»

ولی به‌جای رفتن به کاسهٔ پشت چادرمان، وارد چادر شدم. مادرم لحظه‌ای سرش را از بافتنی بلند کرد و با دیدنم دوباره نگاهش را پایین انداخت: «بابات کو؟»

«داره ماهیگیری می‌کنه.»

کنار سطل نخ‌ها نشستم و گفتم: «نخ طلایی داریم؟»

«خودت که می‌بینی.»

«آره، اینجا نیست. سمت شما چی؟»

«نخ طلایی به چه دردت می‌خوره آخه؟»

«مژده خانم گفت.» آهی کشید و به‌آهستگی از جایش بلند شد و به‌سمت بخش پشتی چادر رفت. همین که از پارچهٔ جداکننده رد شد، از جا پریدم. سطل آش کناری را کمی روی زمین خالی کردم و با تکه‌های سنگ‌ها مخلوطش کردم. نقره‌ای، فیروزه‌ای و صورتی درخشان بودند. خواستم ادای مادرم را دربیاورم. به سنگ‌ها نگاهی انداختم تا کارشان را بفهمم. کار سختی بود؛ ولی دست‌آخر به نقره‌ای گفتم که خیلی آرامش دارد و می‌تواند راه میان‌بر شهرباشد تا بچه‌خورها ازش بترسند. به فیروزه‌ای که هرطور نگاهش می‌کردم به نظرم چیز خاصی نداشت، گفتم راه اصلی شهرباشد و صورتی که خیلی توی چشم می‌زد، شد محلهٔ اصلی که باید موقع رد

شدن ازش، کلاغ‌پر می‌رفتیم. مشغول کشیدن بودم که مادرم برگشت و گفت: «نه، نخ طلایی...» میان جمله دستش را جلوی دهانش گذاشت: «اینجا رو!» و با سرعتی بیشتر از راه رفتنِ آن روزهایش، نزدیکم آمد و کمی سرش را کج کرد: «این دیگه چیه؟» گفتم: «شهره دیگه. اون محله‌شه، این هم راه‌های اصلی و میون‌بر.»

سرش را راست کرد و آرام گوشم را گرفت: «از اون موقع تا حالا همه‌ش سه تا جمع کردین؟ شهرزاد روش نشد بیاد، نه؟»

گفتم: «شهرزاد با بابا و بقیه ماهی می‌گیره الان. ما هم باید این رو زودتر پاکش کنیم. اگه بابا بیاد...»

با سرش تأیید کرد: «آره، بابات نباید همچین چیزی رو ببینه. اگه بدونه پسرش رنگ نقره‌ای رو که داد می‌زنه می‌خواد یه گوشه باشه، به‌جای محله گذاشته راه اصلی، کلی می‌خوره توی ذوقش.»

با دیدن اخمم لبخند زد و گفت: «سخت نگیر دیگه. برای بار اول بدک نیست.» سپنج را درآوردم و گفتم: «پس پاکش کنم؟» به داخل سطل سنگ‌ها سرک کشید و گفت: «عجله نکن. هنوز کلی ازشون مونده. بذار اقلاً یه محلهٔ نقره‌ای هم بالاترش بذاریم، اینجا...»

روی زمین نشست. با چشمانی تنگ از نزدیک به راه نقره‌ای خیره شد تا حدس بزند اگر محله شود، چه می‌خواهد. با باز شدن ناگهانی ورودی چادر و یورش پدرم به داخل، اخم‌های مادرم در هم رفت و چشمانش را باز کرد. پدرم داشت با خنده می‌گفت: «این صفحهٔ تخته کو؟ مثل اینکه هر روز این حضرت آقا رو باید ببرم که یادش بمونه تخته فقط تاس آوردن نیست.» بعد چشمانش به نقاشی روی زمین افتاد.

انگار چیزی چندین برابر بزرگ‌تر از سپنج، سرزده به چادرمان آمد و همهٔ احساسات خوش داخلش را بلعید. چیزی که باقی ماند، از هیچ‌چی‌ای که سپنج باقی می‌گذاشت، موذیانه‌تر بود. لبخند پدرم از صورتش محوشده بود و جایش را حالت آشنایی گرفته بود، همان حالتی که هروقت سوسک مرده‌ای می‌دید، بر چهره‌اش نقش می‌بست.

مادرم سطل آش را به کناری زد: «همین‌الان باید سروکله‌ت پیدا می‌شد دیگه، نه؟ گفتی این زنه انگار چند لحظه‌ای از فلاکت دراومده، تا بیشتر نشده، خودم رو برسونم.»

پدرم که همچنان با صورتی درهم به نقاشی نگاه می‌کرد، جلوتر رفت و به بالای آن رسید و با همان نگاه به مادرم چشم دوخت: «با این قراره حالت بهتر بشه؟ اگه با این مزخرف‌ها قراره حالت بهتر بشه، می‌خوام تا آخرعمرت اون گوشه بق کنی.»

مادرم گفت: «پس بیجا کردی با زنی که به این مزخرف‌ها دلش خوشه، هم‌چادر شدی. اون اول‌ها که می‌گفتی: 'وای! چقدر جالبن!'، اون موقع‌ها خبری از مزخرف نبود.»

پدرم گفت: «بد کردم خواستم چهار تا تعریف ازت کرده باشم که کله‌ت رو از اون چرت‌وپرت‌ها دربیاری و برسی به آدم‌های دوروبرت؟ ولی فایده‌ای نداره؛ انگار هنوز هم همونه که بود. ببینم، مگه تو قول نداده بودی؟ ها؟ یعنی این چهار تا خط کج‌وکوله از جون هم‌محله‌ای‌هات و آبروی محله‌ت مهم‌ترن؟ من رو بگو که چقدر پیش روزبه اطمینان دادم که سمت ما هیچ چیزی نیست و باید با میان‌محله‌ای‌ها حرف بزنه ببینه چه‌کارها کردن.»

و دستش را محکم به سرش زد. البته آن نقاشی‌ای که کارِ دست من بود، واقعاً به شهرهایی که مادرم می‌کشید، شباهتی نداشت. باید این را می‌گفتم که نقاشی کار من بوده؛ ولی آن دو، مهلتی برای حرف زدن من در دعوایشان نداشتند.

گلویم را صاف کردم تا چیزی بگویم که مادرم انگشتش را به‌طرفم تکان داد: «تو دخالت نکن، برزو. تویی که این‌ها رو فقط چهارتا خط کج‌وکوله می‌بینی، افشین. یه سرسوزن ذوق و شعور توی سرتاپات نیست. سقف هیچ محله‌ای هم به‌خاطر داشتن آدم‌های باذوقی که از آش نقاشی می‌سازن، نریخته. فقط یه‌مشت آدم بند شکم که دنبال بلعیدنِ هرچی هستن که به دستشون می‌رسه، کاری می‌کنن سقف بریزه.»

پدرم با ابروهای بالاداده گفت: «خطری نداره دیگه؟ مطمئنی؟ پس چرا جلوی من نقاشی نمی‌کشی، ها؟ چرا وایمیستی من برم بیرون، بعدش از اون گوشهٔ چادرت می‌پری بیرون و تندتند دست‌به‌کار می‌شی؟»

مادرم گفت: «پس چی که صبر می‌کنم بری. فکر کردی حال‌وحوصله دارم کارهام رو برای تو توضیح بدم؟» و ادای پدرم را درآورد: «این امن نیست... اون رو کسی تا حالا نکرده... نمی‌دونیم چی می‌شه...» و با صدای عادی‌اش ادامه داد: «این اون مزخرفاتیه که من حوصله‌ش رو ندارم.»

پدرم سرتکان داد و گفت: «که این‌طور. پس حوصلهٔ توضیح دادن نداشتی. بهم قول داده بودی که دیگه دست به این کارها نمی‌زنی، بعد می‌گی حوصلهٔ توضیح دادن نداشتم؟ باشه به من توضیح نده. چطوره بریم میان‌ارگ اونجا به سرمحل‌دارمون توضیح بدی؟ یا به خود اندر؟ حوصلهٔ اون‌ها رو داری؟»

مادرم از جا بلند شد و گفت: «بالاخره یه حرف درست‌وحسابی از دهنت بیرون اومد. آره، حوصلهٔ اون‌ها رو دارم. یه بار برای همیشه می‌خوام تکلیفم رو باهات معلوم کنم.»

کار داشت بالا می‌گرفت. وقتی مادرم روی دندهٔ لج می‌افتاد، کسی نمی‌توانست جلودارش شود. وقتش رسیده بود که مداخله کنم و برای پدرم توضیح بدهم که نقاشی کار من بوده؛ ولی نمی‌خواستم پدرم همان‌طور که به سوسک‌های مرده نگاه می‌کرد، به من نگاه کند. منتظر مانده بودم تا آن پیچشی که به چهره‌اش داده بود، پاک شود؛ ولی هر لحظه شدیدتر می‌شد. محکم سرتکان داد و گفت: «خیلی خب. پس راه بیفتین بریم به میان‌ارگ دیگه، آره؟ آماده‌ای؟»

مادرم دست‌هایش را به هم قلاب کرد و گفت: «من که آماده‌ام. می‌تونیم همین‌الان بریم.»

پدرم گفت: «الان بریم؟ باشه؛ ولی برسیم اونجا، دیگه هرچی شد به من نگی چرا آوردی‌م اینجا، باشه؟ اون‌ها هم اگه عین من فکر کردن این کارها عین حماقته، شاکی نشی یه‌وقت. نگی نگفتی؛ چون من بهت گفته بودم؛ ولی خودت گوش شنوا نداشتی.»

مادرم سطل آش را که هنوز سه رنگ جداگانه درش مانده بودند، در دست گرفت و گفت: «تو بذار خودم براشون توضیح بدم. هیچ‌طوری نمی‌شه. شاید همون‌جا هم چند تا چیز براشون بکشم که ببینن آش رو فقط نباید بلعید، کارهای دیگه هم می‌شه باهاش کرد که خیلی هم خوشگلن. مگه می‌شه این بد باشه؟»

پدرم گفت: «آفرین، آره فکر عالی‌ایه. اون توصیف‌ها به‌اندازهٔ کافی گویا نیستن. برزو! پس تو هم پا شو که سرراه بذارمت میان‌محله. مامانت انگار می‌خواد حالاحالاها توی میان‌ارگ موندگار بشه.»

مادرم با دست اشاره کرد که بنشینم و گفت: «به برزو چی‌کار داری؟ اون‌قدرها هم طول نمی‌کشه کارمون. بچه که نیست. یه‌کم اینجا تنها بمونه.» پدرم یک گام جلوتر رفت و گفت: «تو انگار اهل اینجا نیستی، نه؟ زیاد طول نمی‌کشه؟ بچهٔ چهارساله رو چون خاک می‌خورده، ورداشتن بردن؛ اون‌وقت می‌خوای با اون سطل راه بیفتی بری میان‌ارگ بگی ایرادش چیه که به‌جای خوردن آش، دارم رنگی‌پنگی‌ش می‌کنم و می‌ریزمش روی زمین؟»

ضربه‌ای به پیشانی‌اش زد و گفت: «برزو بلند شو دیگه!» مادرم با کمی اخم نگاه می‌کرد؛ ولی بلند شدم. فکر کردم اگر همراهی‌شان کنم، در راه هم فرصت دارم که زمان مناسبی پیدا کنم و حقیقت را دربارهٔ این نقاشی آخر به پدرم بگویم. این شد که از جا بلند شدم. پس‌از مدت‌ها دوباره به‌سمت میان‌محله به راه افتادیم.

پدرم پیشاپیشمان حرکت می‌کرد، من در میان بودم و دست‌آخر مادرم می‌آمد که هنوز دست‌هایش را به هم گره زده بود و لب‌هایش را می‌جوید. از کاسهٔ مخصوص کناره که گذشتیم، مادرم به حرف آمد: «همیشه کارت همین بوده. برزو رو چرا قاطی بازی‌هات می‌کنی؟»

پدرم کمی سرش را به عقب برگرداند: «من برزو رو قاطی کردم؟ یا تو که از وقتی دنیا اومد، جلوی چشمش شروع کردی به کشیدن این جفنگیات؟ می‌دونی اگه

اونجا بگی برزو می‌دونسته و این‌ها رو دیده و به کسی نگفته، ممکنه چی بشه؟»

صدای مادرم زیر شد: «چرند نگو، افشین. قرار نیست پای برزو رو وسط بکشی.»

پدرم گفت: «منم که از اولش همین رو بهت گفته بودم. نگفته بودم جلوی برزو این کارها رو نکن؟»

مادرم گفت: «آها! جلوی برزو نقاشی نکشم که مثل خودت و اون دوست‌های کودنت بشه یه آدم خرفت نفهم که تا چشمش به چهارتا خط آش رنگی روی زمین افتاد، خودش رو خیس کنه؟» پدرم شانه بالا انداخت: «بله، ماها همه ابلهیم. همهٔ اهالی این شهر ابلهن. فقط باران خانم درک بالا و ذوق هنری دارن. اون اول‌ها هیچی بهت نمی‌گفتم؛ چون کارهات خنده‌دار بود. گفتم خب خودش خسته می‌شه دیگه، تا کی آخه قراره با این خط‌خطی‌ها خودش رو سرگرم کنه!»

با دادوبیداد پدر و مادرم، به میان‌محله نزدیک و نزدیک‌تر می‌شدیم. هنوز منتظر زمان مناسبی بودم که بتوانم چیزی را که می‌خواستم، بگویم؛ ولی در وسط آن دعوای دونفره جایی پیدا نمی‌شد.

نور سقف از زرد درخشانِ زمانی که راه افتاده بودیم، به آبی تیره گراییده بود که به فضای بزرگی رسیدیم که اینجا و آنجایش کپه‌های آش‌آلود بزرگی قرار گرفته بودند. کم‌کم به اولین علائمِ نزدیک شدن به میان‌محله می‌رسیدیم. این‌سو و آن‌سو چادرهایی زده شده بود که جلویشان کسانی داشتند نخ‌ریسی و بافندگی و سطل‌سازی می‌کردند. بچه‌ها با سنگ‌های کوچک خاکستری، بازی هدف‌گیری می‌کردند یا تک‌وتوک تمرین تخته.

کم‌کم فضای دالان‌ها بازتر شد، طوری که دیگر نمی‌شد بهشان دالان گفت. محوطهٔ بزرگی بود پر از چادرهای رنگارنگ. جمع سه‌نفرهٔ ما به رهبری پدرم از همهٔ این‌ها رد شدیم و در جلوی چادر طلایی‌رنگی ایستادیم. مادرم که چند قدمی عقب‌تر از ما متوقف شده بود، گفت: «برو زودتر روزبه رو بیار بیرون. من که هیچ حوصلهٔ حرف زدن باهاش رو ندارم.»

پدرم گفت: «همین‌جا بمونین» و داخل شد. با حیرت به پیرامونم نگاه می‌کردم. خیلی وقت بود که این‌همه آدم و چادر را یکجا ندیده بودم. نگاهم به مادرم افتاد که داشت سرسری دوروبرش را نگاه می‌کرد. با لبخندی گفت: «چند روز باید روزبه رو تحمل کنی دیگه. خودت اومدی؛ ولی زودی برمی‌گردیم.»

و با اطمینان سرش را تکان داد. دوست داشتم من هم به همان اندازه مطمئن می‌بودم؛ ولی تا آن موقع کسی که به میان ارگ فرستاده شده بود، از آنجا برنگشته بود. بعدازآن هم برنگشت. پدرم به‌همراه آقا روزبه که مرد میان‌قامتی با موهای جوگندمی فر بود، از چادر خارج شد و به‌سمتمان آمد: «این هم آقا برزو.» آقا روزبه با لبخند جلویم ایستاد: «به‌به! خیلی وقت بود می‌خواستم بازم ببینمت؛ ولی افتخار نمی‌دادی.»

دستش را دراز کرد و با من دست داد. نگاه کوتاهی به مادرم انداخت؛ ولی مادرم که خودش را مشغول بررسی دوروبر نشان می‌داد، پاسخی به نگاه آقا روزبه نداد. پدرم گفت: «دیگه سپردمش به تو.» دستی به سرم کشید و به‌سمت مادرم رفت. مادرم هم چشمکی زد و دو نفری به راه افتادند. نفس عمیقی کشیدم. دیگر وقت حرف زدن رسیده بود. آقا روزبه برای پدرم سری تکان داد و دستش را روی شانه‌ام گذاشت و

به‌سمت چادر هل داد و گفت: «خب آقا برزو، می‌دونی، معمولاً توی این سن دیگه کسی رو دفترداری قبول نمی‌کنیم؛ ولی خب پسرآقا افشینی و قبلاً هم که پیشمون بودی. می‌دونم که زودتر به‌خاطر شرایطت نتونستی برگردی پیشمون.»

آقا روزبه حرف می‌زد و من به عقب نگاه می‌کردم. مادر و پدرم داشتند در میان چادرها حرکت می‌کردند. می‌بایست بدوم و به‌سمتشان بروم و همه‌چیزرا بگویم. باید چند لحظه زمان می‌داشتم تا فکرهایم را مرتب کنم. اگرمی‌توانستم یک لحظه را در دست بگیرم تا همه‌چیزبرای مدتی متوقف شود، می‌توانستم بدانم که چه بگویم تا مادرم به میان‌ارگ نرود، تا پدرم جوری نگاهم نکند که فکرکنم به سوسک مرده‌ای تبدیل شده‌ام؛ ولی لحظه‌ها خیال ایستادن نداشتند. دوان‌دوان از کنارم رد می‌شدند، برایم شکلک درمی‌آوردند و از لای انگشتان دستم می‌سُریدند. آقا روزبه ادامه می‌داد: «من فعلاً یه دستیار دارم: عاطفه خانم؛ ولی نامزد کرده و فکرکنم حسابی خوش‌حال شه ببیندت؛ چون عجله داره زودتر...»

به ورودی چادر طلایی رسیده بودیم. آقا روزبه هنوز حرف می‌زد: «شب‌ها قراره توی همین چادر دفترداری بمونی...» می‌خواست به داخل چادر هدایتم کند. به عقب نگاهی انداختم. دیگر حسابی دور شده بودند. این آخرین فرصت بود برای‌اینکه گلوی زمان را که انگار در اطرافم سرگردان بود و زبانش را بیرون می‌آورد، بگیرم. بعد دیدم که مادرم لحظه‌ای رویش را برگرداند و نگاهم کرد. زمان از چنگم گریخت و آقا روزبه درِ ورودی چادر را جلوی صورتم بست.

بخش دوم

صحنهٔ اول در زیر نور زرد کم‌رنگی که از سقف چادر دفترداری به درون می‌تابید، نوشته‌ها جان می‌گرفتند، از روی پوستهٔ قهوه‌ای ماهی‌ها بلند می‌شدند، در هوا پیچ‌وتاب می‌خوردند و اشکال گوناگونی به خود می‌گرفتند: به‌شکل دختر کوچکی درمی‌آمدند که دوست داشت انگشت در بینی کند و بعد آن را در دهان فروببرد؛ به‌شکل پسرک شیطانی درمی‌آمدند که دوست داشت در کنار دالان تاریکی کمین کند و بچه‌های کوچک‌تر از خودش را درون آن هل بدهد؛ به‌شکل زنی درمی‌آمدند که در چادر خود می‌نشست و با تکه‌های سنگ و آش نقاشی می‌کشید؛ به‌شکل مرد بیماری درمی‌آمدند که از رفتن به چالهٔ آش سرباز می‌زد. این شکل‌ها در پیرامونم در چادر دفترداری زندگی می‌کردند، قهقهه می‌زدند، با اخم خیره به دوروبرشان می‌نگریستند، می‌خوابیدند،

عصادردست و لیزخوران بازی می‌کردند و از جایی به بعد ناپدید می‌شدند. از جایی که می‌نوشت: «و او را به میان‌ارگ بردند»، دیگر هیچ اثری ازشان در پوسته و در چادر پیدا نمی‌شد. حروف پوسته بعداز آن، با فاصله‌ای خطاکار بعدی را به بیرون پرتاب می‌کردند که دور کوتاهی در چادر می‌زد و بعد او هم به هیچ بدل می‌شد، و نفربعدی و نفربعدی و باز هم نفربعدی.

آن روز روز گشت‌زنی ما در چشمهٔ کناره بود، روز بازگوکردن داستانی عبرت‌آموز برای بچه‌های چشمه. بعداز بازگشتِ تکیِ پدرم از میان‌ارگ، تصمیم گرفته شده بود که داستان‌گوییِ مژده خانم به‌تنهایی برای کناره کافی نیست. آقا روزبه از من و زری و حسام خواسته بود که چندین روز یک بار به کناره سربزنیم و یکی از داستان‌های ثبت‌شده را برای همه تعریف کنیم. وقتی این حرف را می‌زد، به تک‌تکمان نگاه می‌کرد؛ ولی تنها کسی که در واقع این کوه پوسته‌ها را بررسی می‌کرد، من بودم. شکایتی در کار نبود. دوست داشتم زمان کافی می‌داشتم تا تک‌تک آن داستان‌ها از پوسته‌شان بلند می‌شدند و جلوی چشمانم رژه می‌رفتند. هرچند که دست‌آخر در فضای چادر کم‌رنگ و کم‌رنگ‌تر می‌شدند تا چیزی ازشان باقی نمی‌ماند؛ ولی من همه‌شان را در سرم نگه می‌داشتم. آنجا انگار که در چرخه‌ای افتاده باشند، دوباره و دوباره زندگی می‌کردند. به دالان‌ها سرک می‌کشیدند، هرچه به دستشان می‌رسید، به دهنشان می‌گذاشتند و بعد محو می‌شدند؛ ولی کمی که می‌گذشت، مانند بچه‌ماهی‌ای که از تخم بیرون می‌آید، از گوشه‌ای بیرون می‌پریدند و باز هم کار خودشان را می‌کردند. می‌بایست از میان همهٔ کسانی که در سرم چادرشان را بنا کرده

بودند، یکی را برای آن روز نشان می‌کردم، قلابی به سمتش پرت می‌کردم تا از کله‌ام بیرون بیاورمش و بعد جلوی همه بگیرمش تا او را ببینند. باید می‌دیدند که چطور این‌سو و آن‌سویش را می‌پایید و وقتی که فکر می‌کرد کسی حواسش نیست، هرچه دوست داشت می‌کرد. باید می‌دیدند که هم‌محله‌ای‌هایش چه نگاه‌های پر از خشم و نفرتی نثارش می‌کردند. بعداز این، آن‌ها سر جایشان می‌ماندند و دوباره به دل‌مشغولی‌هایشان می‌رسیدند و او بود که ناپدید می‌شد. تنها چیزی که از او باقی می‌ماند، مشتی خط سیاه روی یک پوسته بود. کسی دوست نداشت مانند او باشد.

از صداهای فریادی که بیرون چادر کم‌کم بلندتر می‌شد، دانستم نفر دیگری که باز هم کسی دوست نداشت مانندش باشد، نزدیک می‌شد. فریادهای گروهیِ مردان جوان دیگر به‌وضوح شنیده می‌شد: «هو... هو... هو...» به چادر چشم دوخته بودم تا زری دخترآقا روزبه را ببینم که با سراپای آش‌چکیده وارد می‌شد. به‌جایش کمی بعد عاطفه که نخودی می‌خندید، نفس‌نفس‌زنان توآمد. همین که نشست، گفتم: «زری کو؟ فکر کردم همین دوروبرها باشه.»

سرش را محکم به بالا و پایین تکان داد و گفت: «درست فکر کردی. منتها راه مستقیم محل‌داری به اینجا رو وَرِشک‌ها بستن. داره دور می‌زنه. اگه بدونی چقدر زیاد بودن امروز.»

فریادها دیگر مشخصاً از چند قدمی چادر دفترداری می‌آمدند. به‌دنبالش صدای خرت‌خرت پاره شدن پارچه و ترق‌توروق شکستن چیزی را شنیدم. شک نداشتم که این صداها مربوط به سطل حاوی لباس‌هایم بود که در بیرون چادر گذاشته بودم و

حالا به لطف زری نیست‌ونابود شده بودند؛ البته نه اینکه خود زری آن‌ها را پاره کرده باشد؛ ولی به هرحال او ورشک‌ها را به دم چادر دفترداری کشانده بود. می‌بایست وقتی دید که در تعقیبش هستند، به چادر خودشان می‌رفت تا خودشان خسارتش را ببینند؛ ولی انگار که آن‌ها را از عمد به اینجا کشاند تا وسیله‌های مرا پاره کنند.

کمی بعد، زری هم با قامت کوتاه و گردش، انگار به درون چادر قل خورد. تکه‌های به هم چسبیدهٔ آش، موهای وزش را صاف و پستی و بلندی‌های پوست صورتش را هم محو کرده بود. گفتم: «خوشگل شدی.» عاطفه گفت: «آره، پاکش نکن؛ بهت می‌آد.»

زری همان‌طور که قطره‌های آش را با دست از مو و صورتش برزمین می‌ریخت، برایمان دهن‌کجی کرد. فریادهای بیرون چادر هنوز ادامه داشت و از صداهای شکستن معلوم بود که ورشک‌ها مشغول خُردوخاکشیر کردن همهٔ وسایل بیرون چادرهای دیگر هستند. فریادشان کمی دورتررفته بود؛ ولی هنوز قطع نشده بود. زری جوری که انگار هیچ صدایی نمی‌شنید، گفت: «خب دیگه، یه چیزی نمی‌دی ما بخونیم، خانم دستیار؟»

به همین سادگی بعداز اینکه یک گله از مردان جوان خشمگین را که حالا مشغول نابودی زاروزندگی چادرهای اطرافمان بودند، به اینجا کشانده بود، می‌خواست بحث را عوض کند. عاطفه رو به من گفت: «اونی رو که دیروز پیدا کرده بودی، دم‌دستت داری؟ داستان اون دختره که موقع حملهٔ ورشک‌ها رفت پشت دوستش قایم شد؟ بده ببینم این سرکار خانم می‌تونه بخونه که یکهو بدبختمون نکنه.»

زری گفت: «مگه عقلم کمه پشت دوستم قایم شم؟ تازه، دوست‌های من که تا یه صدایی می‌شنون، بدوبدو خودشون رو از کوتاه‌ترین راه به یه چادری چیزی می‌رسونن.»

عاطفه گفت: «می‌خواستی بمونم که آش بخوره بهم؟ می‌گم بخون برای همینه دیگه.»

زری پوسته‌ای را که به عاطفه داده بودم، گرفت و رویش خم شد. عاطفه گفت: «بلند بخون.» زری چشم‌هایش را تنگ کرد: «رررر... ررر... امم... چی بود این؟»

عاطفه با آه بلندی گفت: «اون واوه، می‌شه روزی... روزی... چند بار باید بهت بگم؟»

زری پوسته را به کناری زد و گفت: «این‌جوری نمی‌شه. همه‌ش یادم می‌ره. نمی‌تونم تمرکز کنم.»

عاطفه گفت: «خب پس چه اصراریه، خانم جون؟ این‌جوری که نمی‌تونی دفترداری رو بعدتر بچرخونی. اصلان هم پسر خوبیه. اون‌جوری که شنیدم، ماهیگیر قهاری هم هست. خیالت راحته که توی محله یه آبرویی داری. خودت هم که بافتنی‌هات بد نیستن. وسط بچه‌آوردن‌هات می‌تونی روی اون هم تمرکز کنی.»

زری پوسته را برداشت و با آن به سر عاطفه حمله کرد. عاطفه می‌خندید: «ببخشید... ببخشید... نکن اون‌جوری. اگه خراب شه، آقا روزبه با کسی شوخی نداره. بده به من.»

دستش را دراز کرد و زری پوسته را در دستش کوبید و گفت: «باید هم بخندی. من هم جای تو بودم، می‌خندیدم، وقتی خودم دارم می‌رم طلای ارگ اون هم به‌عنوان زن پسر محل‌دار. حالا یه بدبختی یه گوشه...»

عاطفه گفت: «چه ربطی داره! ببین، من از بین خواستگارهام بهترینش رو انتخاب کردم. هر دختری همین کار رو می‌کنه. تو هم...»

گفتم: «خواستگارها؟» عاطفه گفت: «حالا هرچی. همون یکی که هست رو قبول کنه بره پی کارش دیگه. چیز دیگه‌ای می‌خواست بشه، تا حالا شده بود. اون حرف‌های...»

زری گفت: «هر روزی با روز قبلش فرق داره.»

عاطفه گفت: «آها آره. دقیقاً. همین حرف منظورم بود. بریز دور، عزیزم. یکهو دیدی همین هم پرید. اون‌وقت دیگه دفترداری و این بحث‌ها کلاً می‌ماله. بدون هم چادر باید بری کنار اون بچه‌یتیم‌ها سر کنی.»

گفتم: «آره حالا به خودت هم نه، به سطل و لباس‌های من یه رحمی بکن.»

زری گفت: «ببخشید دیگه. به شما هم دارم زحمت می‌دم که نمی‌خوام با یه خانوادهٔ پربچه ازدواج کنم. نمی‌خوام دیگه. چهار تا بچه نمی‌خوام خب.»

نگاهمان کرد. من باز سرم را روی پوسته‌ها پایین انداختم و عاطفه هم با انگشتش روی زمین چادر ضرب گرفت. زری گفت: «حالا اون دختره چرا ازدواج نمی‌کرد؟» عاطفه گفت: «کی چرا ازدواج نمی‌کرد؟»

زری با انگشت به پوستهٔ جلوی عاطفه اشاره کرد و گفت: «اون داستانه که گفتی.»

عاطفه گفت: «آها. اون رو دیگه ننوشتن. فقط خواستگارش رو قبول نمی‌کنه و ورشک‌ها هم مدام توی شهر دنبالش می‌کنن.»

زری گفت: «خب بعضی‌ها واقعاً زیادی از همه ایراد می‌گیرن دیگه.»

گفتم: «آره، بعضی‌ها اصلاً مشکل دارن.» زری گفت: «اگه هرکسی به جزیکی از این پربچه‌های محله‌مون بود، قبول می‌کردم، حالا محله‌های دیگه پیشکش. می‌خوام برسم به دفترداری هم سر بزنم بعدترها. توقع زیادیه؟» نگاهمان کرد.

در سکوت با عاطفه نگاهی تبادل می‌کردیم که حسام هم وارد چادر شد. بقایای سطل لباس و جامه‌های جرواجرِ من را که در دست داشت، روی زمین چادر ریخت و به زری گفت: «این هم از شیرین‌کاری جناب‌عالی. کم کمش تا پنج تا چادر این‌ور و اون‌ورمون هم همین وضعه. بعد می‌گین چرا نمی‌تونیم چیزمیز بفرستیم به محله‌های دیگه؟ ۹۰ درصد کارهای هم‌محله‌ای‌هامون فقط می‌شه صرف جمع کردن گندی که این جماعت به‌خاطر تو به اموال مردم می‌زنن. یه آره بگو، بره پی کارش دیگه. نشستی پسر محل‌دار میان‌ارگ بیاد سراغت؟»

زری گفت: «خب من نباشم، یکی دیگه هست. مگه تا قبلش هم نبود؟»

حسام دست‌هایش را به سینه زد و گفت: «فعلاً که به‌خاطر توئه. وقتی نوبت یکی دیگه شد، همین‌ها رو به اون یکی دیگه می‌گم، ها؟ چی بود اسم اون دختره؟» گفتم: «سپیده.» سر تکان داد: «آره، حالا اون که تازه یکی‌دو روز گذشته از خواستگاری‌ش. کناره هم هست، چادرمادُر خیلی دورش نیست؛ ولی اون هم خیلی لفتش بده، به‌هرحال همین‌طوری‌ها می‌شه دیگه. حالا می‌ریم امروز قشنگ تفهیمش می‌کنیم. تو هم این‌قدر کش نده داستان رو. همینیه که هست. نمی‌خوام نداریم اینجا.»

زری گفت: «نگفتم نمی‌خوام، گفتم اصلان رو نمی‌خوام. یکی دیگه باشه...»

حسام گفت: «خب دراین‌باره، اون یکی دیگه نمی‌خواد. به نظر اون هم باید احترام بذاریم، نه؟» عاطفه گفت: «می‌شه به نظر من احترام بذارین و راه بیفتین برین؟» زری دوست داشت کمی بیشتر بمانیم و بهانهٔ بررسی داستان‌ها را

می‌آورد؛ ولی همه می‌دانستیم که تنها برای اینکه از دور شدن ورشک‌ها مطمئن شود، معطل می‌کرد. عاطفه در هر موضوعی که آسان‌گیر می‌بود، وقتی به بحث قرار با نامزدش مراد می‌رسید، شوخی سرش نمی‌شد. می‌خواست زودتر چند تا پوستهٔ بازنویسی‌شده را در طبقهٔ خودشان بگذارد و زودتر به قرارش برسد. می‌بایست چادر را ترک می‌کردیم.

از چادر که بیرون زدیم، زری با احتیاط دوروبرش را نگاه می‌کرد. بیرون چادر ولوله بود. آثار تکه‌استخوان‌های شکسته و پارچه‌های پاره‌پاره که بعضاً با آش هدف گرفته شده بودند، همه‌جا ریخته بود. دم چادرهای همسایه، افراد تکی یا در گروه داشتند خسارت را برآورد می‌کردند. زری می‌خواست با افزودن سرعت گام‌هایش، از زیر نگاه‌های اخم‌آلود صاحبان چادرهای همسایه فرار کند. کسی از ورشک‌ها شکایتی نداشت. جوان بودند و کاری خلاف قوانین شهر نمی‌کردند. همهٔ اهالی محله می‌بایست سطل‌های لباس و دارایی‌های استخوانی‌شان را بیرون چادر می‌گذاشتند تا ورشک‌ها در تعقیب دخترانِ هنوز به خواستگار جواب‌نداده، اگر صلاح دیدند، با تکه‌پاره کردن آن‌ها خشمشان را تخلیه کنند. این رسم گروهی انگار از ابتدای ساخت شهرمان پابرجا بود؛ ولی دخترها می‌توانستند با انتخاب مسیر یا پذیرفتن خواستگارشان این خسارت را کم کنند.

به بیرون میان‌محله که رسیدیم، زری از سرعت قدم‌هایش کم کرد. حسام با آهی گفت: «ما هم حالاحالاها از کار و زندگی‌مون افتادیم. دست آدمکم رو امروز سر تمرین از بیخ کندم.»

نگاهی به من و زری انداخت و گفت: «یه تشویقی چیزی بکنین هم طوری نمی‌شه.» زری سوت کشید و من آهسته با دو انگشت دست زدم. آدمک حسام موجودی انسان‌شکل، ساخته‌شده از استخوان ماهی و نخ بود. برای تمرین شمشیربازیِ پسر محل‌دار ساخته شده بود: وظیفه‌ای که به دوش بچه‌های همهٔ محل‌دارها بود تا درصورت هجوم بچه‌خورها بتوانند از شهرمان دفاع کنند. حسام تعظیمی کرد و ادامه داد: «خیلی ممنون. خب دیگه می‌خواستم به آیدین بگم امروز تا نیستم، ردیفش کنه؛ ولی با وضعیت امروز فکر نکنم الان برسه.»

گفتم: «بگی کار محل‌داریه، شاید بندازه جلو.»

حسام با ابرویی بالاداده نگاهم کرد و گفت: «حرف‌ها می‌زنی ها. اینجا کسی اصلاً کار محل‌داری چه می‌دونه چیه. همین‌جوری واسهٔ خودشون صبح تا شب می‌چرخن و الکی ماس‌ماسکشون رو دستشون می‌گیرن که مثلاً آره داریم کار می‌کنیم. محله‌های دیگه نیست که محل‌دار بیاد بالای سرشون. خوش می‌گذره دور هم.»

زری تأییدکنان گفت: «آره دیگه. این پربچه‌ها هم از همه بدترن.»

حسام گفت: «بفرما. تندی می‌خواد این رو دستش بگیره که آره... این‌جوری‌هاست. نه، آقا جون. این محله‌ای که من می‌بینم، پربچه و کم‌بچه و بی‌بچه‌ش یه چیزه. حالا نه که بکشن خودشون رو؛ ولی اقلاً سرعت چیزدرست کردنشون از سرعت چیزخراب کردن‌ها بیشترباشه، بد نیست؛ چون انگار حالاحالاها این بساط قراره باشه دیگه، نه؟»

این جمله که خطاب به زری گفته شده بود، جرقه‌ای بود برای بحث بی‌پایان همیشگی. زری داشت از این می‌گفت که فقط می‌خواهد بتواند به دفترداری هم کمی برسد و چیززیادی نمی‌خواهد و دخترهای دیگری هستند که ابلهانه خواستگار رد می‌کنند و او از آن‌ها نیست؛ و دلایل منطقی‌اش را فهرست می‌کرد. حسام از وظیفهٔ همه نسبت به محله و آرامشش و کاری که با این خرابی‌ها بر سر دیگران می‌ریخت و وضعیت بد فرستادن کالا به محله‌های دیگر می‌گفت. من هم داستانی را که می‌بایست برای عبرت بچه‌های چشمه تعریف می‌کردم، در ذهنم حسابی بررسی می‌کردم و سؤال‌هایی را که به نظرم می‌توانستند بپرسند، پیشاپیش پاسخ می‌دادم. این اولین داستان از ورشک‌ها بود که برایشان می‌گفتم. این سفارش را آقا روزبه بعداز اینکه خبرگذشتن قد سپیده از نشان دوم و خواستگاری یکی از پسرهای محله از او را شنیده بود، از عاطفه خواسته بود. عاطفه هم بی‌کم‌وکاست پیدا کردن داستان مناسب را به من واگذار کرده بود. نور سقف از زرد داشت به آبی می‌گرایید که به کاسهٔ بزرگی که در فضای خالی کناره قد علم کرده بود، رسیدیم و بحث حسام و زری هم پایان بی‌نتیجه‌ای یافت. باقی راه را در سکوت رفتیم تا به چادری که زمانی من هم در آن زندگی می‌کردم، رسیدیم و واردش شدیم.

صحنهٔ دوم

درون چادر مشغول خوردن آش شدیم. می‌خواستم زودتر ته کاسه‌ام را دربیاورم و بخوابم و دیگر صدای آرزو را نشنوم. آرزو دختریکی از پیک‌های میان‌محله بود که چادرش در نزدیکی چادر دفترداری قرار داشت. چند ماه بعداز رفتن مادرم به میان‌ارگ، هم‌چادر پدرم شده بود. آن زمان چند هفته‌ای می‌شد که شکمش به‌طور محسوسی جلوآمده بود. دوست داشت در حلقهٔ داستان‌گویی بنشیند و هرازگاهی همان‌طور که دستش را روی شکم می‌گذاشت، با صدای بچه‌های چهارساله چیزی بگوید مانند: «آقا ارسلان می‌پرسه خوردن هرچیزی به‌جزآش کار بدیه؟» آن شب هم هرازگاهی صدایش را کودکانه می‌کرد و مثلاً می‌گفت: «آقا ارسلان باز هم آش می‌خواد» و پدرم با لبخند سطل دیگری جلویش می‌گذاشت. پدرم می‌خواست خبرهای میان‌محله را بشنود. با شنیدن ماجرای ورشک‌ها سری تکان داد و گفت: «امان از دست این جوون‌ها.»

حسام که هنوز هم از فکرعقب افتادن تعمیرآدمکش اخم‌آلود می‌شد، گفت: «امان از دست این دخترهای افاده‌ای. برای محله چیزسالم باقی نمی‌ذارن.»

پدرم لبخند زد و گفت: «با هم راه میان. هیچ ایراد نداره. چیزهم اصلاً واسه شکستنه.» من که آشم را تمام کرده بودم، به بهانهٔ خستگی گوشهٔ چادر خوابیدم.

صبح روز بعد، زودتر از همه بیدار شدم و پاورچین از چادر بیرون رفتم. در دالان روشنمان راه رفتم و سریع از جلوی دالان تاریک رد شدم تا اینکه به چشمه رسیدم. با دیدن کنار چشمه که پوشیده از ته‌خواب بود، برای چند لحظه انگار به گذشته برگشته بودم. در میان‌محله یکی از همسایه‌هایم که نمی‌دانم کی از خواب بیدار

می‌شد، همیشه زودتر از من ته‌خواب‌های نزدیکمان را جمع می‌کرد و دور می‌ریخت. از نزدیکی چادر دخترها جارو را برداشتم و ته‌خواب‌ها را در پشته‌ای کنار چشمه روی هم جمع کردم. بغلشان نشستم و به ماهی‌های عمدتاً سبزرنگ که همه در گروه‌های خودشان مشغول شنا بودند، چشم دوختم. به ته‌خواب‌های کنارم فکر می‌کردم که کسی به امید زیروزبر شدن زندگی‌مان، در آنجا می‌ریخت. به یکی‌شان دست زدم. هیچ اتفاقی نیفتاد. هنوز هم کنار چشمه نشسته بودم و می‌بایست منتظر می‌ماندم تا بچه‌ها بیدار شوند و داستانم را بشنوند. بعد می‌بایست به میانه برمی‌گشتیم و در دفترداری به کارهای همیشگی‌ام می‌رسیدم. کمی بعد، شهرزاد از چادر دخترها بیرون آمد. با دیدنم لحظه‌ای مکث کرد. بعد آمد و در آن‌سوی ته‌خواب‌ها نشست. چند لحظه‌ای در سکوت بودیم تا اینکه گفت: «زودتر نیومدین؟ فکر کردم باید هنوز یه‌کم بگذره.» سر تکان دادم و گفتم: «آره، به‌خاطر سپیده‌ست.» گفت: «آها.» در سکوت به چشمه خیره ماندیم تا بچه‌های دیگر و حسام و زری هم بیدار شدند. هنوز نمی‌شد داستانم را شروع کنم. مژده خانم سفارش کرده بود که تا زمان آمدنش صبر کنم؛ چون می‌خواست داستان‌هایم را بشنود و باز برای بچه‌ها تعریف کند. آرزو هم خواسته بود که به قول خودش: «یه‌وقت بدون آقا ارسلان شروع نکنین ها!»

گلرخ به‌همراه مانی و سینا مشغول پیک‌بازی بودند. دیگران کنار ما نشسته بودند. زری که به گلرخ نگاه می‌کرد، گفت: «چه عجب این بچه جیغ‌وداد نمی‌کنه! اون چیه گرفته دستش؟» شهرزاد با افتخار گفت: «ماهی پشمی. من براش بافتم.» بی‌اختیار پخی خندیدم و گفتم: «تو بافتی؟»

محکم سرش را بالا و پایین تکان داد و گفت: «آره، از مامانت یاد گرفته بودم.» در همهٔ زمان‌هایی که شهرزاد به چادرمان می‌آمد، ندیده بودم حتی به قلاب بافتنی مادرم دست بزند. سپیده گفت: «راست می‌گه. بد نیست بافتنش؛ ولی خیییلی آرومه. می‌گم که یه‌کم لباس هم ببافی، دستت تندتر می‌شه؛ ولی کوگوش شنوا؟»

شهرزاد گفت: «نه‌خیر، من ماهیگیرم. اون رو هم بافتم که گلرخ ساکت شه.» حسام گفت: «ماهی پشمی؟ بعد گریه‌ش به‌خاطر اون بند اومد؟ چه فکری کردی، بچه.» شهرزاد که زیرچشمی نگاهم می‌کرد، گفت: «فکر من که نبود. قبلاً هم داشت خودش. یعنی ... اممم ... یکی...» حرفش را بریدم و گفتم: «گلرخ ماهی پشمی‌های چشمه رو که براش می‌گرفتن، از تنگ درمی‌آورد و بغل می‌کرد.»

زری سر تکان داد. بعداز رفتن مادرم، مژده خانم برای محکم‌کاری ماهی پشمی را در آش‌چالهٔ کنار چشمه انداخته بود. زری رو به حسام که داشت گلویش را با انگشت می‌خاراند، گفت: «یادته مامانت چی می‌گفت از سرخ‌ارگ؟» حسام سرش را به تأیید تکان داد و گفت: «اوهوم. تو فکر همون بودم اصلاً. یه چیزی از اینجا می‌شه درآورد اگه...»

صدای طفل چهارساله‌ای حرفش را برید: «آقا ارسلان دلش داستان می‌خواد.» مژده خانم و آرزو داشتند از دالان به جمع ما نزدیک می‌شدند.

داستان دختری را که پشت دوستش پریده بود، همان‌طور که آقا روزبه سفارش کرده بود، بیشتر رو به سپیده گفتم که رنگش حسابی پریده بود. پرسید که ورشک‌ها به کناره هم می‌آیند و پاسخی را که از پیش آماده کرده بودم، دادم: «زیاد نمی‌آن؛ ولی

قبلاً پیش اومده که بیان.» سپیده دستش را روی گونه‌اش کشید. او که در انتظار یک خواستگار از طلای ارگ بود، هنوز به خواستگاری یکی از پسرهای هم‌محله‌مان جواب نداده بود. خبر خواستگاری را دو روز پیش، آقا فرید محل‌دار رسانده بود.

بعداز داستان‌گویی و سؤال‌های بچه‌ها و آقا ارسلان، بچه‌ها بازی‌شان را پی گرفتند. مژده خانم و آرزو هم به مکان همیشگی‌شان روبه‌روی فضای بین چادر پسرها و دخترها رفتند. معمولاً سپیده و کیمیا بهشان ملحق می‌شدند؛ ولی آن روز که حسام با اصرار ماهی پشمی را از گلرخ گرفت تا بیشتر بررسی‌اش کند، کنارمان ماندند. گلرخ از حسام قول گرفت که زود ماهی را پس بدهد و باز مشغول بازی با سینا و مانی شد. حسام ماهی پشمی را که به‌اندازهٔ ماهی‌های متوسط چشمه‌مان بود و به رنگ راه‌راه سبز و زرد، در دست بالا و پایین می‌کرد. باور اینکه شهرزاد آن را بافته باشد، برایم سخت بود؛ ولی با دیدن چشمان ماهی که با سنگ درخشان نقره‌ای درست شده بود، فهمیدم کار دست کیست. شهرزاد گفت: «خب بگین دیگه. برای چی می‌خواستینش؟» حسام ماهی را پایین آورد و گفت: «مامانم می‌گفت بچهٔ محل‌دار سرخ‌ارگ مادرش رو کلافه کرده، بس که یه‌ریز ونگ می‌زنه. محله رو می‌ذاره روی سرش. الان یکی باید ورش داره ببردش کنار چشمه که صداش عاصی نکنه بقیه رو؛ ولی اگه این کوچولو برای اون عربده‌های گلرخ کارساز بوده، برای اون یکی هم شاید باشه، ها؟»

این را گفت و ماهی را در جیب گذاشت. شهرزاد خم شد و گفت: «این رو که قرار نیست ببرین. همین‌الان به گلرخ قول دادی پسش می‌دی.»

حسام با لبخند گفت: «پسش که می‌دم، منتها هروقت ونگ زدنِ اون یکی بچه تموم شد.»

سپیده گفت: «خب ما هم باید خودمون رو برای جیغ‌وویغ شبانهٔ گلرخ آماده کنیم.»

زری گفت: «کاری نداره که. شهرزاد یکی دیگه براش درست می‌کنه. ولی می‌دونین اگه این ماهی بره سرخ‌ارگ و خوششون بیاد، چی می‌شه؟»

حسام گفت: «کار محله‌مون می‌تونه بالا بگیره دیگه. از محله‌های دیگه هم چیزهاشون رو بیشتر می‌فرستن سمت ما.»

شهرزاد شانه بالا انداخت و گفت: «حالا چی می‌شه مثلاً؟» حسام گفت: «چی می‌شه؟ یکی‌ش اینکه توی میان‌محله‌تون دیگه از آدم‌های لباس‌پاره‌پوره که با دستشون آش می‌خورن، خبری نمی‌شه.»

شهرزاد باز هم شانه بالا انداخت و گفت: «ما که الان هم نمی‌بینیمشون.» حسام گفت: «خب نبینی‌شون، هم‌محله‌ای‌ت که هستن. این‌جوری آبروحیثیت محله توی کل شهر می‌ره که یه‌مشت گدا دارن اینجا توی هم می‌لولن.»

شهرزاد دیگر پی حرف را نگرفت. حسام رو به او ادامه داد: «به نظرم چند تا دیگه از این‌ها درست کن که برای محله‌های دیگه هم ببریم ببینیم مشتری می‌شن یا نه.»

شهرزاد گفت: «این‌هایی که می‌گی، بدک نیست؛ ولی من بیشتر نگران سروصدای گلرخم.»

نگاه معناداری به من انداخت و ادامه داد: «یه چیزی بگم؟ من تا دو روز دیگه می‌تونم یکی دیگه ببافم، شاید حتی یه روز، اگه شب هم کار کنم. بعدش مستقیم از

این راه کنار چشمه که به سرخ‌ارگ می‌ره، می‌دیم یکی ببردش. این‌جوری از اینکه شما ببرین، اگه زودتر نرسه، دیرتر نمی‌رسه.»

حسام گلویش را می‌خاراند. کمی به سقف نگاه کرد و تکرار کرد: «اگه زودتر نرسه، دیرتر نمی‌رسه. شاید راست بگی؛ یعنی بیشتر از یه نصفه‌روز که خودمون توی راه میونه‌ایم، یه نیمروز هم از میون برمی‌شه برسن به طرف‌های سرخ‌ارگ. این هم می‌شه؛ یعنی اگه کسی باشه که برسوندش، می‌شه. اینجا پیک دارین؟»

بچه‌ها بین هم نگاهی تبادل کردند و کیمیا گفت: «خب داوود می‌تونه ببردش. شعره رو که حفظی داوود، مگه نه؟»

ابروهای داوود تا نزدیکی پیشانی‌اش پریدند: «چی می‌گی واسهٔ خودت؟ من تنهایی برم اون تو؟ خب همین رو وردارین ببرین.»

به ماهی پشمی اشاره کرد. کیمیا بازوی داوود را نیشگونی گرفت و گفت: «خب شهرزاد راست می‌گه دیگه. شب نمی‌شه خوابید. تو هم یه بار بری، ترست می‌ریزه. به یه دردی بخور دیگه. همین‌جوری راست راست می‌گردی.»

داوود دستش را پس کشید: «نه، خیلی ممنون. قرار نیست هیچ چیزی بریزه. من پام رو اونجا نمی‌ذارم.»

لازم دیدم دخالت کنم و گفتم: «خب تنهایی که اصولاً نمی‌تونی پات رو اونجا بذاری. پیک‌ها دوتایی می‌رن.»

شهرزاد چشم گرداند و گفت: «مجید! مجید تو که کار دیگه‌ای هم نداری، برو باهاش.»

مجید بی‌حرف سر تکان داد. داوود نگاهی به چهرهٔ بی‌حالت مجید انداخت؛ ولی باز هم با تردید گفت: «ولی خیلی تاریکه ها... خب همین ماهیه رو ببرین. یه شب حالا بخوایم یه کوچولو خواب و بیدار شیم که طوری نیست.»

حسام شانه‌ای بالا انداخت؛ ولی شهرزاد و کیمیا قانع نشده بودند. کیمیا دستش را دراز می‌کرد تا باز هم داوود را نیشگون بگیرد. شهرزاد سعی می‌کرد با دلیل و مدرک داوود را قانع کند که آن شب با جیغ‌های گلرخ خواب به چشم‌شان نمی‌رود. زری گفت: «خب الان یه امتحانی نمی‌کنی؟ یعنی الان که همهٔ ماها هستیم، باهات می‌آیم تا دم اون دالون تاریکه. یه‌کم توش برو امتحانی. این ماهی رو هم بگیر که مثل پیک‌های واقعی باشی. چطوره؟»

کیمیا محکم دست زد. شهرزاد ماهی را از زمین گرفته بود و می‌خواست به‌زور در دستان داوود بگذارد.

دسته‌جمعی به نزدیکی دالان تاریک رسیدیم. داوود و مجید در آستانهٔ دالان ایستاده بودند. داوود می‌خواست دست مجید را بگیرد؛ ولی با صدای پخ خندیدن شهرزاد و حسام منصرف شد. در آستانهٔ دالان، پابه‌پا می‌شد. حسام با تحکم گفت: «خب برین دیگه، همهٔ روز رو که نمی‌خوایم اینجا بمونیم.»

مجید صاف سرش را پایین انداخت و وارد دالان شد. صدای یکنواختش را می‌شنیدیم که می‌گفت: «از سبز که به سرخ بری...» و همین‌طور محو شد. داوود که خشکش زده بود، داد زد: «وایستا، مجید... صبر کن منم بیام.»

و چند قدم عقب و جلو رفت؛ ولی دست آخر پا در دالان تاریک گذاشت و او هم ناپدید شد؛ ولی صدای نفس زدن‌ها و فریاد جیغ‌مانندش را می‌شنیدیم: «کجا رفتی، مجید؟ وایستا دیگه...»

بریده‌بریده نفس می‌کشید و می‌نالید. قرار بود بنا بر شعر، دو تا شصت تا جلو بروند و بعد برگردند؛ ولی داوود اصلاً شعر را نمی‌خواند و تنها صداهای جیغ و گاه نام مجید را از زبانش می‌شنیدیم. گاهی هم صدای محکم برخوردی که معلوم نبود با زمین بود یا دیوار، به گوش می‌رسید. کمی بعد صدای گرومپ محکمی به گوش رسید و مجید با کله به بیرون دالان پرت شد. حتی من هم نتوانستم از جیغ کشیدن و عقب نشستن خودداری کنم. سپیده دوان‌دوان خودش را به انتهای دیگر دالان رساند. وقتی مجید خیلی صاف و بی‌حالت از جا بلند شد و آهسته و با سری افکنده کنار دالان ایستاد، جلو رفتیم. حسام گفت: «این چه جور بیرون اومدن بود دیگه؟ اون دوستت چی شد؟»

مجید بدون حرف با انگشت به دم دالان اشاره کرد. کیمیا گفت: «داوود اونجاست؟ الان به اون گیر کردی افتادی؟»

مجید واکنش دیگری نداشت؛ ولی وقتی خیلی به نزدیکی دالان رفتیم، صدای نفس‌های آهستهٔ داوود را می‌توانستیم بشنویم. کیمیا گفت: «داوود؟ بیا بیرون دیگه. بسه همین ماهیه رو می‌برن. بیا بیرون.»

کمی طول کشید؛ ولی چند لحظه بعد داوود چهاردست‌وپا از دالان تاریک بیرون آمد و در همان نزدیکی روی زمین ولو شد. کیمیا دستش را گرفت و گفت: «خوبی؟ چی شد مگه؟»

داوود سر تکان می‌داد و چیزی نمی‌گفت. سپیده که نزدیک‌تر آمده بود، گفت: «ترسیده. داووده دیگه.» حسام ماهی را در دست گرفت و رو به شهرزاد گفت: «خب پس ما این رو می‌بریم با خودمون. تو هم اگه سرعتت رو بالا ببری، بعد از ماهی برای محله‌های دیگه می‌تونی هم برای گلرخ یه ماهی درست کنی هم برای این آقا پسر. فکر کنم لازمش بشه.»

خم شد و لپ داوود را کشید. بعد بلند شد و به من و زری گفت: «بریم پی زندگی‌مون؟»

کار دیگری آنجا نداشتیم. دوست داشتم زودتر به میانه برگردیم. داوود هنوز بی هیچ حرفی روی زمین ولو شده بود و وقتی با بچه‌ها خداحافظی می‌کردم، واکنشی نداشت. من هم فکر کردم که کمی بعد دوباره همان داوود همیشگی می‌شود و با صدای خنده‌اش چشمه را روی سرش می‌گذارد؛ ولی انگار قرار بود نام مجید که با جیغ‌وفریاد ادا کرده بود، آخرین کلمه‌ای باشد که از داوود شنیدیم.

صحنهٔ سوم

فریبا خانم، مادر حسام و عاطفه، با دقت ماهی پشمی را بررسی می‌کرد. دست‌آخر گفت: «چه چیزبانمکیه. شاید بد نباشه بفرستم برای نسا. ها فرید؟»

آقا فرید که کمی آن‌سوتراز ما مشغول بازی تخته بود، سرش را کمی به این‌سو خم کرد و گفت: «با من بودی؟ چیزی گفتی؟»

فریبا خانم تکرار کرد: «می‌گم بد نیست این ماهی پشمی رو بفرستیم سمت نسا، نه؟ برای گریه‌های نسترن شاید یه علاجی بشه.»

آقا فرید نیمچه نگاهی به ماهی انداخت و همان‌طور که دوباره سرش را به‌سمت تخته می‌چرخاند، گفت: «آره آره، خیلی هم خوبه. خب تو چی بازی کردی الان؟»

حسام گفت: «من که می‌گم حسابی خوششون می‌آد. سروصدای اون دختره از کناره رو که خوب خوابونده بود. فقط می‌مونه ...»

زری میان حرفش گفت: «آره، فریبا خانم. یادته، حسام؟ من هم همون اول که دیدمش، گفتم...»

حسام حرفش را برید و ادامه داد: «می‌مونه جور کردن پیک. سرراهی به آقا نیما گفتم یه سفارش مخصوص دارم که باید جَلدی ببره. اول کلی از درد زانوش نک‌ونال کرد. آخرسرهم گفت واسهٔ خاطریه سفارش، پا نمی‌شه بره سرخ‌ارگ و بیاد.»

زری گفت: «وا، خب می‌گفتی برای کار محل‌داریه دیگه. این‌ها هم دارن شورش رو درمی‌آرن، فریبا خانم.»

فریبا خانم ماهی را کنار دستش گذاشته بود. مشغول سوا کردن چیزهایی بود که

اهالی محل درست کرده بودند یا تک‌وتوک از محله‌های دیگر فرستاده بودند. کمی از این‌ها را برای بچه‌ها و اهالی چشمه جدا می‌کرد و بقیه را در کیسه‌ای می‌ریخت تا در مراسم کیسه‌پرون بین اهالی میانه پخش شود.

با دقت یک پیراهن قهوه‌ای‌رنگ را که در میانش دایرهٔ سیاه‌رنگی بود، تا کرد و در بخش کناره گذاشت. بعد رو به حسام گفت: «بعداز کیسه‌پرون دوباره برو پیش نیما. بهش بگو من خیلی اصرار دارم که هرچه زودتر این رو بفرسته.»

حسام آرام سری تکان داد و ماهی را در جیبش گذاشت. زری با لب‌هایی فشرده خیلی قاطعانه چند بار محکم سرش را بالا و پایین برد.

فریبا خانم رو به زری گفت: «زری جان، من یه‌کم دستم بنده. لطف کن از توی چادر دو تا سطل آش و قاشق بیار، عزیزم.»

وقتی زری بلند شد و با دو سطل آش و چهار قاشق برگشت، فریبا خانم گفت: «برای منم آوردی، عزیزم؟ من گفتم این دو تا جوون که دارن برای کیسه‌پرون می‌رن، یه چیزی بخورن قبلش. خودم الان میل ندارم. توهم داری برای کیسه‌پرون می‌ری؟»

زری با لحظه‌ای مکث، سطل‌ها و دو قاشق را جلوی ما گذاشت و دو قاشق دیگر را به چادر برگرداند. من و حسام مشغول شدیم. فریبا خانم همان‌طور که کیسه را پر می‌کرد، رو به ما گفت: «امروز به نظرم مراسم خیلی شلوغ می‌شه. اگه جاتون بودم، ته اون سطل‌ها رو بالا می‌آوردم که وسطش از تک‌وتا نیفتم.»

حسام گفت: «این آقا برزو که می‌بینی، وقتی مراسمی در کار نباشه هم ته هر سطلی جلوش بذاری رو درمی‌آره. شما نگران نباش.»

زری خندید و گفت: «آره فریبا خانم، از عاطفه توی آش‌خوری می‌بره همیشه.»

فریبا خانم با رضایت سرتکان داد و گفت: «خوبه. جوون باید اشتها داشته باشه. از بچگی هم همین‌جوری می‌خوردی؟»

آشی را که در دهانم بود، قورت دادم و گفتم: «امم... فکر کنم آره.» به خوردن آش ادامه دادم. آش بی‌رنگ... آشی که تنها و تنها برای خوردن بود. لقمه‌های آش را یکی پس‌از دیگر فروبردم تا زمانی که ته سطل پیدا شد.

فریبا خانم سربلند کرد و با چندین نفس عمیق گفت: «الانه که شروع بشه.»

هوا را بوییدم و کمی بعد با استشمام بوی ماهی گندیده، سرتکان دادم. آمدن ورشک‌ها نزدیک بود. فریبا خانم رو به زری گفت: «یه سری به چادرتون نمی‌زنی، عزیزم؟ حیف این لباس‌هاست که آشی بشن. خودت می‌دونی چی به روزشون می‌آره.»

چند لحظه بعداز رفتن زری، اولینشان را دیدم. با چهرهٔ پوشیده در نقاب سفید استخوانی نزدیک می‌شد، با حفرهٔ بزرگی در جای دهان نقاب که با فرو کردن جسد ماهی‌های مرده به‌زور پر شده بود. انبوهی از دهان‌های باز و چشم‌های گشاد. بوی ماهی گندیده داشت هوا را پر می‌کرد و به درونمان می‌خزید. ورشک‌ها در صفی پشت‌سرهم راه می‌رفتند. در کنار چادر محل‌داری که ما روبه‌رویش نشسته بودیم، متوقف شدند تا فریبا خانم با کیسهٔ بزرگ در دست، به‌سوی مراسمگاه راهی شود. ورشک‌ها با فاصله پشت‌سرش به راه افتادند. با رد شدن آخرین ورشک، ما هم به‌همراه دیگر شرکت‌کنندگان تعقیبشان کردیم.

به مراسمگاه رسیدیم که فضای خالی بزرگی در نزدیکی میان‌محله و در مسیر رفتن

به طلای ارگ بود. آنجا فریبا خانم محتوای کیسه‌اش را این‌سو و آن‌سو پراکنده بود. ورشک‌ها در صفی، دالان منتهی به مراسمگاه را بسته بودند. ما روبه‌رویشان مانند آب چشمه به عقب و جلو موج می‌خوردیم. با فشار جمعیت از پشت به جلو می‌رفتیم و با هل دادن ورشک‌ها به عقب رانده می‌شدیم. فریبا خانم خودش را به نزدیکی ورشک‌ها رساند و با صدای رسایی فریاد زد: «همه رو ببرین» و مراسم شروع شد. راه را باز کردیم تا فریبا خانم رد شود و بعد صف ورشک‌ها از هم باز شد. حالا هم پشتی‌ها به جلوهلمان می‌دادند و هم ورشک‌ها از اطراف. آن‌همه دست و پا انگار از آنِ یک تن شد با خواسته‌ای واحد: پاک کردن هرچیزی که بر زمین ریخته بود تا دست آن تاریکی‌نشین‌های بچه‌خور بهشان نرسد؛ تا در حسرتش بمانند و آن‌قدر دندان بسایند تا در دهانشان چیزی باقی نماند. به زمین دست می‌بردیم، می‌افتادیم، بلند می‌شدیم، غلت می‌زدیم، می‌غریدیم و با چنگ‌ودندان هرچه به دستمان می‌رسید، در کیسه‌ها فرومی‌بردیم. زمین در زیر ضربان دست‌ها و پاهایمان کبود شده بود. وقتی آخرین تکه‌پارچه و چیزاستخوان را به کیسه‌مان بردیم، توانستیم فریادی از روی شادی بکشیم. راهی محله‌مان شدیم. در پشت‌سرمان مطلقاً چیزی باقی نمانده بود.

زمانی که به چادر رسیدم، سقف به رنگ آبی تیره گراییده بود. خسته و ازپاافتاده، کرکرهٔ بالای چادر را کشیدم و روی جاخوابم ولو شدم. می‌توانستم تا صبح به همان شکل بخوابم؛ ولی در میانهٔ شب، با حس قلقلکی روی صورتم با وحشت از خواب پریدم. چیزی پشمالو بر روی صورتم نشسته بود. اول گمان کردم که هنوز خوابم. از جایم تکان نخوردم؛ ولی آن شیء پشمالو با صدای جیرجیر ریز آشنایی ناگهان بلند

شد. کمی بعد درز ورودی چادر، لحظه‌ای نور بیرون را به درون آورد و دوباره بسته شد. بعد از رفتن گرباش، هنوز حس می‌کردم چیز صافی بر گردنم نشسته. گرفتمش و از جا جهیدم و کورمال به‌سمت ورودی رفتم تا بیرون را بپایم؛ ولی از گرباش یا کس دیگری در بیرون چادر اثری نبود. کرکرۀ سقف چادر را باز کردم. در زیر نور سقف، پوستۀ نوشته‌ای را که گرباش کوچک برایم آورده بود، خواندم:

«از پدرم شنیده‌ام که خیلی پیش‌ترها، آن زمانی که هنوز شهر ارگ با همۀ ساختمان‌های بلند و زمین‌های کشاورزی سرسبزش در بالای زمین ایستاده بود، مردمانش رسمی داشتند: اینکه هر وقت فکر بدی به سرشان می‌زد، آن را در نامه‌ای با جزئیات کامل می‌نوشتند. سپس نامه را در جوی روان شهر که به‌سمت جنگلی در پایین‌دست می‌رفت، می‌انداختند و می‌گفتند: 'نوشتمش تو نامه، می‌دم که آب ببره' آن جوی که کسی نمی‌دانست به کجا می‌رفت، با صبر و حوصله در طی سالیان، این نامه‌های پلید را می‌برد و پاسخی نمی‌آورد؛ تا روزی که سروکلۀ اندر پیدا شد. اهالی شهر او را در جلوی جنگل دیدند که آهسته می‌خزید و به‌سمت شهر می‌آمد.

امروز می‌خواهم آن رسم را در این دالان‌های زیرزمینی شهر ارگ زنده کنم. این کلمه‌ها را به‌همراه این لکه‌های خون خشک‌شده در نامه‌ای می‌گذارم، همین‌طور باربد را با همۀ اشک‌ها و آه‌ها و ناله و نفرین‌هایی که نثار خودش می‌کرد و هرچیز دیگری که ازش باقی مانده. همۀ آن روزهای دوری که با حوصله و وسواس، برگ‌های سبز گیاهانش را می‌چید و دسته‌بندی می‌کرد و به شیوا می‌داد تا در محله‌های اندر پخش کند، آه‌هایی که می‌کشید و سری که با تأسف تکان می‌داد وقتی می‌گفت:

'ما باید به فکرشون باشیم که عقلشون سر جاش بیاد. خودشون که به فکر نیستن بیچاره‌ها.' و روزهایی که دیگر حال و حوصلهٔ برنامه چیدن برای گیاهانش را نداشت و آن‌ها هم یکی بعد از دیگری پژمرده شدند. همهٔ این‌ها را با جسد رنگ‌پریده‌اش که می‌بایست دفن کنم، اینجا می‌گذارم. نوشتمش تو نامه، می‌دم که آب ببره.»

صحنهٔ چهارم

نامه را که به گمانم از آرش بود، در کیف پشمی سپنج درون جیبم جای داده بودم؛ ولی نوشته‌هایش جایی در سرم باز نکردند. آن شهری که زمانی بر بالای سرمان بود و مردمانش و رسومشان هرچه که در گذشته بودند، دیگر نبودند. می‌بایست درون سرم برای فوج‌فوج آدم‌هایی که در پوستهٔ ماهی‌های کنارم ردشان را گذاشته بودند، جا باز می‌کردم، برای آدم‌های جدیدی که آقا روزبه خودش پوسته‌هایشان را جلویم می‌گذاشت. مدتی بود که فقط عاطفه به حسام و زری در داستان‌خوانی کمک می‌کرد. وظیفهٔ خواندن پوسته‌های قدیمی و بازنویسی‌شان در پوسته‌های جدید به من محول شده بود. در آن پوسته‌ها که آقا روزبه جسته‌گریخته و گاهی در میانهٔ روایتی به دستم می‌داد، چندان خبری از ریزش سقف و هم‌محله‌ای‌های خطاکار نبود. آن پوسته‌های رنگ‌ورورفته که بعضی واژه‌ها درشان محوشده بودند، از زمان‌های خیلی گذشته حکایت می‌کردند، زمانی که هنوز بچه‌خورها دسته‌جمعی به درون تاریکی فرار نکرده بودند، زمانی که به خودشان جرئت می‌دادند در زیر نور رنگارنگ اندر زندگی کنند و از او سر بپیچانند، زمانی که ورشک‌ها تحت فرماندهی امیرهٔ بزرگ، وظیفهٔ شکار آن‌ها و رَماندنشان از روشنایی به بیرون را به عهده داشتند.

داستان پس‌گیری سبزارگ را می‌خواندم. می‌توانستم فرهاد، اولین محل‌دار سبزارگ، را ببینم که با ابروهایی گره‌کرده و دستانی قلاب‌شده با صلابت رودرروی مهران، سردستهٔ بچه‌خورهای سبزارگ، ایستاده بود. برایش با دلیل و منطق توضیح می‌داد که او و همراهانش اگر می‌خواهند به خوردن چیزی جز آش بپردازند، اجازهٔ

ماندن در زیر روشنایی را ندارند. مهران با خیره‌سری و نفهمی، بر ماندن پافشاری می‌کرد. چارهٔ دیگری نبود. فرهاد فرمان حمله را به ورشک‌هایش صادر کرد. همراهان مهران جسد گیاهانشان را به آتش می‌کشیدند تا راه ورشک‌ها را سد کنند؛ اما آن شعله‌های ناچیز، جلودار ورشک‌ها نبود. همه از زن و مرد با نقاب‌هایی بر چهره که جای‌جایش برای جذب دود آتش ماهی گذاشته بودند، آماده شدند. با پرتاب آش، آتش را کشتند، تا جایی که دود سیاهی از آن بلند شد. از میان دود غلیظ به‌جای‌مانده، به تعقیب بچه‌خورهای در حال فرار می‌پرداختند.

در میان غبارِ این تعقیب و گریز، ناگهان سروکلهٔ مژده خانم از ورودی چادر پیدا شد که به درون آمد و نشست. آقا روزبه سرش را از روی پشتهٔ پوسته‌های کهنه برداشت. پس از سلام و احوال‌پرسی، آقا روزبه گفت: «خب، مژده خانم گل. باز کی چه دسته‌گلی به آب داده و شما رو انداخته توی زحمت؟»

مژده خانم لبش را با زبان تر کرد و گفت: «چه زحمتی، آقا روزبه؟ وظیفه‌ست. هنوز که کسی کاری نکرده. اینکه منم مزاحمتون شدم، فقط برای اینه که یکی از بچه‌ها، داوود رو یادتونه؟ چند روزیه هیچی نمی‌گه. آش هم به‌زور می‌خوره.»

آقا روزبه گفت: «اختیار دارین. آفرین به این‌همه توجه و دقت. اگه ده تا مژده خانم توی این محله داشتیم، دیگه بابت سقف هیچ نگرانی‌ای نداشتیم. آقا داوود رو که خوب یادمه. افشین یه‌کم نگران کار پیدا کردنش بود. خود افشین متوجه چیزی نشد؟»

مژده خانم گفت: «راستش رو بخواین، آقا افشین این چند وقته، سرشون با آرزو جون و کوچولوی توراهی‌شون گرمه؛ خیلی نمی‌رسن پیگیر بچه‌ها بشن.»

آقا روزبه لبخند گل‌وگشادی زد و گفت: «اون هم دورانیه واسهٔ خودش. شما هم چیزی از داوود بهش نگفتی؟»

مژده خانم گفت: «گفتن که گفتم. آقا افشین به نظرش خیلی چیزی نیومد. شاید هم درست باشه ها. خب داوود از بچه‌های کم‌کارترمونه؛ ولی من گفتم بیام با شما هم یه صلاح مشورتی بکنم.»

آقا روزبه گفت: «خیلی کار خوبی کردی. توی این محله یه دونه مژده خانم برامون کمه. خب بذار ببینم. حرف نزدن رو منم تا حالا نخوندم که چیز مهمی باشه. بچه‌ان به‌هرحال؛ ولی آش نخوردن همیشه یه نشونه‌ایه. پشت‌بندش اگه رعایت نشه، هزار جور مرضه که می‌آد. این آقا داوود رو یه مدتی ببرین به آش‌چالهٔ کناری. خودت هم روزی سه تا سطل آش ببر پیشش ببین اشتهاش باز می‌شه یا نه. اگه باز شد، که خیر و برکت؛ ولی اگه نشد... خب باز هم یه سربیا پیشم ببینم چی‌کارش می‌تونیم بکنیم.»

مژده خانم که سرتکان می‌داد، گفت: «چقدر خوب شد که اومدم پیشتون. یه کم مردد بودم؛ چون هر داستانی رو که به عقلم می‌رسید، بالاپایین می‌کردم توی ذهنم؛ ولی همچین نمونه‌ای توشون نبود.»

آقا روزبه گفت: «شما که دیگه یه پا دستیار دفتردار شدی برای خودت؛ ولی دراین‌باره داستان زیاد سراغ دارم، به‌خصوص از بچه‌های چشمه. اون‌هایی که شیطنت‌هایی می‌کردن، یه سری‌هاشون قبل‌تر اشتهاشون کم شده بود. امیدوارم آش‌چاله برای آقا داوود بس باشه.»

مژده خانم گفت: «آدم هرروز یه چیز جدیدی می‌فهمه دیگه. من با اجازه‌تون زودتر برمی‌گردم که داوود رو ببرم به آش‌چاله. بی‌زحمت به برزو جون و بچه‌ها هم بگین اگه می‌شه زودتر بیان و چند تا از این داستان‌هایی رو که گفتین، برای بچه‌های چشمه بگن. خودم هم که خیلی خوش‌حال می‌شم بدونمشون.»

آقا روزبه از جا بلند شد و گفت: «شما معطل بچه‌ها نشو. خودم تا یه جایی می‌آم باهات که چند تا داستان تعریف کنم. هم برای بقیهٔ بچه‌ها تعریف کن و هم کنار آش‌چاله برای آقا داوود.» مژده خانم نفسش را با صدا بیرون داد و همان‌طور که بلند می‌شد، گفت: «چه خوب شد گفتین. حواسم به داستان برای داوود نبود. من که هربار اومدم اینجا، یه چیز جدیدی ازتون یاد گرفتم.» با ما خداحافظی کرد و به‌همراه آقا روزبه از چادر بیرون رفتند.

زیرچشمی نگاهی به حسام و عاطفه انداختم که پوزخندزنان به خواندن داستان ادامه دادند. زری به‌همراه مادرش برای سرزدن به خانوادهٔ مادری‌اش در سرخارگ رفته بود. حسام سر خواندن واژهٔ «معبر» گیر کرده بود. وقتی عاطفه همان‌طور که انگشتش را آرام به پیشانی حسام می‌زد، تلفظ درست را یادآوری کرد، حسام گفت: «وای، من که هربار اومدم اینجا، یه چیز جدیدی یاد گرفتم.»

عاطفه گفت: «کاش یاد می‌گرفتی. توی کله‌ت عین ماهی لیزه. باز پس‌فردا همین رو یادت می‌ره.» حسام گفت: «من که دفتردار نمی‌خوام بشم. همین که گزارش کارهاتون رو بنویسم و بخونم، بسه.»

عاطفه آهی کشید و گفت: «باشه، پس منم می‌رم کنار چشمه. خودت بخون. اگه احیاناً به مشکل خوردی، برزو هست دیگه.»

حسام با صدای نازکی گفت: «آقا مراد قراره بیاد؟» عاطفه گفت: «فضولی موقوف» و از چادر بیرون رفت. حسام رو به من گفت: «می‌بینی وضع دستیار دفترداری رو؟ تا آقا روزبه سربچرخونه، می‌پره.»

پاسخش را با تولید صدایی از اعماق گلویم دادم که می‌توانست به‌منزلۀ تأیید باشد. حسام بلند شد و نزدیکم نشست. دست در جیب کرد. نقابی بیرون آورد و روی پشتۀ پوسته‌های کنارم گذاشت. گفت: «مامانم خیلی از اون ماهی پشمی‌ها راضی بود. خبرش که پیچید، از میان‌ارگ هم خواستن که یه دونه براشون درست کنن. خود مائده خانم برای دختر کوچولوش یه دونه سفارش کرده بود بفرستن. فکرش رو بکن. مامانم هم وقتی بعداز پرس‌وجو فهمید اولین بار مامانت برای اون دختره درستش کرده بود، این رو برات فرستاد. گفت شاید بدت نیاد. به‌هرحال قد می‌کشیدی که یکی می‌گرفتی؛ حالا یه‌کم زودتر طوری نمی‌شه.»

چشمکی زد و ادامه داد: «فریده دختر نیما رو که می‌شناسی. چند وقتیه شکیب از بابام خواستگاری‌ش کرده؛ ولی داره دست‌دست می‌کنه. امروز عصر شاید طرف‌های چادرشون یه خبرهایی باشه. اگه دلت خواست، اول یه سر برو سمت چشمه. کنار اون سنگ سبز بزرگ چیزهای جالبی می‌بینی. بری اونجا، بعدش خودت می‌فهمی باید چه کنی، البته اگه دلت خواست، اگه نه هم که هیچی.»

چشمکی زد. نقاب را برداشتم و در جیبم گذاشتم. گفتم: «از مامانت تشکر کن از طرف من. باید ببینم می‌رسم یا نه.»

گفت: «آره، آره. بد نمی‌گذره بهت.» باز چشمکی زد و بلند شد: «خب دیگه، منم برم به شمشیربازی‌م برسم، بهتره. فکرهات رو بکن.» از چادر بیرون رفت.

قبل از هرچیزی، حتی فکرکردن به آنچه تازه در جیبم گذاشته بودم، می‌بایست تکلیف فرهاد و مهران را مشخص می‌کردم. هوای چادر که با آمدن مژده خانم صاف شده بود، دوباره از دود آتش تیره شد. سکوتش را فریاد «هو... هو... هو»ی ورشک‌ها شکست که با شمشیرهای ازنیام بیرون‌کشیده، فریادزنان از روی جسد گیاهان می‌پریدند. در برابر این دلاوری، بچه‌خورها چاره‌ای جز گریز نداشتند. مهران با یکی‌دو نفر قصد مقاومت داشت؛ ولی در محاصرهٔ ورشک‌ها نتوانستند دوام بیاورند و از پا درآمدند. بازمانده‌هایشان یکی بعد از دیگری به دالان‌های تاریک می‌گریختند. این‌طور بود که سبزارگ، آخرین محلهٔ شهرارگ هم به تصرف شهری‌ها درآمد و هرچه که بچه‌خورهایش زمان فرار جا گذاشته بودند، در کیسه‌های شهری‌ها رفت. نوشته‌های پوسته را با دقت در پوستهٔ نویی نوشتم و کنار جای آقا روزبه گذاشتم. از چادر بیرون زدم و تا حوالی عصر در گوشه‌وکنار میانه قدم زدم.

سمت عصر انگار به‌طور تصادفی خودم را در کنار چادر آقا نیما یافتم. کمی این‌سو و آن‌سو قدم زدم و گروه‌های زنان و مردان را که با هم گرم گرفته بودند و در میان حرف‌هایشان کمکی استخوان می‌بستند یا می‌ریسیدند یا می‌بافتند، وراندازمی‌کردم. داشتم آمادهٔ رفتن می‌شدم که آوای چندنفره‌ای از دور متوقفم کرد. شروع

شــده بود. کمی بعد گروهی از ورشک‌ها را دیدم که هوهوگویان چادر آقا نیما را محاصره کردند. در جلویشــان مرد جوانی بود با پیراهنی قهوه‌ای که در میانش دایرهٔ سـیاهی بود. آقا نیما برخاسـت و به‌همراه دو پسـر کوچکش به داخل چادر رفت. دیگران با خون‌سردی بدون اینکه از کار یا صحبت دست بکشند، هرازگاهی نگاهی به آن چادر می‌انداختند. ورشک‌ها با سطل‌های آش در دست و فریادزنان ایستادند و کمی بعد فریده دوان‌دوان و پوشـیده از آش رسید. پشت‌سرش گروهی از ورشک‌ها فریادزنان و آش‌پرت‌کنان تعقیبش می‌کردند. نزدیک که شـد، ورشک‌های دور چادر هم بهشــان پیوسـتند. فریده کـه می‌خواسـت به درون چـادر برود، دور خودش می‌چرخید و در جســت‌وجوی راه گریزی بود. سطل‌های آش که خالی شـدند، حلقهٔ ورشک‌ها باز شد و فریده به درون چادر شیرجه زد.

نوبت چادرهای کناری رسیده بود. به نزدیکی هر چادری که می‌رسیدند، اهالی جلوی چادر هرچه در دسـت داشـتند، رها می‌کردند و بلند می‌شـدند. ورشـک‌ها نعره‌زنان لباس‌ها و اسـتخوان چیزها را که می‌بایسـت بیرون چادر می‌ماندند، تکه‌تکه می‌کردنـد. با رفتنشـان به چادر بعـدی، اهالی چادر پیش دوباره گرد هم می‌نشستند. بعضی با اندوه به بقایای خرده‌پارهٔ چیزهایشــان دست می‌کشـیدند و به دخترهای پرمدعای زیاده‌خواه لعنت می‌فرسـتادند. بعضی هم لبخندزنان از نیاز جوان‌ها برای خالی کردن خودشان می‌گفتند.

با دور شدن ورشک‌ها، من هم به چادر دفترداری که خوشبختانه انگار در مسیر برگشــتن ورشک‌ها نبود، بازگشــتم. ســقف آبی تیره، نشــان از نزدیکی شـب می‌داد و

کسی در درون چادر نبود. کرکرهٔ سقف را بستم و به جاخوابم رفتم. آن شب نامهٔ دوم آرش را دریافت کردم. نامه به این مضمون بود:

«اگر شبی بخوابم و صبح فردا ببینم که در نزدیکی‌ام یک حلزون بزرگ سبز شده که دارد آهسته به‌سمتم می‌خزد، باید چه کنم؟ این سؤال پرسش همهٔ اهالی شهر ارگ، در روز پدیدار شدن اندر بود: حلزون بزرگی که سرش به‌اندازهٔ شش برابر یک مرد بزرگ بالای آسمان می‌رفت و بدنش آن‌قدری بزرگ بود که همهٔ شهر ارگ را در بر بگیرد. اول که سروکله‌اش پیدا شد، هنوز مشخص نبود که قرار است کجا برود و چه کند. یک عده‌ای از ارگی‌ها می‌خواستند به کاروبار معمول خودشان برسند و امیدوار باشند که اندر به همان ناگهانی که سروکله‌اش پیدا شده است، غیب شود؛ یا حتی اگر غیب نشود، شاید تنها قصد رد شدن از کنار شهر را داشته باشد، یا هرچیز دیگری؛ ولی اندر نه خیال غیب شدن داشت و نه گذر کردن.

زمانی که به شهر رسید و با شاخک‌های بزرگش اولین ساختمان شهر را خردوخاکشیر کرد و اهالی‌اش را در دهان فروبرد، همهٔ شک‌وتردیدها نسبت به نیتش برطرف شد. ارتشی‌ها که عدهٔ ایشان به فرماندهی هرمزان مشغول آماده‌سازی بودند، به حلزون بزرگ حمله می‌کردند؛ ولی نه تیغه‌های شمشیرشان از لایه‌های لزج تن حلزون رد می‌شد و نه تیرهایشان می‌توانست کمترین آسیبی به صدف درخشانش بزنند. اندر جلو و جلوتر می‌آمد. در سر راهش ساختمان‌ها ویران و زمین‌ها شوره‌زار و محله‌ها تهی از سکنه می‌شدند. بخش بزرگی از جمعیت شهر، به شهرهای کناری گریختند.

از آن‌ها که باقی ماندند، بخشی به مبارزهٔ مستقیم با اندر ادامه دادند. هرمزان برای بخش

دیگر، نقشه‌ای کشید: در شمالی‌ترین نقطهٔ شهر دالانی به زیرزمین بکنند و از آنجا به‌سمت اندر پیش‌روی کنند تا زمانی که به زیر صدف اندر برسند. از آنجا می‌بایست دالانی رو به بالا می‌کندند تا بلکه از زیر صدف اندر بتوانند نقطه‌ضعفی پیدا کنند و حلزون بزرگ را از پا در بیاورند. بهمن که فرمانروای شهرارگ بود، داوطلب شد تا در پیش این نیروها وارد دالان شود. آن‌ها این دالان‌ها را تنها به امید شکست دادن اندر و پس گرفتن شهرشان می‌کندند و خاکش را با هزار دردسر در کیسه‌های بزرگ به بالای دالان می‌فرستادند. تا وقتی که روز موعود فرا رسید و با سرهایی پر از امید و آرزو شروع به حفاری دالانی رو به بالا کردند. نیازی نیست که برایت از چرایی شکست نقشه‌شان بگویم. زمانی که اندر از محل موعود رد شد و حفارها آمادهٔ کندن رو به بالا شدند، متوجه نکتهٔ تازه‌ای شدند. اینکه لزجی تنِ اندر، زمین بالای سرشان را آن‌قدر سفت کرده بود که با قوی‌ترین ابزارهایشان هم توان کندنش را نداشتند. با پخش شدن این خبر، عده‌ای با بیشترین سرعت خودشان را به دهانهٔ دالان شمال شهر رساندند و گریختند، ولی نه همه‌شان. بقیه به امید اینکه شاید نقطه‌های دیگری را بتوانند بکنند و به بالا راه بیابند، روزها را می‌گذراندند و با دقت، سقف سرتاسر این شبکهٔ دالان را آزمایش می‌کردند. در این میان می‌بایست زنده هم می‌ماندند؛ پس بذر گیاهانی را برای کاشتن در زمین و گلدان آوردند. عده‌ای به ماهیگیری برای غذا روی آوردند و عده‌ای هم پشم ماهی‌ها را می‌ریسیدند و لباس‌های پارچه‌ای اهالی را تأمین می‌کردند. زندگی با امیدِ پیدا کردن نقطه‌ضعف اندر که به زیرزمین رفته بود، در شهرارگ در جریان بود؛ ولی از شهرارگ آن بالا دیگر چیزی جز در پوسته‌ها باقی نماند. می‌بایست بنویسمش تو نامه، بدم که آب ببره.»

صحنهٔ پنجم

آقا روزبه چند روز پس‌از گزارش مژده خانم، من را هم عازم کناره کرد. زری با درخواست‌های فراوانش توانست آقا روزبه را قانع کند تا او را هم به‌همراهم بفرستد. حسام هم که واژه‌های ایمنی و هم‌محله‌ای از دهانش نمی‌افتادند، با ما آمد. در ابتدای سفرمان از من خواستند داستان‌هایی را که آقا روزبه مرا به آن‌ها مجهز کرده بود، برایشان بازگو کنم. همه مربوط بودند به از دست دادن اشتهای کسی، همه بچه و همه از یتیم‌های چشمه، که پس‌از آن به صرافت خوردن چیزهای دیگر می‌افتادند. با پایان یافتن داستان‌ها، زری چیزی که ذهن مرا هم درگیر کرده بود، به زبان آورد: «این‌ها که هیچ‌کدوم به اون چیزی که برای داوود پیش اومد، ربطی ندارن. نباید به دفترداری داستان درست رو بگیم که بنویسنش؟»

حسام گفت: «چی پیش اومد برای داوود؟ قبل‌از اینکه بدوی به بابات بگی، بگو ما هم بدونیم.»

زری گفت: «چرا خودت رو می‌زنی به اون راه؟ توی اون دالون یه چیزی‌ش شد دیگه.»

حسام شانه بالا انداخت و گفت: «خب از مجید جدا موند. تنهایی توی دالون رفتن رو که خودشون می‌دونن بَده. آش نخوردن رو هم می‌دونن. با تعریف کردن این چیزها دستیارت نمی‌کنن ها؛ از من گفتن. ته تهش بتونی ما رو راهی کنی به میان‌ارگ.»

گفتم: «ما بیرون بودیم. داوود خودش می‌خواست بره. اون تو هم هرچی شد، با خودش بود.»

حسام گفت: «درست می‌فرمایین. منتها...»

از دور صدای فریاد چندنفره‌ای داشت نزدیک می‌شد. پشت‌سرمان نقاب‌داران ورشک را می‌شد دید که انگار برای بدرقهٔ زری آمده بودند. زری جیغ کوتاهی کشید و گفت: «تندتر بیاین.» حسام گفت: «بیاین؟ قراره به‌اتفاق بریم مگه؟ یه‌کم اون‌ورتر برو که روی ما نریزه آششون. اون موقع چیزهای جالب‌تری برای گزارش به دفترداری پیدا می‌شه.»

گفتم: «اوهوم. تندتر هم نری، بهتره. آروم راه بری، حوصله‌شون زودتر سر می‌ره.»

حسام سری تکان داد و رو به من گفت: «ولی ما تندتر بریم، بد نمی‌شه. توی این دادوبیداد صدای خودم رو به‌زور دارم می‌شنوم.»

قدم‌هایمان را تند کردیم و وقتی فریاد ورشک‌ها حسابی دور شد، حسام گفت: «از داوود چیزی نگیم، بهتره. می‌دونم توی داستان‌هایی که دفترداری می‌خونی، این رو نشنیدی. اون‌ها یه‌کم... شسته‌رفته شدن دیگه. ترتمیزشون می‌کنن داستان‌ها رو قبل اینکه بنویسن؛ ولی من از مامانم شنیدم خیلی پیش اومده که سقف ریخته و تا برسن به اینکه راستی‌راستی تقصیرکی بوده، یه‌مشت بدبخت رو قبلش فرستادن میان‌ارگ. اون هم واسهٔ کارهای پیش‌پاافتاده. تورو نمی‌دونم، ولی من که دوست دارم اگر سروکارم به میان‌ارگ افتاد، اقلاً اسمم توی یه داستانی چیزی بمونه. همین‌جوری یلخی رفتن بهم نمی‌سازه.»

وقتی رگه‌های بنفش در زردی سقف پدیدار شدند، به کناره رسیدیم. سوت‌وکور بود و آقا محراب به‌تنهایی در نزدیکی چشمه نشسته بود. بهمان گفت که دیگران دور چالهٔ آش جمع شده‌اند. خودمان را به نزدیکی آش‌چاله رساندیم. داوود درونش ایستاده بود و هرازگاهی خودش را به عقب و جلو تاب می‌داد. با کمی فاصله،

بچه‌های دیگر در حلقه‌ای دور مژده خانم نشسته بودند. پدرم و آرزو هم بیرون حلقه بودند و با لبخند برایمان سر تکان دادند. اولین باری بود که پدرم را در حلقهٔ داستان‌گویی می‌دیدم. مژده خانم هم با لبخند گل‌وگشادی از من خواست تا جایش را در میان حلقه بگیرم و برای بچه‌ها چند داستان تعریف کنم. شروع کردم. در میانهٔ داستانم زری که از سراپایش آش می‌چکید، به کنار حلقه ملحق شد. در نزدیکی شهرزاد نشست که ماهی پشمی نیمه‌تمامی با قلاب‌هایی آویزان در دست داشت.

داستان را به پایان بردم. مژده خانم که به تک‌تک بچه‌ها نگاه می‌کرد، گفت: «خیلی باید حواسمون جمع باشه، بچه‌ها جونم؛ مگه نه؟»

پدرم از جا بلند شد و به کنار چالهٔ آش رفت. سطل آش پری را که جلوی چاله بود، بلند کرد و رو به داوود گفت: «داستان رو که شنیدی، آقا داوود؛ نه؟ پس دست‌به‌کار شو. بیا دیگه.»

سطل آش را جلوی داوود برد. داوود به سطل زل زده بود و به‌جز عقب و جلو تاب دادن خودش حرکتی نداشت. پدرم دستش را در سطل فروبرد. مشتی آش بیرون آورد و جلوی دهان داوود گرفت. داوود کمی دهانش را باز کرد و با چهرهٔ در هم مقداری خورد. علائم بیزاری در چهره‌اش پدیدار بود. پدرم سطل را زمین گذاشت و گفت: «باب طبعت هم نیست انگار. باید ببخشید. اگه خیلی ناراحتت می‌کنه، می‌تونیم بفرستیمت یه جایی که راحت‌تر باشی. ها؟»

داوود پاسخی نمی‌داد. مژده خانم هم بلند شد و به نزدیکی آش‌چاله رفت. رو به داوود گفت: «این سطل رو باید تا فردا تموم کنی، داوود جان. باشه عزیزم؟»

منتظر شنیدن پاسخی از داوود بودیم که شهرزاد بی‌مقدمه گفت: «مگه تا حالا برای اشتها نداشتن کسی هم سقف ریخته؟»

اگر در لحظه‌ای که این جمله را به زبان می‌آورد، زیرچشمی نمی‌پاییدمش، شاید فکر می‌کردم آن را در خیالم شنیده‌ام. صدای حبس شدن چند نفس را شنیدم. پدرم و مژده خانم به‌سمت شهرزاد چرخیدند. مژده خانم گفت: «عزیزم وقتی بهت می‌گم موقع گوش دادن به داستان‌ها دقت کن، برای همینه.»

پدرم گفت: «کسی بی‌دلیل اشتهاش به آش کم نمی‌شه، شهرزاد خانم. از جای دیگه خودشون رو راه می‌ندازن، بعدش آش نمی‌خورن. گوش‌هات رو باز کن.»

شهرزاد گفت: «خب داوود هم... اون که چیز دیگه‌ای نخورده، ها؟»

از میان آن همه آدم، به من زل زده بود. کیمیا که با انگشت به زمین ضربه می‌زد، گفت: «ما که ندیدیم چیز دیگه‌ای بخوره...»

او هم به من نگاه می‌کرد و همین‌طور حسام و همین‌طور دیگر بچه‌ها. پدرم گفت: «چه خبره اونجا؟ چیزی شده ما خبر نداریم، آقا برزو؟»

به داوود نگاه می‌کردم که تنها در چاله ایستاده بود. به یاد اولین روزی افتادم که پس از مرگ مادر بیمارشان به‌همراه کیمیا به چشمه آمده بودند. کوچک بود و با هرچیزی، از ماهی مرده گرفته تا توپ عصابازی‌ای که به‌سمتش پرت می‌شد، می‌ترسید و جیغ‌وداد می‌کرد؛ ولی چند لحظه بعد دوباره با همان کسی که ماهی مرده در پشت لباسش انداخته بود، مشغول بازی می‌شد؛ انگار که هیچ چیزی بینشان رخ نداده است. آن روز هم در آش‌چاله همان‌طور که عقب و جلو می‌رفت،

خیلی کوچک به نظر می‌رسید؛ ولی او با خواست خودش این‌ها را بر سر خود آورده بود و من هم می‌دانستم چه می‌خواهم. گفتم: «خب هرکسی می‌تونه بره یه گوشه چیزی بخوره. اینکه شما ندیده باشین که دلیل نیست.»

مژده خانم سر تکان داد. پدرم با لبخند نگاهم می‌کرد. کیمیا با سر به زیرانداخته، هنوز روی زمین ضرب گرفته بود و شهرزاد خیره به من چشم دوخته بود.

بعد از بازگشت از کناره، برای مدتی با آسایش به دفترداری برگشتم که اشباح پوسته‌ها در آن جولان می‌دادند. بعد از پیدا شدن سروکلهٔ ماهی‌های پشمی، شمار کالاهای ارسالی از محله‌های دیگر به محله‌مان به‌طور محسوسی زیاد شده بود. بعضی از بافنده‌های محله‌های دیگر برای بافتن ماهی به تکاپو افتاده بودند. محصولات کج‌وکوله‌شان که گاهی به محلهٔ ما هم می‌فرستادند، قابل مقایسه با ماهی‌های شهرزاد که انگار واقعاً از آب بیرون کشیده شده بودند، نبود. به اصرار حسام پیش از مراسم کیسه‌پرون، به چادر محل‌داری می‌رفتم. آنجا فریبا خانم همیشه از آخرین اندازه‌گیری قدّم پرس‌وجو می‌کرد. بی‌صبرانه در انتظار گذشتنم از دومین نشانه بودند. آن‌وقت، هم من می‌توانستم دستیار دفترداری شوم و هم عاطفه با خیال راحت راهی چادر طلای ارگش می‌شد.

روزی که نمی‌دانستم قرار است آخرین کیسه‌پرانم باشد، پیش از راهی شدن به چادر محل‌داری، پوسته‌ای را که آقا روزبه اصرار کرده بود با دقت بخوانم، وارسی می‌کردم. داستان آشور بود، داستانی که پیش‌ترها از مژده خانم شنیده بودم، ولی نه با جزئیات این پوسته. تنها می‌دانستم وقتی بیاید و مراسمش را اجرا کند، دیوارهای شهرمان می‌ریزند. آن‌وقت می‌توانستیم به شهرهای دیگری برویم، شهرهایی که در تاریکی و با مشقت زندگی

می‌کردند و وقتی ما آش اندر را بهشان می‌رساندیم، حسابی قدردانمان می‌شدند. از آن‌ها هم حتماً تعدادی به ورشک‌هایمان می‌پیوستند و با هم مشغول شکار بچه‌خورها می‌شدند. دیگر هیچ بچه‌ای ترسی بابت رفتن به دالان‌ها نداشت و دیگر هیچ سقفی نمی‌ریخت. همه دوست داشتیم بمانیم و دوران آشور را ببینیم؛ ولی وظیفهٔ یافتن او به دوش سران محله بود. آن‌ها بودند که ویژگی‌های آشور را می‌دانستند و این ویژگی‌ها را هم علنی نمی‌کردند تا مجبور نباشند هر روز با مشتی آدمِ متوهمِ خودآشورپندار سروکله بزنند. تصمیم درستی بود. این‌ها همهٔ آن چیزی بود که بیرون دفترداری، از آشور می‌دانستیم. آن روز وقتی که آقا روزبه آن پوسته را به دستم داد، حس کردم درست‌وحسابی دستیار دفتردار شدم. من هم می‌توانستم داستانی را بخوانم که دیگران ازش بی‌اطلاع بودند. پوستهٔ توصیف مراسم آشور را که امیرهٔ بزرگ در خوابی دیده بودش، به این شرح خواندم: «چشم‌های تاریکی، بعداز سال‌ها خیره ماندن سرانجام وارد این شهر می‌شوند. در گوشه‌ای می‌خزند و لانه‌ای درست می‌کنند تا تمنای دلشان را که جز سرپیچی از اندر نیست، کم‌کم مانند تارعنکبوتی در همهٔ این شهر بگسترانند. لانهٔ این تاریکی، کالبد دخترکی خواهد بود. از آنجاست که چشم دل‌های تاریک به شهر و اهالی‌اش دوخته می‌شود؛ ولی این نیرنگ از سوی اندر بی‌پاسخ نمی‌ماند. او به پاسبانان سنتش ارج می‌دهد، اگر ما از او سرنپیچیم. چشم تاریک برای همیشه کور خواهد شد. دیدم که همهٔ اهالی شهر در میان ارگ جمع بودند و چشم تاریک هم در میانشان. خیل ورشک‌ها از هر سو در گوشه‌وکنار موج می‌زد. از میانشان یکی سر برآورد، همان که به‌طریق آش با اندر پیوند داشت، همان که رازورمز آیین بر او آشکار شده بود. در خواب، آشور نامیدمش. او

چشم در چشم‌های تاریکی دوخت و به یاری یاوران ورشکش، به کالبد تاریکی تاخت. او را با گلوله‌های آشی به درون دریچهٔ اندر تاراند، در مسیری که آکنده از ظروف آش از همه سو بود. سیل پایان‌ناپذیر آش از سوی ورشک‌ها، کالبد تاریکی را می‌آزرد. درون دریچهٔ اندر، جسم تاریک هرچند که به تاریکی پیوست، به چنگ روشنی افتاد. آشور رودرروی حفرهٔ میان دیوار، خنجری بیرون کشید. نخست، خون کالبد تاریک را برروی حفره روان کرد. سپس چشم چپ خویشتن را که برتاریکی گواه شده بود، برآن افزود. باشد تا اندر بداند که ما پاسبانانش بودیم و تاریکی را به پایش قربانی کردیم، به‌همراه دیده‌ای چشم‌زخم‌خورده. باشد تا اندر این قربانی‌ها را از ما بپذیرد و دیوارهای شهررا فروبریزاند. باشد تا این شهرتنگ را برما فراخ سازد و شمار اندکمان را با شماری از بیرون پیوند زند تا در نیستی تاریکی ما را یاوری کنند.»

حوالی عصر پیش‌از کیسه‌پرون به محل‌داری رفتم. فریبا خانم زمانی که فهمید تنها یک بند انگشت با دومین نشانه فاصله داشتم، رضایتمندانه سرتکان داد. همان موقع‌ها بود که آقا نیما پاکشان به نزدیکی چادر محل‌داری رسید و جلوی فریبا خانم ایستاد. وقتی فریبا خانم با لبخند پرسید از کناره چند ماهی پشمی آورده، کمی دست‌دست کرد. بالاخره خبرداد که شهرزاد گفته چند روزی نتوانسته ماهی جدیدی ببافد. لبخند فریبا خانم کمی محوشد. به‌آرامی پرسید: «فقط همین رو گفت؟»

آقا نیما که نگاهش را می‌دزدید، گفت: «راستش... فریبا خانم... گفت که یه پسری، اسمش رو یادم نمی‌آد، انگار توی آش چاله‌ست. شب‌ها داد می‌زنه و... انگار شهرزاد هم نمی‌تونه کار کنه.»

فریبا خانم گفت: «روزها چی‌کار می‌کنه؟»

آقا نیما گفت: «گفت که روز هم ذهنش درگیر اونه و نمی‌تونه ببافه. ببخشین... جسارت می‌کنم. حرف‌های خودش رو تکرار می‌کنم. ناراحت نشین.»

فریبا خانم سر تکان داد و گفت: «حرفت رو بزن.»

آقا نیما گفت: «گفت اگه این پسره از آش چاله دربیاد، بهتر می‌تونه کار کنه.»

فریبا خانم سر تکان داد و با مکث گفت: «که این‌طور.» آقا نیما گفت: «اگه بخواین، همین الساعه برمی‌گردم و هرچی شما بگین، جوابش رو می‌دم. خودم که نتونستم حالی‌ش کنم.» فریبا خانم سر تکان داد و گفت: «نیازی نیست، آقا نیما. شما فعلاً بفرمایین.»

بعد از رفتن آقا نیما، فریبا خانم در سکوت باز مشغول پر کردن کیسهٔ بزرگ شد. زری گفت: «این دختره خیلی پررو شده، فریبا خانم. اگه می‌ذاشتین یکی دیگه هم این ماهی بافتن رو ازش یاد بگیره، این‌جوری دم درنمی‌آورد.»

فریبا خانم گفت: «خیلی دوست دارم نظرت رو بیشتر بدونم عزیزم؛ ولی می‌تونی قبلش دو تا سطل آش برای این جوون‌ها بیاری؟ می‌بینی که من دستم بنده.»

زری رفت و آش آورد و ما مشغول خوردن شدیم.

کمی بعد سروکلهٔ ورشک‌ها برای انجام مراسم کیسه‌پرون پیدا شد. زری دوان‌دوان به چادرشان رفت. در میان ورشک‌ها، ورشک پیراهن قهوه‌ای دایره‌سیاه را ندیدم. این بار به چشم دیگری می‌دیدمشان. با صلابت راه می‌رفتند و ستون نگهدارندهٔ امید شهرمان بودند: امید پیدا شدن آشور.

صحنهٔ ششم

آن روز را خوب به خاطر دارم. روزی بود که مژده خانم مثل بارهای پیش با خوش‌رویی وارد چادر شد. بعداز احوالپرسی با من و آقا روزبه گفت که باز هم برای پرسشی آمده. سؤالش را خیلی بی‌تکلف، به خنده‌ها و تعارف‌های همیشگی‌اش چسباند، آن‌قدر عادی و بی‌حاشیه که انگار کسی رو به کناردستی‌اش بگوید: «عجب روز زیبایی‌ست! سقف چه زرد درخشانی شده، نه؟» پرسش مژده خانم را به همین شکل به یاد می‌آورم: «داوود هنوز اشتها نداره. باید بفرستیمش میان‌ارگ، نه؟»

آقا روزبه کمی موهای فرش را خاراند. از تعداد روزهای بی‌اشتهایی داوود پرسید، از نظر پدرم دربارهٔ وضعش. این‌ها را در پوسته‌ای یادداشت کرد و به دست مژده خانم داد. گفت: «فرستادنش از نفرستادنش بهتره. به فریبا خانم بگو بسپردش به آقا نیما که ببردش میان‌ارگ. این رو هم بده به مائده خانم ببینیم نظرش چیه.»

مژده خانم سرتکان داد و از چادر بیرون رفت. آقا روزبه رو به من آهی کشید و گفت: «سخته؛ ولی باید کار درست رو انجام داد.»

و پیش‌از آنکه باز بر روی پشته‌های پوستهٔ ماهی خم شود، برای اولین بار از من خواست تا برای دست‌گرمی، داستان داوود را روی یک پوستهٔ خالی بنویسم.

روزی بود که شبح داوود با دستان من وارد چادر شد. قلم را در جوهر فرومی‌بردم و آنچه را که برسرش توافق کرده بودیم، روی پوسته می‌آوردم، بدون هیچ اشاره‌ای به رفتن دسته‌جمعی‌مان به نزدیکی دالان. داستان که تمام شد، دوباره خواندمش، ولی این بار جوری که انگار کس دیگری نوشته بودش و من برای اولین بار با آن مواجه

می‌شدم. باید می‌دیدم که آیا خطوط نوشته‌هایم راز داستان اصلی را لو می‌دادند یا نه. آیا خوانندهٔ تیزبینی می‌توانست از تیزی لبه‌های حروف و کشیدگی انحناهای نوشته‌ام پی به راز درون نوشته ببرد؟ چند بار داستانم را با پوسته‌های دیگر مقایسه کردم. می‌دیدم که دست‌نوشته‌ام تیزی و قاطعیتی را که به نظرم در دست‌نوشته‌های دیگر موج می‌زد، ندارد. آن تندی و بران بودن حروف‌های دیگر دست‌نوشته‌ها از راستی داستان و قطعیت نویسنده سرچشمه می‌گرفت. در برابرشان حروف نوشتهٔ من شل و وارفته و سرافکنده بودند. مطمئن بودم که اگر آقا روزبه آن را می‌دید، می‌دانست که چیزی را از او پنهان کرده‌ام؛ ولی پیش‌از آنکه بتوانم پوسته را بازنویسی کنم، آقا روزبه آن را در دست گرفت و با نیمچه اخمیورانداز کرد. با نفسی که در سینه حبس کرده بودم، در انتظار بازجویی شدن بودم؛ ولی آقا روزبه با رضایت سری تکان داد و گفت که برای بار اول خوب است.

روزی بود که در عصرهنگامش، حسام پس‌از بیرون رفتن آقا روزبه سراغم آمد. کنار دستم نشست و برایم از آنچه قرار بود چند روز دیگر پیش بیاید، گفت. گفت که حوالی صبح سه روز دیگر، عده‌ای از اینجا به‌طرف کناره روانه می‌شوند، با نقاب‌هایی بر چهره و به قصد هشدار دادن به دختری که هنوز درخواست هم‌محله‌ای‌اش را اجابت نکرده.

روزی بود که وقتی به شب گرایید، آخرین نامهٔ آرش را دریافت کردم. این‌طور نوشته بود: «امید جانورِ خمیرمانندِ سخت‌جانی است. هرچقدر هم با چکش بر سرش بکوبی و در تاریکی نگهش داری و آب و غذایی بهش نرسانی، باز موذیانه از گوشه‌ای سر برمی‌آورد.

شهرارگ از بالای زمین به زیرزمین منتقل شده بود و زندگی در آن جاری بود. همهٔ این‌ها به امید یافتن حفرهٔ سستی در سقف انجام می‌شد. با هر روزی که می‌گذشت و هر تلاش ناموفق، ضربه‌ای به آن امید شکننده وارد می‌شد، تا روزی که هرمزان امید دیگری را جایگزین امید پیشین کرد. امید جدیدمان را مریم با دستان خودش بافته بود. احاطه‌شده در سروصدای کندن دالان‌های نو و ضربات شبانه‌روزی به جای‌جای سقف دالان‌ها، تصمیم گرفته بود برای خودش عروسک پشمالوی کوچکی درست کند. با دقت و حوصلهٔ زیادی این کار را کرده بود و از ماهی‌های همهٔ رنگ‌های همهٔ چشمه‌ها در بافتن لایه‌های درونی عروسکش استفاده برده بود. کارش که تمام شد، آن‌قدر از نتیجه‌اش، یک عروسک رنگارنگ پشمالو، راضی بود که در نامه‌ای برای هرمزان از این عروسک نوشت. هرمزان که می‌خواست از ریز جزئیات زندگی مردم در زیرزمین سر دربیاورد، خواست تا مریم در فرصت مناسبی آن عروسک را به بالا پرتاب کند.

وقتی گروهی از سربازان بالای زمین، توانستند حواس اندر را به سمت خودشان منحرف کنند، این فرصت پدیدار شد و مریم عروسکش را به بالای حفرهٔ ورودی پرتاب کرد. از بخت و اقبال ما بود که نتوانست آن را درست به‌سمت هرمزان پرت کند. عروسک در بیرون به گردن اندر اصابت کرد. بعد انگار چندین هزار نفر هم‌زمان با هم جیغ می‌کشیدند. صدای اندر پس از برخوردش با آن عروسک، در پوسته‌های قدیمی این‌طور توصیف شده: اندر جیغ می‌کشید و انگار رنگش از سبز لجنی داشت رو به خاکستری می‌رفت که توانست با تکان‌های شدیدش دوباره عروسک را به پایین پرتاب کند. همین که آن را پرتاب کرد، دوباره رنگش به سبز لجنی سابق برگشت.

ولی همان چند لحظه کافی بود. در ذهن هرمزان که شاهد ماجرا بود، جرقهٔ امید دوم زده شد. هرمزان بهترین شمشیر آب‌دیده از طلای ناب را که کار دست ماهرترین صنعتگر ارگ بود، به پایین حفره پرتاب کرد. این شمشیر و عروسک قرار بود کلید باز شدن راه اهالی ارگ از زیرزمین به بالا شوند. هرمزان در نامه‌ای که به بهمن، فرماندهٔ نیروهای زیرزمینی، نوشته بود، سفارش اکید کرده بود تا ماهرترین شمشیرزنش را به این عروسک مجهز کند و به دالان ورودی بفرستد. قرار بود زمانی که اندر این شمشیرزن را بالا کشید، او عروسک را به شاخک اندر بچسباند و با تمام قوا به شاخک اندر بچسبد تا با تکان‌های دیوانه‌وارش پرتاب نشود. وقتی رنگ اندر به خاکستری گرایید، شاید زمان مناسبی برای بریدن گردنش توسط شمشیر طلایی باشد. بهمن که می‌خواست ناجی شهرمان باشد، علی‌رغم لرزش‌های شدید دستش، برای این کار داوطلب شد. در روز موعود، دخترش بهدخت را جلوی همهٔ تماشاچیان این رخداد نشانده بود تا شاهد نجات شهر به دست او باشد؛ ولی چیزی که بهدخت دید، از زمین تا آسمان فرق داشت با آنچه بهمن می‌خواست. به جای صحنهٔ گردن زده شدن آن حلزون بزرگ و لزج، بهدخت دید که دست‌های بهمن آن‌قدر با دیدن اندر به لرزه افتادند که عروسک از دستش به زمین افتاد. بعد از آن، ضربات پیاپی با شمشیر طلایی تأثیری نداشت و تنها اندر را آن‌قدر عصبانی کرد که پیش از آنکه به‌طرف دهان بالا ببردش، او را در میان شاخک‌هایش له کرد. این چیزی بود که بهدختِ پنج‌شش‌سالهٔ آن زمان دید.

بنا به آنچه در پوسته‌هایمان نوشته، تا مدتی پس از مرگ بهمن هنوز عدهٔ زیادی می‌خواستند که این بار شمشیرزن ماهری کار ناتمام بهمن را به پایان ببرد؛ ولی در

ویژگی‌های چنین شمشیرزنی اتفاق نظر وجود نداشت. هربار کسی داوطلب می‌شد و بعد با باز شدن دریچهٔ بالایی و پایین خزیدن شاخک‌های اندر، داوطلب جیغ‌زنان از دریچه به بیرون کشیده می‌شد. تا زمانی که بهدخت هفده‌ساله شد، جست‌وجو برای آن شمشیرزن ماهر هنوز ادامه داشت، تا زمانی که آخرین نامهٔ هرمزان به پایین رسید، نامه‌ای که امیدِ یافتن شمشیرزن را در دل بخش بزرگی از اهالی کُشت و فضا را آماده کرد تا این بار بهدخت امید دیگری را در آنجا بکارد. هرمزان در نامه گفته بود که برای نگه داشتن این ارتباط، نیاز به تعداد کافی سرباز در بالا است که بتوانند حواس اندر را در موقع لازم به خود جلب کنند. با شکست بهمن، امیدِ بخش بزرگی از بالایی‌ها از بازپس‌گیریِ شهر و کشتن اندر بریده شده بود. بخش بزرگی به سمت جنوب اندر روانه شدند تا درحالی‌که دیگر حواس اندر به تمامی متوجه این حفرهٔ زیرزمینی بود، شهر دیگری برای خود تأسیس کنند. این‌ها را هرمزان در آخرین نامه‌اش به پایین نوشته بود. در آنجا نقشه‌ای از موقعیت این شهر هم ضمیمه کرده بود تا اگر روزی کسانی توانستند از این حفره خارج شوند، بتوانند راهشان را به آن شهر که «نوارگ» نامیده بودندش، پیدا کنند. هرمزان دیگر سربازان لازم را برای این ارتباط نداشت و نمی‌توانست بیشتر از این در آن بالا بماند.

با بسته شدن این ارتباط با جهان بیرون، عده‌ای به فکر زندگی همیشگی در این پایین افتادند. همان موقع‌ها بود که بهدخت از خواب کذایی‌اش پرده برداشت، خوابی که در آن اندر از او خواسته بود تحت نام جدید امیرهٔ اول، از همشهری‌هایش بخواهد زیر قوانین او زندگی کنند و روزگارشان را بگذرانند تا زمانی که خودش کسی

را برای بیرون آوردن این شهر به میانشان بفرستد. بیشتر اهالی در آن زمان و پس از آن تلاش‌های بی‌فایده برای کشتن اندر، برای دریافت این پیام حاضر و آماده بودند؛ ولی بخش دیگری از اهالی شهر، هنوز به امید هرمزان چشم داشتند و می‌خواستند شمشیرزن ماهری را جست‌وجو کنند. با این اردوکشی جدید، مدتی شهر تعادلش را از دست داد. بین دو گروه هرجا که به هم برمی‌خوردند، درگیری پیش می‌آمد. دختر مریم به طرف‌داری از امیره، عروسک مادرش را سربه‌نیست کرده و ضربهٔ محکمی به امید هرمزان وارد کرده بود. هواداران امیره که به امید جوان و نیرومند او مجهز شده بودند، در همهٔ درگیری‌ها حریفشان را عقب می‌زدند. با شکست‌های پیاپی، امید هرمزان در دل آن‌هایی که هنوز به صف هواداران امیره نپیوسته بودند، کم‌رنگ می‌شد و امید دیگری جایش را می‌گرفت: امید نرم کردن دل همشهری‌هایشان که گول امیره را خورده بودند و یکپارچگی دوبارهٔ شهر. البته خودشان هم می‌دانستند که دیگر زندگی در جوار پیروان امیره برایشان ممکن نیست. کم‌کم به دالان‌های تاریک رانده شدند و به امید یادآوری کشاورزی و شهر ارگ سابق به دنبال‌کننده‌های امیره، برگ جمع می‌کنند و شب‌هنگام بر زمینشان می‌ریزند.

ولی هیچ امیدی هرقدر ابلهانه، هرگز نمی‌میرد. روح سرگردانش پرسه می‌زند و در جست‌وجوی کسی می‌گردد تا در زمان مناسبی درون جلدش فروبرود و به زندگی‌اش ادامه دهد. این کاری بود که امید هرمزان با جدّ پدری‌ام کرده بود. او که پاسبان شمشیر طلایی بود، همهٔ عمرش را به حفاظت از آن گذاشت و شب‌هنگام به بهانهٔ برگ ریختن دوروبرش را می‌پایید تا شاید اثری از آن عروسک پشمی بیابد. این کار را

بعدتر به پسرش محوّل کرد و او هم به پسرش، که پدر من بود. در این رشته، من اولین کسی بودم که دست از جست‌وجوی عروسک کشیدم و این عروسک پشمی انگار که منتظر همین بود، در جیب دو بچه‌شهریِ آش‌خور خودش به نزدم آمد و حتی یک روز هم ماند؛ ولی به همان سادگی‌ای که آمده بود، از چنگم رفت و باز به شهر برگشت. ته‌ماندهٔ این امید را هم درون نامه می‌گذارم تا از اینجا برود و خانهٔ دیگری دست‌وپا کند. نوشتمش تو نامه، می‌دم که آب ببره.»

روزی بود که در نیمه‌شبش، نقابی را که از حسام گرفته بودم، کنار سرم گذاشتم و به خواب رفتم.

صحنهٔ هفتم

روز راه‌پیمایی به کناره فرارسیده بود. از پیش به‌دنبال سرهم کردن بهانه‌ای برای آقا روزبه بودم؛ ولی آن روز نه او و نه هیچ‌کس دیگری، به چادر سر نزد. با نقاب در جیبم، از چادر بیرون رفتم و با سطل آشی در دستم راهی کوتاه‌ترین مسیر به کناره شدم. در طول راه، جوان‌های دیگری را با یک یا دو سطل آش در دستشان می‌دیدم. سلانه‌سلانه و لبخندزنان راه می‌رفتند و دوروبرشان را می‌پاییدند. هرازگاهی که نگاهمان تلاقی می‌کرد، چشمکی حواله‌ام می‌کردند و با اطمینان سرتکان می‌دادند. به چشمهٔ میانه که رسیدم، بوی ماهی گندیده هوا را پر کرده بود. در وسط چشمه، سنگِ بلندِ بزرگِ سبزی بود. از سمت راستش، مردان جوان به‌آرامی وارد می‌شدند و از سمت دیگرش، ورشک‌ها با نقاب‌های ماهی‌نشان، قهقهه‌زنان و جست‌وخیزکنان بیرون می‌پریدند. در گروه‌های چندین‌نفره، دست بر شانهٔ هم می‌انداختند و فریادزنان و پاکوبان راهی کناره می‌شدند.

آرام به‌طرف راست سنگ رفتم. آن پشت، تپه‌ای از ماهی‌های مرده ریخته شده بود. با نگاهی به جوانان اطرافم که حتی نامشان را نمی‌دانستم، فهمیدم باید چه کنم. تا جا داشت، در نقابم ماهی چپاندم و روی صورتم گذاشتمش. بوی گندیدگی، نفسم را گرفت و به سرفه‌ام انداخت. اشک از چشم‌هایم روان شده بود. سطل آشم را برداشتم و سرفه‌کنان به‌سمت چپ سنگ رفتم. برای فراموش کردن آن بو که مستقیم به درون بینی‌ام نفوذ می‌کرد، می‌پریدم. کمی آن‌سوتر از سنگ، دستی دور شانه‌ام را گرفت. از میان لایهٔ اشک، یکی از ورشک‌ها را در کنارم دیدم. من هم دست دور شانه‌اش گذاشتم و کمی بعد گروه هفت‌نفره‌ای تشکیل داده بودیم. هماهنگ با هم پا می‌کوبیدیم و هوهو می‌کردیم.

دسته‌های دیگری هم در پس و پشتمان تشکیل شده بودند. مدتی که گذشت، آواز و ضرب‌آهنگ گام‌هایمان یکی شده بود. کس دیگری بر سر راهمان نبود. انگار صدایمان زودتر از خودمان می‌رسید و هرچه را جز ما بود، به کناری می‌راند. دم‌دم‌های آبی شدن سقف، از فضای کاسهٔ کناره گذشتیم. چادری سر راهمان سبز شد، چادر کسانی که سطل‌های لباس‌هایشان را بیرون چادر نگذاشته بودند. لازم شد وارد چادر شویم. در درون چادر زن بارداری با دیدن ما جیغ می‌کشید. به گوشه‌ای خزیده بود و مردی خودش را سپر او کرده بود، طوری که انگار هرآن ممکن است بهشان حمله کنیم. ما به آن‌ها کاری نداشتیم. به سطل‌ها و لباس‌ها و دیگر چیزهایشان که به‌هرحال برای پاره شدن بودند، یورش بردیم. چیز سالمی در چادر نماند. زن هنوز ضجه می‌زد و جملات نامشخصی را گریه‌کنان به زبان می‌برد. از چادر بیرون زدیم و این بار به عقب گروهمان پیوستیم. زمانی که ما هم به چشمه رسیدیم، با بخش جلویمان هدف را پیدا کرده بودیم: دخترک لاغر و قدبلندی با موهای بافته که سرگردان و گیج می‌دوید؛ ولی از چنگ ما راه گریزی نبود. او را آماج گلوله‌های آشی کردیم. چادر دخترها و پسرها هم چیزهایشان را بیرون نگذاشته بودند. با بخش سمت راستمان به درون آن چادرها می‌رفتیم و هرچه آنجا بود، از جامه و قاشق و بشقاب و سطل و ماهی پشمالو نابود می‌کردیم. با بخش‌های دیگرمان، گرد دختر حلقه زده بودیم. بچه‌های دیگر خودشان را از سر راه به گوشه‌ای کشانده بودند. دختر کوچکی جیغ‌های بلند اعصاب‌خردکنی می‌کشید. گلوله‌های آش از سمت ما به‌طرف دختر میانی پرتاب می‌شد، که دیگر نشسته بود و دستش را جلوی سرش

گذاشته بود. هرچه از استخوان و پشم ماهی در سر راهمان قرار می‌گرفت، تکه‌تکه می‌شد. بالاخره وقتی هرچه در سطل‌هایمان داشتیم به پایان رسید، هوهوکنان راه برگشت را در پیش گرفتیم. پشت سرمان آوای گریه و جیغ می‌پیچید.

با گام‌هایی هماهنگ، به میانه برگشتیم. آنجا در سمت راستِ سنگِ سبز، از بخش‌های دیگرمان جدا شدم. نقاب را از چهره برداشتم. ماهی‌های مرده را در سطل بزرگ بغل‌دستی انداختم و راهی چادر دفترداری شدم.

صحنهٔ هشتم

نه خبر افتادن بچهٔ آرزو و انتقال موقت خودش به آش‌چاله و نه خبر نابودی بخش عمدهٔ دارایی‌های اهالی کناره، فریبا خانم را به‌اندازهٔ نابودی ماهی‌های پشمی، آشفته نکرد. اجازهٔ فرستادن آرزو به آش‌چاله را مژده خانم از آقا روزبه گرفته بود. با نگرانی عمیقی در چشمانش، به چادر دفترداری آمده بود. از گریه و مویه‌های بی‌پایان آرزو بعداز افتادن بچه که بقایایش بی‌معطلی در کاسهٔ کناره ریخته شده بود، گفته بود و از بلاتکلیفی پدرم. آقا روزبه حسابی به فکر فرورفته بود. دست‌آخر توصیه کرد که آرزو را موقتاً به آش‌چاله ببرند. بعداز رفتن مژده خانم، پوسته‌های کهنه را زیرورو کرد. کپه‌ای هم جلوی من گذاشت تا بررسی کنم و ببینم برای همچون مسئله‌ای پیش‌ترها چه می‌کرده‌اند. دست‌آخر یک کپه داستان که شامل حال انواع کودکان و بزرگسالانِ ترسیده از ورشک‌ها می‌شد، در اختیارم گذاشت. کپهٔ دیگری از داستان‌های زنانی که فرزندانشان به‌دلایل مختلف افتاده بودند و سرنوشتشان را هم به دستم داد. به‌همراه عرض‌ادب‌ها و آرزوهای خوشِ بسیار برای پدرم، روانه‌ام کرد تا مدتی در کناره بمانم، تا زمانی که یا آرزو بهتر شود و از چاله بیرون بیاید یا حالش حسابی بدتر شود.

به چادر محل‌داری رفته بودم تا از حسام بخواهم این خبر را به عاطفه بدهد. همان‌جا بود که با چهرهٔ درهم فریبا خانم مواجه شدم. گفت که خبر پاره شدن همهٔ ماهی‌های پشمی را تازه از آقا نیما گرفته. با اخم محوی بر چهره، در حال تراشیدن چیزهایی که به نظرم به مهره‌های تخته می‌مانستند از استخوان بزرگی بود. مرا که دید، کمی اخمش را باز کرد و گفت که زری را به کناره روانه کرده تا کمی به شهرزاد

در بافتن ماهی‌های نو کمک کند. حسام هم او را همراهی کرده است تا اوضاع و احوال کناره را به چشم ببیند. گفت: «خب دیگه، وقتی جوون‌ها با هم بیفتن، این چیزها هم پیش می‌آد.»

ناچار به‌تنهایی عازم کناره شدم. در راه، سنگینی چیزی را در جیبم بیش از هر زمانی حس می‌کردم: سنگینی سپنج و نامه‌های آرش را. بعد از خواندن آخرین نامهٔ آرش، انگار وزن سپنج در جیبم چندبرابر شده بود. حس می‌کردم حبابی دورش شکل گرفته، حبابی از یک رؤیای تک‌نفره، حبابی که آرش در درونش هوا می‌دمید و زنده نگهش می‌داشت و حالا می‌خواست مرا هم به داخلش بکشد. از همان حباب‌هایی بود که هر زمان عده‌ای خواب‌وخیالشان را با هم سهیم می‌شوند، پیرامونشان شکل می‌گیرد. هرقدر زیادتر باشند، این حباب انگار با نفس‌هایشان باد می‌کند و دیگرانی را هم سر راهش به داخل می‌کشد. اگر همه چیز بر وفق مرادشان پیش رود، می‌توانند تا کسی چه می‌داند کی، در هوای اشتراکی آن حباب نفس بکشند، داخلش را با رنگ‌ها و شکل‌های دل‌خواهشان تزیین کنند و از آن تو، تصویر کج‌وکوله‌شدهٔ بیرونی‌ها را ببینند و بهشان بخندند؛ ولی وای به روزی که کسی یا چیزی آن حباب را بترکاند. آن موقع است که مثل ماهی صیدشده، تک‌وتنها می‌افتند و هرچه دهنشان را باز و بسته می‌کنند، دیگر هوایی برای تنفس نیست. این حباب نحیفی را که دور سپنج درست شده بود، می‌بایست پیش از آنکه بخواهد مرا هم به درونش بکشد، سربه‌نیست می‌کردم.

طرف‌های شب به کناره رسیدم. سوت‌وکور بود و همه خوابیده بودند. پاورچین‌پاورچین از کنار چادر پدرم، دالان تاریک و چادر مژده خانم و آقا محراب گذشتم. بچه‌ها همه داخل چادرهایشان بودند. از چادرها رد شدم و در امتداد چشمه رفتم تا به دالان کوچک انتهای چشمه رسیدم. دالانِ روشنِ کوچکِ ته‌بسته‌ای بود که انتهایش به تاریکی می‌رسید. در آن تاریکی می‌توانستم سپنج را به‌همراه نامه‌های آرش دفن کنم و رویش آش بریزم تا آن حباب برای همیشه بترکد. در مرز تاریکی و روشنی نشستم. سپنج را از جیبم بیرون آوردم و کمی نگاهش کردم. دیگر آن پارچهٔ پشمالوی تندوتیز بچگی‌هایم نبود. از همان زمانی که مادرم به میان‌ارگ رفته بود و نقاشی‌ها و سنگ‌های رنگی و شهرهای جوروا‌جورش را با خود برده بود، تبدیل شده بود به یک کپه پشم بی‌مصرف. این کپهٔ پشم با نامهٔ آرش، جانور خطرناکی شده بود که دست‌کم یکی از بچه‌خورهای دالان‌های تاریک به او چشم امید داشت. دست‌دست کردن احمقانه بود. حفره‌ای کندم و سپنج را با نامه‌های آرش در آن دفن کردم. می‌خواستم بعدتر با سطل آشی برگردم و از دست‌نیافتنی شدنشان مطمئن شوم. این کاری بود که حتماً همان شب انجامش داده بودم، اگر زمانی که سرم را چرخاندم، چهرهٔ مانی را با آن چشم‌های وق‌زده نمی‌دیدم که به من زل زده است.

با صدایی که به نظرم از آن‌قدری که لازم بود تا به گوش من برسد بلندتر بود، گفت: «چی‌کار داشتی می‌کردی؟»

با تحکم‌آمیزترین لحنی که در خودم سراغ داشتم، گفتم: «فضولی‌ش به تو نیومده. برو بگیر بخواب.»

کوچک‌ترین تکانی نخورد و باز هم زل‌زل نگاهم کرد: «تو اومدی بغل چادرهای ما معلوم نیست چی‌کار می‌کنی، اون‌وقت من فضولم؟ پس به مژده خانم می‌گم ببینیم اون چی می‌گه.»

گفتم: «این‌ها کار دفترداریه. نه به تو ربط داره نه به مژده خانم. سرت رو بنداز پایین و برگرد توی چادرت.»

گفت: «اینجا همه‌چی به همه‌کس ربط داره. خود مژده خانم بهمون گفت. منم بهش می‌گم که ببینی کار دفترداری به ما ربط داره یا نه.»

کمی صدایم را بالاتر بردم و گفتم: «درست گفته. اون کارِ شما بچه‌یتیم‌هاست که به همه ربط داره. مژده خانم هم می‌آد پیش ما دفترداری که ببینه چی‌کار باهاتون بکنه که محله رو روی سرمون خراب نکنین؛ ولی کار دفترداری رو که قرار نیست من واسهٔ تو بچه‌پررو توضیح بدم. اگه شماها این‌ها رو می‌فهمیدین که ما رو دم‌به‌دقیقه نمی‌فرستادن اینجا ببینیم چه گندی می‌زنین. این پوسته‌ها رو می‌بینی؟ باید هرروز صدبرابر بیشتر از این‌ها رو زیرورو کنم که گندهایی که می‌زنین، سقف محله رو نریزونه.»

پوسته‌های آقا روزبه را از جیبم درآورده بودم؛ ولی از رو نمی‌رفت. پا به زمین کوبید و صدایش را بلند کرد. دیوارهای دالان در اطرافمان انگار داشتند آرام غرغر می‌کردند. مانی گفت: «اینجا که هروقت یکی از میانه اومده، مشکل‌دار شدیم. اون از شماها که داوود رو مریض کردین، اون نقابی‌ها هم آرزو خانم رو. تا حالا هم که سقف اینجا یه بار بیشتر نریخته؛ اون هم که تقصیر مامان خودت بوده. معلوم نیست چه‌جوری

بارت آورده که قایمکی نصفه‌شب این‌ور و اون‌ور می‌خزی. نگی چی‌کار می‌کردی، مژده خانم رو صدا می‌کنم.»

از جایم بلند شدم و به چشمان وق‌زده‌اش زل زدم: «مگه سقف این محله تا حالا فقط یه بار ریخته؟ پس اون ریزش میانه که بابا و مامانت زیرش تلف شـدن، چی شـد؟ ها؟ اون موقعی که اینجا سـقف ریخت، بابای من با دسـت خودش مامانم رو برد به میان‌ارگ. حالا توکه هم بابا و هم مامانت معلوم نیست چه غلطی می‌کردن که زیر آوارِ اندر جون دادن، می‌خوای از من حساب بکشی؟!»

نفسـش را محکم توکشـید. آب دماغش سـرازیر شـده بود. پایش را باز به زمین کوبید. غرغر دیوارها بلندتر شد و به سقف بالای سرمان هم رسید. مانی دهانش را باز کرد. داشت با صدای نق‌نقویش ونگی می‌زد؛ ولی صدایش با غرغر دیوارها و سقف در هم آمیخت. از میان آن صداها و پیش از آنکه سقف ناگهان بر سرش آوار شود، تنها کلمۀ «مژده خانم» را شنیدم.

صحنهٔ نهم

از دالان که دیگر لبه‌اش بر اثر ریزش تاریک شده بود، بیرون پریدم. کنار دالان دو جفت چشم خیرهٔ دیگر در انتظارم بودند. چشم‌ها متعلق به شهرزاد بود که هاج‌وواج نگاهم می‌کرد. از کمی دورتر می‌توانستم دیگر بچه‌های چشمه را که با داد و فریاد و جیغ به‌سمتمان می‌آمدند، ببینم. شهرزاد زیرلبی گفت: «چی کار کردی؟»

پاسخی ندادم. کیمیا دستش را به سرش می‌زد. سپیده همین که از دور تکه‌های سقف ریخته روی زمین را دید، جیغ بلندی کشید و به‌سمت دالان رو به چادرها دوید. حتم داشتم که برای آوردن مژده خانم و پدرم رفته بود. سامان با چشمان گردشده روی زمین نشست و به ما زل زد. کیمیا رو به من که نزدیک‌تر به دالان ایستاده بودم، جیغ کشید: «تو کی خودت رو رسوندی اینجا؟ هربار میای یه بدبختی واسهٔ ما می‌آری، این هم از این بار. دیگه بیچاره شدیم نه؟ دو بار ریزش پشت هم...»

سینا و گلرخ دور مانی می‌چرخیدند که با چشمان و دهانی باز زیر کپه‌های آش و خاکِ خشک‌شده افتاده بود و تکه‌ای از سقف در دهانش بود. سینا گفت: «مانی داره سقف رو می‌خوره. پاشو تفش کن، مانی؛ الان مژده خانم بیاد، عصبانی می‌شه.» گلرخ عروسکش را که معلوم بود از ترکیب ماهی‌های پاره‌پورەشدهٔ حملهٔ ورشک‌ها به هم چسبیده شده است، محکم گرفته بود و با آن به صورت مانی می‌زد.

صدای ناله‌های کیمیا را بریدم و گفتم: «چرت نگو. من رو از دفترداری فرستادن اینجا. اومدم دیدم مانی... اینجا...»

با دست به مانی اشاره کردم. نمی‌دانستم چطور جمله را به پایان ببرم. شهرزاد گفت: «مانی داشت اینجا فضولی می‌کرد. منم دیدمش از جلوی چادر ما رد شد اومد این‌ور.»

کیمیا نگاهی به شهرزاد انداخت و گفت: «دیدی‌ش؟ مطمئنی؟» مکثی کرد و بعد آهی از سر آسودگی کشید: «پس همین بوده. عجب بخت بلندی داشتیم که شماها بودین. پسرۀ فضول. شنیدی، سامان؟»

سامان که انگار با شنیدن دلیل ریزش سقف نیرو گرفته بود هم از جا بلند شد. بالای سر مانی مشغول یادآوری فضولی‌های دیگرش شدیم. تنها مشکل، سینا و گلرخ بودند که هنوز قصد بیدار کردن مانی را داشتند. کیمیا سرش را تکان داد و آرام گفت: «طفلی‌ها، من می‌برمشون اون‌ورتر. نزدیک اینجا بمونن، خوب نیست. خودتون به مژده خانم می‌گین چی شد دیگه، نه؟»

دست سینا و گلرخ را گرفت و به‌شان گفت که مزاحم خواب مانی نشوند. سامان دوان‌دوان پشت‌سرشان راه افتاد.

شهرزاد که هنوز زل‌زل نگاهم می‌کرد، گفت: «چی‌کار می‌کردی اون تو؟»

گفتم: «گفتم که، دیدم مانی اونجاست. خوبه خودت هم دیدی‌ش.»

شهرزاد گفت: «آره؛ ولی تو که پشت‌سرمانی نیومدی. تواون تو بودی. به مانی هم نمی‌گفتی چی‌کار می‌کردی. چی‌کار داشتی اونجا؟»

نگاهش کردم و گفتم: «ببینم، مجید کجاست؟ خوابیده؟»

«مجید؟ الکی حرف رو عوض نکن. اونجا...»

«عوض نکردم. واقعاً می‌خوام بدونم کجاست.»

مکثی کرد و گفت: «با آقا محراب رفت کاسه رو ببره میان‌ارگ. بعد از اون شیرین‌کاریِ نقاب‌به‌سرها این‌قدر آشغال و خرده‌ریز ریختیم توش که پر شد.»

«با آقا محراب؟ چطور بابام نرفت؟»

پشت چشمی نازک کرد و گفت: «چه می‌دونم. لابد نتونست از آرزو خانم دل بکنه.»

«ولی حسابی ترسیدین، نه؟ موقع اومدن ورشک‌ها.»

«مگه می‌شد نترسید! جونورهای...»

انگشتش را جلوی صورتم تکان داد و گفت: «عوض کردی دیگه. ولت نمی‌کنم تا نگی داشتی چی‌کار...» حرفش را بریدم و گفتم: «هیس. بقیه اومدن.»

جمع پنج‌نفرۀ مژده خانم، پدرم، حسام، زری و سپیده به‌سمتمان می‌آمدند. وسط‌های راه، سپیده که هنوز گریان بود، با دیدن کیمیا و سامان که خیلی آرام داشتند با سینا و گلرخ بازی می‌کردند، به‌سمتشان رفت. مژده خانم دست برسرزنان به‌طرفمان می‌دوید. پشت‌سرش پدرم گام‌های بلندی برمی‌داشت. پشت او زری با پاهای کوتاهش تند و تند راه می‌آمد. پشت‌سر همه، حسام بود که سلانه‌سلانه گام برمی‌داشت. مژده خانم اول از همه بهمان رسید. با جیغ و ناله گفت: «چی شده؟ اینجا چه خبره؟ اینکه مانی... چرا سقف...؟ ای وای!...»

و امان نمی‌داد که پاسخش را بدهیم. پدرم که رسید، گفت: «آروم بگیر، مژده. چی شده؟ تو کی اومدی؟»

صاف در چشم‌های من نگاه می‌کرد. این بار برای پاسخ آماده‌تر بودم. آنچه را به کیمیا گفته بودم، تکرار کردم. مژده خانم با دست به صورتش زد و گفت: «وای، مانی

اومد اینجا؟ آخ‌آخ‌آخ. مگه این‌همه براتون داستان تعریف نکردم؟ شما که شاهدی، آقا افشین. خیلی براشون گفته بودم.»

پدرم با اخم سرتکان می‌داد: «بچه‌ان دیگه مژده، هم تو هم برزو کار خودتون رو کردین.»

مژده خانم که سرتکان می‌داد، گفت: «جواب آقا روزبه رو چی بدم؟»

پدرم گفت: «لازم نیست نگرانش باشی. خودم با برزو می‌ریم دفترداری و اونجا همه‌چیز رو تعریف می‌کنیم.»

گفتم: «منم بیام؟ آخه آقا روزبه به من گفته بود چند روزی اینجا بمونم.»

زری گفت: «خب من می‌تونم برم. همچین خبری رو باید هرچه زودتر رسوند به دفتردار. خیلی برای محله مهمه که زودتر تصمیم بگیرن.»

حسام گفت: «این‌همه آدم اینجا هست، تو نمی‌خواد نگران رسیدن خبر باشی. اگه خیلی به فکر محله‌ای، برین زودتر به بافتنی‌هاتون برسین. اینجا که دیگه کاری نیست انگار، نه؟»

مژده خانم گفت: «چطور نیست؟ پس کی این رو باید ببره؟»

با دست به مانی اشاره می‌کرد. پدرم سرتکان داد و گفت: «آره، رسوندن جسد به میان‌ارگ اگه از رفتن به دفترداری واجب‌تر نباشه، کمتر مهم نیست.»

مژده خانم گفت: «خب تو و برزو بهتر نیست که مانی رو ببرین؟ من خبرش رو به آقا روزبه می‌دم، ایرادی نداره.»

پدرم گفت: «نه، برزو که اینجا نزدیک بوده، بهتره خودش برای روزبه تعریف کنه.»

به حسام نگاهی انداخت و ادامه داد: «اینجا هم که حمّال کم نداریم. دوتایی با سامان برین میان‌ارگ. راه رو بلدی جوون؟»

حسام سری تکان داد. پدرم اشاره کرد تا همراهش به راه بیفتم. آخرین چیزی که از چشمهٔ کناره دیدم، شهرزاد بود که با چشمانی همچنان مبهوت، برایم دست تکان می‌داد.

در راه، پدرم سؤال‌های زیادی از آنچه گذشته بود، داشت: چرا بدون رفتن به چادرش، به کنارهٔ چشمه رفته بودم؟ وقتی چشمم به مانی افتاد، داشت چه می‌کرد؟ ازش چه‌ها پرسیده بودم و او در پاسخ چه گفته بود؟ با هر جواب من، کمی اخم‌هایش در هم می‌رفت و چانه‌اش را می‌خاراند. دست‌آخر سری تکان داد و گفت: «آخ‌آخ، آخرعاقبت این محله هم با این وضع معلوم نیست، آقا برزو. می‌ترسم همون بلایی که سر سرخ‌ارگ اومد، سر ما هم بیاد. خوب یادمه محل‌دار قبلی اونجا رو. مرد زحمت‌کشی بود.» و باز داستان ریزش‌های پیاپی سرخ‌ارگ را که در زمان کودکی شنیده بودشان، برای بار نمی‌دانم چندم تعریف کرد، ریزش‌هایی که وقتی علتشان برای میان‌ارگی‌ها درست‌وحسابی مشخص نشد، منجر به فرستاده شدن محل‌دار و دفتردار سرخ‌ارگ به میان‌ارگ و جایگزینی‌شان با فرزندانشان شد. سر تکان می‌دادم و هرجا پدرم با مکث‌های تأثیرگذاری نگاهم می‌کرد، صداهای تأییدآمیزی درمی‌آوردم؛ ولی ذهنم از آنچه قرار بود در دفترداری بگذرد، رها نمی‌شد.

تصور نمی‌کردم که آقا روزبه هم داستان مرا به همین راحتی قبول کند. حتم داشتم بدون آگاهیِ محل‌داری، از کنار این مسئله نمی‌گذشتند. بابت آقا فرید نگرانی نداشتم؛ ولی فریبا خانم بحث دیگری بود. حتی اگر هم داستانم باورشان می‌شد، لابد

می‌خواستند بدانند مانی آنجا چه می‌کرده. ممکن بود دالان را حسابی بررسی کنند. آن‌وقت دستشان به نامه‌هایی می‌رسید که به‌همراه سپنج دفن کرده بودم. همه‌چیز مشخص می‌شد. بدون چون‌وچرا به میان‌ارگ فرستاده می‌شدم. حتم داشتم که پدرم خودش داوطلب فرستادنم می‌شد و در طول مسیر جوری نگاهم می‌کرد که انگار سوسک مرده‌ای به چشمش خورده. آقا روزبه قلم به دست می‌گرفت و داستانم را روی پوسته‌ای می‌آورد، آن هم نه با تردید و دودلی، آن‌طور که من داستان داوود را نوشتم؛ با قاطعیت و باورِ محکم، داستان پسر دروغ‌گویی را می‌نوشت که تا لحظهٔ آخر جرئت اعتراف به کارهای زشت و نجات محله‌اش را نداشت. از آن به بعد دفتردارها و دستیارانشان داستانم را می‌خواندند و افسوس می‌خوردند. آن را برای دیگران تعریف می‌کردند تا مثل من نباشند. آن‌ها نمی‌دیدند که من همهٔ تلاشم را به کار بسته بودم تا چیزهایی را که در داستان‌ها شنیده بودم، انجام ندهم. از کودکی من و نقاشی‌های رنگ‌وارنگ با شهرهای غریب و محله‌های پرمدعایش خبر نداشتند. نمی‌دانستند راهی که در آن پا گذاشته بودم، جا به جا با سنگ‌های رنگی و خنده‌های مادرم و نگاه‌های شهرزاد و یک وری رفتن حناچه زینت شده بود. آن پوستهٔ ماهی با حروف سیاه اخم‌آلود و عبوس باورشان می‌شد و با نفرت به من فکر می‌کردند.

تا به چادر دفترداری برسیم، پدرم حرف می‌زد و من در فکر بودم. وقتی رسیدیم، سقف زرد کم‌رنگ بود و هنوز آقا روزبه در چادر نبود. پدرم که دست‌دست کردن را بی‌معنی می‌دانست، از من خواست منتظر بمانم و خودش رفت تا آقا روزبه را خبر کند. بیرون چادر نشستم. برای اولین بار از زمان اقامتم، ته‌خواب‌های پیرامون چادر

را دیدم. دانه‌دانه از آن اطراف برشان داشتم و در پشته‌ای جمعشان کردم. بالاخره پدرم به‌همراه آقا روزبه، آقا فرید و فریبا خانم برگشت. همه به داخل چادر رفتیم. آقا روزبه ازم خواست تا بار دیگر با دقت و جزئیات هرچه را رخ داده بود، بازگو کنم. بعداز پایان حرفم، چند لحظه‌ای همه ساکت بودند. آقا فرید که تاس تخته‌ای را در دستش می‌چرخاند و گاهی از این دست به آن دست می‌کرد، گفت: «آخی، تکلیف این هم که معلوم شد. زودتر یه پیکی روونه کنیم به میان‌ارگ که همه‌چیز رو بهشون بگه.»

پدرم گفت: «من می‌تونم برم. اگه لازمه، برزو رو هم ببرم که خودش براشون تعریف کنه.»

آقا روزبه گفت: «عجله نکن، افشین. اون‌قدرها هم که فکر می‌کنی، کار راحتی نیست.»

آقا فرید گفت: «دلیل ریزش که معلوم شده. پسره هم که ترتیبش درجا داده شد و جسدش هم که داره می‌ره میان‌ارگ. چی از این راحت‌تر؟»

آقا روزبه گفت: «سه تا ریزش این‌قدر نزدیک به هم توی یه محله چیزی نیست که این‌قدر راحت قبول بشه. اگه یه دلیل محکم‌تری داشتیم...»

نگاه آقا روزبه روی من خیره ماند. به خودم فشار آوردم تا چشمم را ندزدم و با معصومانه‌ترین حالتی که در خودم سراغ داشتم، بی‌اطلاعانه به نگاهش پاسخ دهم.

آقا فرید گفت: «یکی داشته می‌رفته توی دالون تاریک دیگه. چی از این محکم‌تر؟»

نگاه آقا روزبه از روی من برداشته شد و به روی فریبا خانم افتاد. فریبا خانم با ابروهای بالاداده گفت: «چی بهت گفته بودم؟ هنوز هم می‌گی تصادفیه؟»

آقا روزبه سرتکان داد و گفت: «نه، این دیگه خیلی نزدیک بود؛ ولی تا مطمئن نشدیم...»

فریبا خانم گفت: «کِی بهتر از الان برای مطمئن شدن؟»

آقا روزبه سر تکان داد. چیزی از حرفشان نفهمیدم. نگاه کوتاهی به چهره‌های پدرم و آقا فرید بس بود تا بدانم در این نفهمیدن تنها نبودم. پدرم گفت: «تصادف چی؟ یه چیزی بگین که ماها هم بفهمیم.»

آقا روزبه با انگشتش کف چادر ضرب گرفته بود. گفت: «خب، یه مدتیه که ما برزو رو... چطور بگم؟ توجهمون بهش جلب شده. اولش فریبا بود که بهش دقت کرد. وقتی به منم گفت، دیدم حق داشته.»

اخم‌های پدرم در هم رفته بود. گفت: «یعنی می‌گی برزو کاری کرده که این ریزش‌ها...»

آقا روزبه دستش را بالا برد و گفت: «نه، نه، افشین. اصلاً به اون شکل منظورم نیست. چطوری بگم که یکهویی نباشه؟»

فریبا خانم دخالت کرد: «شاید یکهویی باشه هم بد نشه. ما فکر می‌کنیم خیلی ممکنه که برزو آشور باشه.»

اخم‌های پدرم بیشتر در هم رفت و گفت: «ها؟...» خواست چیزی بگوید؛ ولی انگار جمله‌ای پیدا نمی‌کرد. برای خودم هم جملهٔ فریبا خانم بی‌معنی و پرت بود: «من؟» آقا روزبه گفت: «چند لحظه صبر کنین، مشخص می‌شه. برزو همهٔ ویژگی‌هایی رو که دربارهٔ آشور نوشته شده، داره به جزیکی که باید تکلیفش رو مشخص کنیم: اشتهای بیشتر از اطرافیانش برای آش، حافظهٔ خیلی خوب برای داستان‌ها و همراهی با ورشک‌ها...»

انگار آقا روزبه تعجبم را از چشمانم دید که رو به من گفت: «بله آقا برزو، نقاب رو می‌تونی توی سطل قایم کنی، ولی بوی ماهی رو نه.»

ادامه داد: «و مهم‌تر از همه اینکه دوروبرش ریزش‌های متعدد سقف رخ دادن که مدام بهش نزدیک‌تر شدن و اون ازشون جون به در می‌برده. همهٔ این ویژگی‌ها رو داره. با این ریزش آخری، منم خیلی مطمئن شدم.»

پدرم دستش را زیر چانه‌اش زده بود و مبهوت به آقا روزبه نگاه می‌کرد. من حرف‌های آقا روزبه را می‌شنیدم و نگاهش به خودم را می‌دیدم؛ ولی انگار چیزهایی که می‌گفت، کوچک‌ترین ربطی به من نداشتند. چطور می‌شد که من با آن‌همه دروغ و پنهان‌کاری‌ای که کرده بودم، آشور شهرباشم. حتم داشتم که این آخرین ویژگی باعث می‌شد تا همهٔ امیدهای آقا روزبه و فریبا خانم را نقش‌برآب کنم. می‌فهمیدند که به آدم اشتباهی توجه نشان داده‌اند. بعدش اگر به میان‌ارگ نمی‌فرستادندم، سپاسگزار می‌بودم.

آقا روزبه رو به من گفت: «ولی این‌ها همهٔ ویژگی‌های آشور نیستن. یه ویژگی در آشور هست که اگه جوابت بهش مثبت باشه، شکی باقی نمی‌گذاره آقا برزو. اون هم اینه: این‌طور گفته شده که آشور دختری رو می‌شناسه، دختری که با بچه‌خورها در ارتباطه؛ ولی آشور چون امید برگردوندنِ اون دختر به دامن اندر رو داره، به کسی چیزی نمی‌گه. خب آقا برزو، الان می‌تونی تکلیف ما رو مشخص کنی. تو آشورِ این شهر هستی یا نه؟» آن لحظه انگار زندگی‌ام از کودکی تا آمدن به دفترداری از جلوی چشمانم گذشت. آن سنگ براق و درخشان در دستان شهرزاد و آن‌همه پافشاری‌اش به من و حناچه برای رفتن به دالان تاریک برایم معنا پیدا کردند. من بودم که در هر قدم، داستان‌های مژده خانم را برایش یادآوری می‌کردم. من بودم که قوانین اندر را حتی در آن دالان‌ها به او گوشزد می‌کردم. من بودم که مانع بازگشتمان به دالان پس‌از بازپس‌گیری سپنج شدم. من آشور بودم.

بخش سوم

صحنهٔ اول

در اعماق قلبم ردپای جانورانی موذی را حس می‌کردم: عنکبوت‌هایی که در هرگوشه‌وکنار تار می‌تناندند، سوسک‌هایی که آزادانه به همه‌جا سر می‌زدند. راه ورود این حشره‌ها را جایی به‌جزآن دو گلولهٔ نرم چهره‌ام نمی‌دانستم. چشم‌ها که در چشم‌خانه می‌گردیدند و به‌ازای هرچه آن بیرون بود، ردی در دلم به جا می‌گذاشتند. رنگ‌های جورواجور و درخشندگی‌ها را می‌بلعیدند تا بیشتر به‌سمتشان کشیده شوم. اخم‌های از سر ناامیدی و لبخندهای تشویق‌کننده را به درون می‌کشیدند. دیگر زمان انتقام از آن‌ها فرارسیده بود. در طول مسیر میان‌ارگ به‌همراه آقا نیما، هرگاه به دالان تاریکی می‌رسیدیم، چشمِ هم‌سوی دالان را می‌بستم. این دالان‌های وسوسه‌گر بیشتر از آن نمی‌بایست راهشان را در دلم باز می‌کردند. آقا نیما که فکر می‌کرد که هدف رفتنمان تنها گزارش ریزش به میان‌ارگی‌هاست، دست از

نصیحت و سفارش برنمی‌داشت. گمان می‌کرد که مقصر ریزش را با خود می‌برد. آقا روزبه چیزی از ماجرای آشور به او نگفته بود. قرار نبود کس دیگری از آن ماجرا بو ببرد؛ چون ممکن بود باعث شود دخترِ نفوذیِ تاریکی پا به فرار بگذارد.

وقتی به پرسش آقا روزبه از اینکه خودم را آشور می‌دانم یا نه، پاسخ مثبت دادم، پدرم حسابی عصبانی شد. می‌خواست بداند آن دختر کیست و چطور از زیر چشمان او دررفته؛ ولی آقا روزبه آرامَش کرده بود: «این‌ها همه کار سرنوشته، افشین. قرار نبوده کسی جز آشور از این مسئله خبردار بشه. بعداز این هم نباید کسی اون دختر رو بشناسه، تا روز مراسم برسه و آشور اون رو با آش نشون کنه. متوجهی دیگه؟ هیچ کی نباید خبردار شه که برزو آشوره.»

تنها در پوسته‌ای که به دست آقا نیما داده بود، همه چیز را برای مائده خانم، دفتردار میان‌ارگ، شرح داده بود. او بود که می‌بایست محل‌دارشان را خبر می‌کرد تا آمادگی‌ها برای مراسم آشور را ترتیب دهد.

هنگام آمدن به میان‌ارگ، پدرم با چشمانی اشک‌آلود بغلم کرد. آقا فرید که تندتند تاس تخته را در دستانش می‌چرخاند، لبخند گوش تا گوشی برلب داشت. فریبا خانم و آقا روزبه با لبخندهایی سرشار از رضایت بدرقه‌ام کردند. آمدن آشور از محلهٔ کوچک سبزارگ، برای همه‌شان افتخار بزرگی بود. وقتی آقا نیما از دور پدیدار شده بود، فریبا خانم لحظه‌ای مرا کنار کشیده بود تا بگوید: «بعداز این، توی مراسم آشور می‌بینمت. من که از وقتی دیدمت، مطمئن بودم؛ ولی آقا امیر محل‌دار حتماً خودش هم می‌خواد از بابت ایمنی مراسم مطمئن بشه. اگه خواست ازت سؤال‌وجواب کنه، نگران نباش. همچین آدمیه. حتم دارم می‌خواد مطمئن بشه که

همون جور که توی پوسته اومده، تو از رازورمز مراسم باخبری؛ یعنی می‌فهمی چرا باید اون کار رو با چشمت بکنی یا نه. اگه به این فکر کنی، بد نیست؛ چون اگه آشور این ارتباط رو با سرمراسم نداشته باشه، ممکنه مراسم درست پیش نره.»

در طول راه سعی کرده بودم جمله‌های پوستهٔ آشور را از میان جملات دیگری که در مغزم شناور بودند، سوا کنم. چطور از چشم صحبت کرده بود؟ «دیده‌ای چشم‌زخم‌خورده»

چشم‌زخم برای آنچه دیدن ناپاکی‌ها بر سر کسی می‌آورد، عبارت درستی بود. انگار آن آلودگی بیرونی، مثل شمشیری برنده از چشم داخل می‌شد و صاف به قلب بیننده‌اش می‌رفت. پس برای پاک‌سازی دل، چه راهی درست‌تر از بیرون آوردن چشم، پیش پای بیننده بود؟ در این افکار بودم که حس کردم ارتفاع سقف دالان به‌طور محسوسی بالاتر رفت. آقا نیما اعلام کرد که به میان‌ارگ نزدیک شدیم. کمی بعدتر اولین چادرهای میان‌ارگ را دیدم. نفسم از هیبتشان بند آمده بود. در محلهٔ ما، ارتفاع چادرهای کناره و میانه چندان تفاوتی نداشتند؛ یعنی سقف دالان‌ها اجازهٔ خیلی بزرگ بودن چادر را نمی‌داد. همه‌شان در حدی بودند که اگر دو نفر آدم که یکی‌شان بر دوش دیگری سوار شده بود واردش می‌شدند، سر نفر بالایی به سقف چادر می‌سایید؛ ولی چادرهای میان‌ارگ به نظرم می‌توانستند پنج نفر بر دوش هم نشسته را در خود جا دهند. برخلاف چادرهای محله‌مان که همه‌شان رنگ یکنواختی داشتند، در این چادرها رنگ‌ها و طرح‌های گوناگونی به چشم می‌خورد. راه‌راه، خال‌خالی و گاهی هم نیمی یک رنگ و نیمی رنگی دیگر. با دهان باز در میان چادرهای غول‌پیکر پیش می‌رفتم. یکی از چادرها، حتی در میان آن‌همه تنوع طرح و رنگ، از بقیه بیشتر به چشم می‌آمد. محوطهٔ بسیار بزرگی را اشغال کرده بود. یک سویش سفیدرنگ بود و

سوی دیگر، سه ناحیه به رنگ‌های قرمز، طلایی و سبز بودند. آقا نیما در نزدیکی همین چادر متوقف شد و از من خواست منتظرش بمانم. بعد خودش درون چادر رفت. خبردار شدم که آن چادر، چادر دفترداری میان‌ارگ است.

لحظه‌ای که باید نسبتم با رمزوراز مراسم آشور را مشخص می‌کردم، نزدیک و نزدیک‌تر می‌شد. باز به چشم‌زخم فکر کردم. به همهٔ کسانی فکر کردم که از روی پوستهٔ ماهی‌ها بلند شده بودند و در سرم زندگی می‌کردند. می‌دیدمشان که آن چیزهای وسوسه‌برانگیزِ ناآشی را که می‌خواستند بخورند، اول حسابی بررسی می‌کردند. می‌دیدمشان که با کنجکاوی به دالان‌های تاریک خیره می‌ماندند. می‌دیدمشان که برق سنگی چشمشان را خیره می‌کرد و می‌دیدمشان که وسوسهٔ دیدن طرح‌های عجیب، وادارشان می‌کرد با آش نقاشی بکشند. چشم‌های براق و نگاه‌کننده‌شان را واضح‌تر از هرچیز دیگری انگار جلوی رویم می‌دیدم. بعد دو جفت چشم دیگر هم به آن مجموعه چشم‌های شناور اضافه شدند. آقا نیما به‌همراه یک زن مسن ترکه‌ای با خرمنی از موهای صاف سفید بیرون چادر آمدند. آقا نیما برایم سری تکان داد و راه برگشت را پیش گرفت. زن که با چشمانی آرام و مراقب سراپایم را ورانداز می‌کرد، آهسته جلو آمد. به من که رسید، با صدای آرامی که به‌سختی می‌شنیدم، گفت: «هممم... پس این تویی.»

مکثی کرد. نمی‌دانستم انتظار داشت پاسخ مثبت بدهم یا نه؛ ولی خودش ادامه داد: «با من بیا.»

به‌سمت چادر به راه افتاد و من هم کنارش می‌رفتم. آن‌قدر گام‌های آهسته و کوتاهی برمی‌داشت که بعداز هر جابه‌جاییِ پایم باید کمی صبر می‌کردم تا او هم

برسـد. سـرانجـام وارد چادر شـدیم. زن پاکشــان به گوشــه‌ای رفت؛ ولی من چند لحظه‌ای مات‌ومبهوت به اطرافم نگاه می‌کردم.

این تعجب فقط ناشـی از شـمـار پوسـته‌ها نبود که به نظرم بیرون از شـمـارش می‌آمدند. جای پوسـته‌ها هم با آنچه در سـبزارگ بود، فرق داشـت. چادر دفترداری سـبزارگ، قفسـه‌هایی داشـت شـامل چندین طبقه برای پوسـته‌های مشـابه. موضوع پوسته‌های مرتبط هرکدام برروی طبقه کنده‌کاری شده بود: خوراکی، تاریکی، ورشک، بچه‌خور، گذشته... . در سرتاسر چادر سه قفسه داشتیم. هروقت قفسه‌ای در آستانۀ پر شـدن بود، آقا روزبه و عاطفه و جدیداً من می‌بایسـت همۀ پوسـته‌هایش را بررسـی می‌کردیم. آن‌هایی را که به نظرمان داسـتان تکراری و کم‌اهمیت‌تری داشــت، انتخاب می‌کردیم تا به میان‌ارگ فرستاده شوند. همیشه می‌خواستم بدانم آیا دفترداری میان‌ارگ هرگز پرنمی‌شود؟ آن روز پاسخم را که یک نۀ قرص و محکم بود، دریافت کردم.

چادر از درون انگار بزرگ‌تر از بیرون به نظر می‌رسید. ورودی‌اش در بخش سفیدرنگ بود. بخش‌های سـبز و سـرخ و طلایی، آن‌سوتر از ورودی بودند. در جای‌جای این چهار بخش، آن‌قدر قفسـه‌های بلند چیده شده بود که نمی‌توانستم بشمارمشان. زن با صدای آهسته‌اش توجهم را جلب کرد: «بیا اینجا بشین، پسرجون.»

و بعداز نشستنم گفت: «من مائده‌ام، دفتردار میان‌ارگ. حتماً روزبه درباره‌م بهت گفته، نه پسرجون؟»

با سـر تأیید کردم. مائده خانم کمی صـدایش را بلندتر کرد و گفت: «فاضـل... فاضل... کجایی پسر؟»

از لابه‌لای قفسه‌های بخش سرخ‌رنگ، مرد جوانی با ریش انبوه و موهای کم‌پشت مجعد قهوه‌ای‌رنگ سرک کشید و گفت: «توی سرخ‌ارگم، مائده خانم. چند لحظه دیگه می‌آم اون‌ور.»

کمی بعد خودش را به نزدیکی ما رساند. نگاه کنجکاوش کمی روی من ماند و سلامی کرد. مائده خانم پوستهٔ آقا روزبه را به دست مرد جوان داد و گفت: «این رو بده به امیر. بگو خودش رو برسونه اینجا.» فاضل پوسته را ورانداز کرد و ابروهای پرپشتش بالا پریدند: «اوهو، پس نمردیم و این رو هم دیدیم. یعنی راستی‌راستیه؟ یعنی همین آقا پسر...»

مائده خانم گفت: «این‌قدر سؤال نکن، پسر جون. این پوسته رو بی‌معطلی بده به امیر.»

فاضل گفت: «به روی چشم. مگه کار از این هم واجب‌تر داریم؟»

از جلوی مائده خانم به‌سمت ورودی چادر به راه افتاد؛ ولی روبه‌روی من متوقف شد. دستش را دراز کرد و گفت: «خودم رو معرفی نکنم که زشته. من فاضلم، دستیار مائده خانم و هرازگاهی هم پوسته‌ببر و پوسته‌بیارِ دفترداری. ببینم، شما از کدوم محله...»

مائده خانم حرفش را برید: «پوسته رو به امیر برسون، پسر جون. وقت برای حرف زدن زیاده.»

فاضل دستش را از دستم بیرون آورد و گفت: «اطاعت می‌شه» و با گام‌های بلندی از چادر خارج شد.

با رفتن فاضل، مائده خانم رو به من گفت: «تا می‌آن، یه گشتی توی چادر بزن پسر جون، اگه دلت می‌خواد.» خودش مشغول پشتهٔ پوستهٔ ماهی‌های جلویش شد. بلند شدم و به‌طرف بخش سبزرنگ به راه افتادم. به‌شکل دایرهٔ بزرگی بود با دایرهٔ

کوچک‌تری در کنارش. هر دو پوشیده از قفسه‌های بلند بودند. در آن نزدیکی چهارپایه‌ای بود که انگار برای دسترسی به قفسه‌های بالاتر استفاده می‌شد. به عنوان‌های طبقه‌ها نگاه می‌کردم. به‌جای موضوع، تنها اعدادی بر رویشان نقش بسته بود. تنها طبقه‌ای که عدد نداشت، پایین‌ترینشان بود. بررویش کلمهٔ «سال امیره» کنده‌کاری شده بود. طبقه‌های همهٔ قفسه‌ها به همین شکل نشان‌گذاری شده بود. به بخش‌های طلایی و سرخ رفتم تا مطمئن شوم. آنجا هم به همین منوال بود. یکی از پوسته‌های قفسه‌ای در میان دایرهٔ بزرگ طلایی در طبقهٔ سال امیره را برداشتم. از اولین بارِ پدیدار شدن ته‌خواب‌ها در طلای ارگ حکایت می‌کرد و چند کودکی که به‌خاطر خوردنشان به میان‌ارگ برده شده بودند. پوسته را سر جایش گذاشتم. روی چهارپایه رفتم و طبقه‌های بالاتر را بررسی کردم. برروی آخرین طبقهٔ پوسته‌دار، عددهای «۱۴۰-۱۴۴» نوشته شده بود. قفس بالاترش که «۱۴۵-۱۴۹» بود، خالی از پوسته بود و همچنین طبقه‌های بالاتر. پوستهٔ رویی طبقهٔ «۱۴۰-۱۴۴» را برداشتم. گزارشی از سوی دفترداریِ طلای ارگ بود که خبر از مکیدن ماهی‌های پشمی نوظهور توسط بعضی کودکان می‌داد. در پایین برگه با حروف درشت، عبارت «تحت بررسی» نوشته شده بود. با شنیدن صداهای گفت‌وگوی چند نفر پوسته را سر جایش گذاشتم و از چهارپایه پایین آمدم.

به‌سمت مائده خانم برگشتم. فاضل هم برگشته بود و در کنارش مرد بلندقامت طاسی با چشمان عسلی ایستاده بود. فاضل بی‌معطلی با انگشت نشانم داد و گفت:

«این هم از آشورِ شهرارگ. خدمت شما امیرآقا. راه بیفتم محله‌های دیگه بگم مراسم رو راه بندازن؟»

آقا امیر با لبخند گفت: «هول نکن، جوون. قبلش یه‌کم با این یکی جوون کار دارم.»

مائده خانم با لحن آرام همیشگی‌اش گفت: «اوهوم. بهتره همه بشینین. سر فرصت بهتر می‌شه فهمید قدم بعدی چی باشه.»

همان‌طور که روی زمین چادر می‌نشستیم، فاضل گفت: «قدم بعدی اجرای مراسم مگه نیست؟ اون هم که هرچی زودتر باشه، بهتره. بد می‌گم؟»

آقا امیر گفت: «قبلش یه چیز دیگه‌ای هم هست که باید ازش مطمئن شیم. اگه شدیم، بعدش خودم می‌فرستمت بری همه رو راهی کنی اینجا.»

رو به من با لحن دوستانه‌ای گفت: «نه که فکر کنی به تشخیص روزبه و فریبا شکی دارم جَوون، اصلاً و ابداً؛ ولی اگه آشور بدون اون چیزی که باید داشته باشه مراسم رو اجرا کنه، کسی نمی‌دونه چی پیش می‌آد. شاید اندر عصبانی هم بشه. روی همچین چیزهایی نمی‌شه حساب‌نشده کار کرد. می‌فهمی چی می‌گم دیگه؟ یعنی برای شهر شاید بهتر باشه که آشور رو بذاره یه کناری زندگی‌ش رو بکنه و صبر کنیم تا بعداز مرگش یه آشور دیگه‌ای بیاد، تا اینکه مراسم رو سرهم‌بندی کنیم. اینجا باید خیلی احتیاط کرد. از شما چه پنهون، اول که این جوون اومده بود دستیار بشه، خیلی زیرنظر داشتمش برای آشور بودن.»

با دست به فاضل اشاره کرد. فاضل گفت: «اوهو، امیرآقا! این‌ها رو الان رو می‌کنی؟»

آقا امیر گفت: «یه جمله گفتم ها، روی هوا گرفت! ولی اون درکی رو که توی آشـور دنبالشیم، من خیلی زود توی این جوون دیدم.»

مائده خانم گفت: «این بحث کهنه رو چرا الان باز می‌کنی، امیر؟»

آقا امیر گفت: «آره، اینکه خیلی کهنه شـده. این جوون هم بقیهٔ ویژگی‌ها رو نداشـت. این رو گفتم که بگم سـر داسـتان آشـور چقدر احتیاط لازمه؛ یعنی توی این داسـتان من فقط به خودم اعتماد ندارم، باید مائده خانم هم بگه، باید روزبه هم بگه، فریبا هم بگه. خلاصه همهٔ محل‌دارها و دفتردارها باید بگن نظرشون رو. اگه حتی من و مائده خانم الان بگیم مراسم شروع شه و یکی از بقیه بگه یه جای کار می‌لنگه، باید درسـت‌وحسـابی بررسـی‌ش کنیم. فکر کنم گرفتی منظورم رو. خب بذار برگردم سـر مراسـم. آشـور هم که می‌دونی قرار نیسـت همین‌جوری و بدون هیچ شـرطی بره سـر مراسـم. تو که پوسـته رو هم خوندی. بذار یه امتحانکی بگیرم ازت. می‌دونی این شرطی که ازش حرف می‌زنم، کدومه؟»

گفتم: «آره. منظورتون ارتباط آشور با رمز مراسمه؟»

مائده خانم هوم‌هوم‌کنان سـری تکان داد؛ ولی اثری از رضـایت در آقا امیر دیده نمی‌شـد. با همان لحن دوسـتانهٔ پیش گفت: «همینی که گفتی. خب جوون. برامون تعریف کن که چی می‌فهمی از این مراسم؟»

چشمان عسلی آقا امیر که برخلاف لحنش اثری از دوستی درشان دیده نمی‌شد، صـاف به من خیره شـده بودند. مائده خانم و فاضـل هم با دقت نگاهم می‌کردند. گفتم: «دیدهٔ چشم‌زخم‌خورده باید قربانی بشه. اون نمادِ ناپاکی اهالی شهره. با قربانی

شدنش به‌همراه خونِ کالبدِ تاریکی، ما دشمنان اندر رو بهش تقدیم می‌کنیم. به اندر نشون می‌دیم که همهٔ تلاشمون رو کردیم تا دشمنانش رو شکار کنیم. حتی اگه وارد خودمون شده باشن هم از کندنشون ابایی نداریم.»

به آن سه نفر چشم دوختم تا تأثیر حرف‌هایم را در چشمانشان ببینم. نگاه فاضل بین مائده خانم و آقا امیر در نوسان بود. از چهرهٔ مائده خانم چیزی دستگیرم نمی‌شد. آقا امیر سکوت را شکست و به‌آرامی گفت: «که ابایی نداریم، ها؟ نه جوون. این اون چیزی که من از امیرهٔ اول حس کردم، نیست. تو چی می‌گی، مائده خانم؟»

مائده خانم گفت: «هممم. برداشت خامی بود.»

فاضل گفت: «خب مگه قراره نظر شماها با آشور یکی باشه؟»

این سؤالی بود که من هم دوست داشتم بپرسم. به نظرم می‌آمد که آقا امیر نمی‌خواست مراسم آشور اجرا شود، یا دست‌کم نمی‌خواست توسط من اجرا شود، شاید چون از محلهٔ سبزارگ بودم، شاید چون خودش فاضل را نشان کرده بود و حرفش درست از آب درنیامده بود. آقا امیر گفت: «گوش به حرف‌ها نمی‌دی، جوون؟»

مائده خانم گفت: «دانش راز مراسم، از ویژگی‌های آشور نیست، پسرجون.»

آقا امیر گفت: «به نظرم با این وضع اگه مراسم اجرا نشه، بهتره.»

با صدایی که سعی داشتم محکم نگه دارمش، گفتم: «اگه اجرا نشه، چی می‌شه؟»

آقا امیر گفت: «چیز خاصی نمی‌شه، جوون. یه چادر کنار میان‌ارگ برای خودت می‌زنی و اونجا زندگی می‌کنی. فقط تا آخر عمرت باید جدا از بقیهٔ شهر باشی.»

گفتم: «جدا از بقیه؟» مائده خانم گفت: «اوهوم. آشورِ بی‌صلاحیت، نمی‌تونه هم چادر و بچه داشته باشه.»

گفتم: «ولی... نمی‌شه یه فرصت دیگه برای فهمیدن مراسم داشته باشم؟ این بار سعی می‌کنم که حتماً...»

آقا امیر گفت: «هول نکن، جوون. باز هم وقت داری؛ یعنی من یه بار دیگه حاضرم بشینم ببینم حرف حسابت چیه؛ ولی اگه باز حرف از شکار و این داستان‌ها بزنی، پا می‌شم می‌رم؛ ولی فهمیدن مراسم هم به این راحتی‌ها نیست؛ یعنی با این چیزهایی که سرهم کردی، من که نمی‌دونم چه‌جوری قراره اصل داستان رو بفهمی.»

مائده خانم گفت: «این پسر باید اینجا بمونه، امیر. فقط به این شکل ممکنه راه‌ورسم امیره رو بفهمه.» آقا امیر گفت: «اگه تو می‌گی پوسته خوندن روش اثر داره، منم می‌گم لابد داره؛ ولی نظر خودم رو بخوای، با اون چیزی که شنیدم چشمم آب نمی‌خوره.»

مائده خانم گفت: «حس مراسم چیزی جز حس این شهر نیست، امیر. باید فرصت بدیم این پسر حس شهر رو جذب کنه. وقتش که بشه، خودش می‌فهمه. نمی‌تونیم به‌راحتی از فرصت بگذریم.»

آقا امیر گفت: «منم که نگفتم بگذریم، مائده خانم؛ ولی گیریم همهٔ پوسته‌های اینجا رو هم خوند و اصلاً همین‌جا بزرگ شد؛ ولی باز هم نفهمید. منم نگران اون موقعم.»

مائده خانم گفت: «فکر اون موقع رو باید همون موقع بکنیم. این پسر باید اینجا بمونه. تا وقتی مطمئن شیم که هیچی روش اثر نداشته. اون‌وقته که... شاید باید یه فکر دیگه کرد.» آقا امیر سر تکان داد و اولین روز اقامتم در دفترداری میان‌ارگ آغاز شد.

حساب روزهای اقامتم در دفترداری از دستم در رفته بود.

صحنهٔ دوم

مائده خانم صلاح نمی‌دانست به هیچ دلیلی به‌جز رفع‌حاجت از چادر خارج شوم. می‌خواست آن داخل بمانم و تا جایی که توان داشتم، پوسته‌ها و داستان‌هایشان را ببلعم. آن چادر که در روز اول آن‌قدر به نظرم درندشت آمده بود، انگار هرروز کوچک و کوچک‌تر می‌شد، آن‌قدر کوچک که گاهی پارچه‌اش سفت به تنم می‌سایید و نفس کشیدن را سخت می‌کرد. مائده خانم بعداز روز اول، دیگر هیچ توضیحی دربارهٔ پوسته‌هایی که باید می‌خواندم، نداد. تنها اصرار داشت که می‌بایست شهر و رخدادهایش را به‌تمامی جذب کنم. میان قفسه‌های محله‌ها سرگردان می‌شدم و هربار به تصادف از طبقه‌ای پوسته‌ای را به دست می‌گرفتم. پوسته‌ها را در جست‌وجوی نشانی از رمز مراسم آشور می‌خواندم. از آن حجم آدم‌هایی که هریک به‌نحوی و با سرپیچی خاصی روانهٔ میان‌ارگ شده بودند، سرم به دَوَران می‌افتاد. دیگر نمی‌دانستم باید آن‌ها را به چه چشمی می‌دیدم. می‌دیدم که چشمشان گولشان می‌زد: چیزهایی را که نباید می‌خوردند و کارهایی را که نباید می‌کردند، به دلشان راه می‌داد. می‌دیدم که تا از اندر سرپیچی نمی‌کردند، چشم‌ها راحتشان نمی‌گذاشتند. این آن چیزی بود که پس‌از مراسم آشور قرار نبود دیگر رخ دهد. دیگر گناهکارانی نمی‌داشتیم که او را به خشم بیاورند. اگر چشم برای نشان دادن وفاداری به اندر تقدیم نمی‌شد تا بداند که گناهکاران به دست پیروانش مجازات می‌شوند، پس هدف چه بود؟ این چیزی بود که از آن سر درنمی‌آوردم.

پوسته‌ها و داستان‌هایشان دیگر برایم چرخهٔ تکراری ملال‌آوری شده بودند که فضای سرم را اشغال کرده بودند. وقتی از آن پوسته‌ها و آدم‌هایشان به مرز سرسام رسیدم، به طبقه‌های گذشته پناه بردم. در آن طبقه‌ها که هنوز شهر به آرامش کنونی‌اش نرسیده بود، می‌شد داستان‌های نوتری خواند: داستان زمانی که هرمزان دریچهٔ بالایی را بست تا دیگر چیزی به شهرمان وارد نشود، داستان اولین باری که خبر خواب امیرهٔ اول در شهر پیچید و شهر دوپاره شد: آن‌هایی که فهمیدند این خواب، کلید رهایی‌شان است، آن‌هایی که نفهمیدند و خنده‌کنان زندگی‌شان را پی گرفتند و بهایش را با رانده شدن به تاریکی پرداختند. بعداز ناپدید شدن بچه‌خورها بود که داستان‌های اولین سرکشی‌ها از اندر پدیدار می‌شدند. جرم‌ها از همان جنسی بود که تا امروز توسط برخی اهالی انجام می‌شد؛ ولی این داستان‌ها، با «و او را به میان‌ارگ بردند»، پایان نمی‌یافتند. تا حوالی طبقهٔ «۱۰-۱۴» همهٔ مجرمان را خود امیرهٔ اول به دریچهٔ اندر بدرقه می‌کرد. با قلم خودش در پوسته‌ها تا لحظهٔ آخر وجود آن‌ها را ثبت کرده بود، نگاه‌های وحشت‌زده‌شان را رو به بالا، فریاد کمک‌خواهی‌شان، تقلایی که برای فرار از دریچه می‌کردند، جیغ کرکننده‌شان و سکوتی را که کمی بعد حکم‌فرما می‌شد. این پوسته‌ها را که به خط امیرهٔ اول بودند و در طبقه‌های خودشان در جعبه‌ای استخوانی لای پارچه‌های نخی حفاظت می‌شدند، با دقت و وسواس بررسی می‌کردم. همان‌طور که طبق سفارش‌های فاضل حواسم بود دستم به پوسته نخورد، به دستخط لرزان امیرهٔ اول خیره می‌شدم. می‌خواستم راز مراسم را از حروف آن دستخط بخوانم. آن گزارش‌های فرستادن

مجرم‌ها به نزد اندر، تنها دفعاتی بودند که خط امیرهٔ اول را لرزان می‌دیدم. در دیگر پوسته‌ها دستخطش محکم و باصلابت بود؛ مثلاً وقتی داستان راندن بچه‌خورها به تاریکی را روایت می‌کرد؛ ولی گزارش‌های مجرمان نه‌تنها در دستخط، بلکه در جنس پوسته‌ها متفاوت بودند. انگار اینجا و آنجایشان چیزی بر روی پوسته ریخته شده بود و هم رنگش را دگرگون کرده و هم نازک‌تر‌ش کرده بود. با آزمایش بر روی پوسته‌های خالی فهمیدم این اثرِ ریخته شدن مایع بر روی پوسته است. این اولین سرنخی بود که از رمز مراسم دریافت کردم. امیرهٔ اول را که بنا بر توصیف‌ها، زن جوان سفیدرویی با موهای مشکیِ پرکلاغیِ بلندِ بافته با ابروهای کمانی و چشمان سیاه نافذ بود، می‌دیدم. در ذهنم او را در حین گزارش‌نویسی تصور می‌کردم که با دستی لرزان و چشمانی گریان داستان بدرقهٔ مجرمان به نزد اندر را می‌نوشت؛ ولی چرایش را نمی‌توانستم بفهمم.

در درون پارچهٔ تنگ چادر، روزهایم را می‌گذراندم. گاهی پوستهٔ نویی می‌خواندم تا ساکنین سرم کمی خودشان را جمع‌وجور کنند و برای نفر بعدی که از روی پوسته به جمعشان می‌پیوست، جا باز کنند. گاهی پوسته‌های امیرهٔ اول را برای بار نمی‌دانم چندم می‌خواندم. اشک‌هایی را که می‌ریخت، می‌دیدم و از رازش سر درنمی‌آوردم. گاهی به حرف‌های پایان‌ناپذیر فاضل که خاطراتش را تعریف می‌کرد از اینکه چطور بار اول همسرش را دید و اینکه مادرزنش چشم دیدنش را ندارد، گوش می‌دادم. گاهی هم سعی می‌کردم دربارهٔ مراسم آشور از مائده خانم حرف بکشم؛ ولی تنها توصیه می‌کرد بیشتر و دقیق‌تر پوسته‌ها را بخوانم. روزهایم به همین منوال می‌گذشتند. دیگر

چادر آن‌قدر برایم تنگ شـده بود که می‌ترسـیدم با کوچک‌ترین حرکتم مرا در خودش له کند. در روزی مانند همین روزها بود که آقا نیما به‌همراه آرزو به میان‌ارگ آمدند.

در کنار قفسه‌های طلای ارگ نشسته بودم. نمی‌دانستم طاقت خواندن باز هم یک پوستهٔ دیگر را برای آن روز داشتم یا نه. سروصـدای گفت‌وگو حواسـم را به بخش سـپید چادر، پیش مائده خانم کشـاند. از پشـت قفسـه‌ها سـرک کشـیدم. فاضـل کناردسـت مائده خانم ایستاده بود. در کنار ورودی، آقا نیما را دیدم که دست‌به‌سینه به آن دو خیره مانده بود. مائده خانم مشغول بررسی یک پوسته بود. بعد سر تکان داد و گفت: «خیلی خب نیما، از اینجا رو می‌سپرم به فاضل. برگرد و سلام من رو به روزبه برسون.»

آقا نیما از چادر بیرون رفت. بعداز رفتنش، من هم از پشـت قفسـه‌ها به‌سـمت مائده خانم رفتم. فکر کردم آقا نیما شـاید پوسـته‌ای برای خبرگیری مراسـم آشـور از آقا روزبه آورده باشـد. فاضـل گفت: «نمی‌شـد تا مراسـم آشـور دسـت نگه می‌داشـتن؟ ممکنه یکی از همین روزها باشه.»

مائده خانم گفت: «دو هفته مدت کمی نیست، پسرجون. زیاد هم هست. روزبه همیشـه بعد یک هفته می‌فرسـتادشـون. گمونم خودش هم منتظر مراسـم موند که این یکی رو این‌قدر عقب انداخت.»

مکثی کرد و به من نگاه کرد. گفتم: «از سبزارگ خبری شده؟»

فاضـل گفت: «اون هم چه خبری! یکی رو فرسـتادن که راهی کنیمش به دریچهٔ اندر. هم‌چادری پدرت هم هسـت: آرزو خانم. انگار دو هفته‌ای بود چیزی نمی‌خورد، ها؟ آقا روزبه نوشـته ورشـک‌ها که رفتن توی چادرش، ترسـیده و بچه‌ش رو انداخته؛

ولی اونجا مگه ورشک‌ها توی چادر می‌تونن برن؟ خود همین رو می‌شه به آقا روزبه تذکر داد، مائده خانم.»

مائده خانم گفت: «روزبه تذکر لازم نداره.» گفتم: «وسیله‌هاشون رو بیرون نگذاشته بودن؛ واسهٔ همین ورشک‌ها رفتن تو.»

مائده خانم سر تکان داد و گفت: «خب مشکلی نیست؛ ولی این دختر باید روونه بشه. برزو رو با خودت ببر.»

فاضل گفت: «به چشم.» از چادر بیرون رفتیم.

در چند قدمیِ چادر، آرزو را دیدم. حسابی از آنچه به یاد داشتم، لاغرتر شده بود. موهای خرمایی‌اش کم‌پشت‌تر به نظر می‌رسیدند و زیر چشمان قهوه‌ای‌اش گود افتاده بود. صدای بدجنسی در پس سرم پیش‌گویی می‌کرد که دیگر از حرف زدن با صدای بچه‌های چهارساله خبری نخواهد بود. و خبری هم نبود. آرزو با دیدن من لبخندی زد. به‌طرفم دوید و بازویم را محکم گرفت. گفت: «چه خوبه که اینجایی، برزو وقتی بابات گفت توی دفترداری میان‌ارگی، کلی خوش‌حال شدم. ببینم، می‌دونی کجا باید وضعم رو توضیح بدم؟ افشین بهم گفت توی میان‌ارگ خودشون می‌دونن چی‌کار کنن؛ ولی هرچی اصرار کردم، باهام نیومد. چه خوبه که تو اینجایی. می‌دونی، من خیلی روی خودم کار کردم. هم با مژده جون هم...»

فاضل حرف آرزو را قطع کرد و گفت: «معلومه که شما دو تا کلی حرف واسهٔ گفتن دارین؛ ولی اگه ایرادی نداره، این حرف‌ها رو همین‌جوری که راه می‌ریم بگین. چطوره؟ چون اگه خیلی دیر برگردیم، باید به مائده خانم جواب پس بدیم.»

به راه افتادم و آرزو هم که هنوز بازویم را محکم گرفته بود، خواه‌ناخواه به حرکت درآمد. فاضل چند قدم جلویمان می‌رفت تا مسیر را مشخص کند؛ ولی شش‌دانگ حواسش پیش حرف‌های آرزو بود که می‌گفت: «باشه بریم. جواب پس دادن هم خیلی وقت‌ها مایهٔ دردسره؛ ولی من الان واقعاً دوست دارم به یکی جواب پس بدم. می‌دونی، برزو جون. به افشین و مژده جون هم گفتم. جفتشون گفتن آقا روزبه گوش می‌ده به حرف‌هات؛ ولی آقا روزبه هم فقط یه چیزهایی روی پوسته نوشت و گفت بیام اینجا حرف‌هام رو بزنم. منم که الان اینجام. خب کجا می‌تونم بگم وضعم رو؟ به کی؟ خودت که بهتر می‌دونی وضع من بعداز اون شبی که جوون‌های میونه اومدن، چه جوری بوده. این نیست که نخوام آش بخورم. می‌خورم؛ ولی زیادتر از یه مقدارش بهم نمی‌سازه. فکر نکنی امتحان نکردم ها. خودم سطل پشت سطل به افشین گفتم برام بیاره کنار آش‌چاله؛ ولی فقط یه کوچولوش ته دلم می‌موند. می‌دونی؟ بقیه‌ش رو پس می‌زنم. نه که فکر کنی نمی‌دونم این نشونهٔ خوبی نیست ها. خودت که می‌دونی چقدر داستان‌های تو و مژده جون رو دوست داشتیم. هم من هم...»

بغض کرد و نام ارسلان را شکسته به زبان آورد. همان‌طور که اشک از چشمانش می‌ریخت، هق‌هق‌کنان ادامه داد: «می‌دونم مهمه؛ ولی اصلاً دست خودم نیست. افشین هم از آقا روزبه یک هفته اضافه وقت گرفت، بلکه بهتر شم. هرکاری فکرش رو بکنی، کردم: جلوی دهنم رو با دست می‌گرفتم که بیرون نریزه، نفسم رو می‌گرفتم، توی آش‌چاله پایین می‌رفتم؛ ولی... انگار قرار نیست خوب شم، ها؟ کجا می‌تونم این‌ها رو بگم؟»

گریه‌اش شـــدت گرفت. نمی‌دانســـتم باید چه بگویم. نمی‌دانســـتم جایی که می‌رفتیم، قرار بود چه رخ دهد. فاضـل که جلویمان می‌رفت، کمی سـرش را به عقب برگرداند و گفت: «این‌ها رو به ما هم می‌تونی بگی، آرزو خانم. حالت بهتر می‌شه؛ ولی اینجا داســتان از این قراره که ما صــاف و پوســت‌کنده می‌بریمت پیش اونی که حسابی گوش می‌کنه به حرف‌هات. با این چیزهایی هم که تعریف کردی، حتم دارم خودش حسابت رو از بقیه سوا می‌کنه.»

آرزو که در دستمالی فین می‌کرد، گفت: «می‌ریم پیش آقا امیر؟»

فاضــل گفت: «از اون هم بهتر! می‌ریم پیش خودِ اندر. اونه که می‌بردت پیش خودش و اونجا تصـمیم می‌گیره چی‌کار کنه. پس خیالت راحتِ راحت باشـه، آرزو خانم. جای بدی نمی‌بریمت.»

آرزو فین‌فین‌کنان گفت: «اندر؟ ولی اگه بخوام برگردم، چی؟ من واقعاً هیچ کاری نکردم. افشین شاهد بود که چقدر سطل پشت سطل خواستم بخورم. کاش خودش می‌اومد. اون می‌تونســت قانعتون کنه. آخه اون‌هایی که اشــتها ندارن، خودشــون وامی‌دن؛ ولی من اصــلاً اون‌جوری نبودم. همه شــاهد بودن. برزو تو که داوود رو یادته. یادته چقدر ناز و ادا داشــت ســر آش خوردن. خب معلوم بود که باید می‌آوردنش میان‌ارگ؛ ولی من اصلاً کم نذاشتم. یه جایی نیست که بتونم بگم این‌ها رو؟»

فاضــل گفت: «داوود رو که منم خوب یادمه. لام تا کام حرفی نزد تا رسـیدیم به دریچه؛ ولی دریچه رو که باز کردم، زبون اون طفلی هم باز شد. بچهٔ بیچاره! ولی شما نگران چیزی نباش، آرزو خانم.»

در طول این گفت‌وگو، از آخرین چادرهای میان‌ارگ هم گذشتیم و کاسهٔ فضولات کنارش را هم رد کردیم. به جایی رسیدیم که پیش‌ازآن به آن پا نگذاشته بودم. کپه‌های آش غول‌آسایی اینجا و آنجا پراکنده بود و ارتفاع سقف حتی از میان‌ارگ هم بالاتر بود. آرزو همچنان با گریه‌وزاری تفاوت‌های خودش با آن‌هایی را که پیش‌ازاو به میان‌ارگ فرستاده شده بودند، توضیح می‌داد و فاضل سعی می‌کرد دلداری‌اش بدهد. دیگر دیوارهای پیرامونی شهر را می‌توانستیم ببینیم. در سراسراین ناحیهٔ روشن از نور آش، تنها یک محدودهٔ کوچک سیاه دیده می‌شد که به نظر می‌رسید فاضل ما را به‌سوی همان هدایت می‌کرد. نزدیک‌تر که شدیم، دیدم که آن فضای تاریک با نرده‌ای از میله‌های استخوانی بسته شده است. این دریچهٔ اندر بود. در جلویش، چهار شیء عصامانند از زمین سربرآورده بودند. برروی عصاها، نخ‌های در هم‌تنیدهٔ کلفت و محکمی بسته شده بود. انتهای دو تا از نخ‌ها به دو سر دروازه بسته بود و دو تای دیگر بالاتر می‌رفت و دریچهٔ اندر را باز و بسته می‌کرد. در جلوی دروازه متوقف شدیم. می‌توانستم ناخن‌های آرزو را که در بازویم فرومی‌رفتند، حس کنم. فاضل عصای ردیف دوم در سمت چپ را کشید و دروازه باز شد.

با لبخند به آرزو نگاهی انداخت و گفت: «این هم از دریچهٔ اندر، آرزو خانم. هرچی حرف توی دلت مونده، همین‌جا می‌تونی بگی. مطمئن باش که نشنیده نمی‌مونه. تو شرایطت واقعاً خیلی فرق داشت. مطمئن باش که اندر این رو می‌فهمه.»

آرزو چند بار سرتکان داد و به من نگاه کرد. بخشِ بدجنسم که وقتی خبر فرستاده شدن آرزو به آش‌چاله را شنیده بود حسابی پشتک زده بود، انگار در طول این

پیاده‌روی ناپدید شده بود. گفتم: «این چیزها رو فاضل بهتر می‌دونه. وقتی می‌گه خیالت راحت باشه، حتماً همینه.»

هنوز دستم را رها نکرده بود. فاضل دست دیگرش را گرفت و گفت: «باید بری اینجا، آرزو خانم. خیالت هم راحتِ راحت باشه.»

بالاخره آرزو مشتش را باز و بازویم را رها کرد. به‌همراه فاضل به‌سوی دریچه به راه افتاد و به‌تنهایی واردش شد.

در سیاهیِ زیردریچه دیگر نمی‌دیدمش. صدایش را شنیدم که گفت: «چقدر تاریکه.»

فاضل گفت: «الان روشن می‌شه، آرزو خانم.»

برگشت و عصای ردیف دوم سمت راست را کشید. دروازه با ردیف میله‌های بلند استخوانی‌اش بسته شد. صدای آرزو درآمد: «من که فرار نمی‌کردم. این رو چرا بستین؟»

فاضل گفت: «به دل نگیر، آرزو خانم. رسم‌ورسومه دیگه.»

بعد عصای ردیف اول در سمت چپ را کشید. نور تندی زیردریچه را روشن کرد و آرزو دوباره از لای میله‌های دروازه پدیدار شد. دستش را جلوی چشمانش گرفته بود. با صدایی کمی لرزان گفت: «چه نور تندیه.»

فاضل گفت: «اون هم الانه که کمتر بشه، آرزو خانم.»

کمی بعد نور به‌راستی کمتر شد. در پشت میله‌های نرده، آرزو را می‌دیدم که به بالا نگاه می‌کرد. بعد آن‌قدر عقب رفت که به دیوارِ زیردریچه چسبید. صدایش را می‌شنیدم که انگار زیرلب و بریده‌بریده پشت‌سرهم چیزهایی زمزمه می‌کرد. به نظرم

آمد واژهٔ «آش» چند باری به گوشم خورد. فکر کردم که داشت دلایلش را برای اندر شرح می‌داد. نورِ زیرِ دریچه کم و کمتر شد. از لابه‌لای میله‌ها سعی می‌کردم آن داخل را بهتر ببینم. آن اولین دیدارم با اندر بود. ناگهان دو نخ عظیم سبزرنگ با سری پهن، آرام از بالای دریچه به پایین خزیدند و آرزو را احاطه کردند. آرزو هنوز دست از زمزمه کردن برنداشته بود. نخ سبزرنگ به دورش پیچید و بعد شروع به بالا رفتن کرد. آرزو از زمین جدا شد و این بار دست از توضیح دادن برداشت. جیغ‌کشان به میله‌های نرده چنگ می‌انداخت و شنیدم که چندین بار نام پدرم را فریاد زد. فریادهایش بی‌فایده بود. آن نخ‌های عظیم بالا و بالاتر رفتند و آرزو را با خود بالا کشیدند و از جلوی چشمانمان دور کردند. تا مدتی بعد هنوز می‌توانستیم صدایش را بشنویم؛ ولی فریادهایش ناگهان خاموش شدند. در سکوتی که غافل‌گیرانه حکم‌فرما شد، تازه توانستم تپش‌های قلبم را که انگار قدرتشان چندبرابر شده بود، مستقیم از نزدیکی گوش‌هایم بشنوم. هنوز به زیرِ دریچه که دیگر خالی بود و در نور می‌درخشید، خیره مانده بودم. فاضل جلو رفت و عصای ردیف اول سمت راست را کشید. دریچه باز در تاریکی فرو رفت.

صحنهٔ سوم

در سکوتی که تنها برهم‌زننده‌اش فین‌فین‌های فاضل بود، کمی راه رفتیم، تا بالاخره فاضل به حرف آمد و گفت: «می‌دونی، هر دفعه که از دفترداری راه افتادم اینجا، اولش به خودم گفتم دیگه این بار محاله به آب‌ریزی بیفتی، مرد گنده؛ ولی نه، این خبرها نیست.»

گفتم: «اوهوم. همیشه همین‌جوریه؟ با اون نخ‌های گندهٔ سبز؟»

فاضل گفت: «ظاهرش که همیشه همینه از اینجا. این رو که اون بالا چی می‌بینن، کسی نمی‌دونه؛ ولی این جیغ‌ودادها... اون رو همه دارن. گمونم برای همه‌شون اون بالا یه چیزه.»

زیرچشمی نگاهش کردم و گفتم: «یعنی برای همه همین‌جوری بوده؟ هرکی تا حالا آوردی اینجا، به جیغ‌وداد ختم شده کارش؟»

کمی نگاهم کرد و با مکثی گفت: «خب همهٔ همه که نه. باران خانم فرق داشت. با یه سطل بزرگ پر از آش رنگی‌رنگی اومده بود اینجا. رنگ‌های سطله رو نشونم داد. انصافاً خیلی قشنگ بودن. حسابی مطمئن بود از خودش که کار ایرادداری نکرده. خب این رو همه از خودشون مطمئنن؛ ولی اون تا آخرش همین‌جوری آروم موند.»

ریشش را خاراند و گفت: «آره، به‌جز اون کس دیگه‌ای رو یادم نمی‌آد.»

پس مادرم مثل آرزو جیغ‌وفریادکنان از شهر نرفته بود. در احاطهٔ رنگ‌های درخشانش و با فکر شهرهایی که می‌توانست خلقشان کند، آن بالا رفته بود. راستی‌راستی که با بقیه فرق داشت.

می‌توانستم بقیهٔ حرف‌های فاضل را بشنوم که می‌گفت: «ولی هرچقدر هم توی هرباز شدن دریچه‌ای قلبم بلرزه، خودم می‌دونم هیچ‌کدوم هیچ‌وقت به پای بار اولم نمی‌رسه. اون موقعی که تازه اومده بودم این دفترداری، یه پسر دیگه هم بود که دلش می‌خواست دستیار بشه. یه فرزاد نامی بود؛ ولی این نقش قسمت ما شد دیگه. اون وقت‌ها هنوز نمی‌دونستم دستیارِ دفتردارِ میان‌ارگ بودن یعنی چی. چهارتا پوسته می‌خوندم و داستان از برمی‌کردم و به خیالم حالی‌م بود که توی این شهر چه خبره، تا اینکه آقا نیما نرگس رو با خودش آورد. من اولین بار بود آقا نیما رو می‌دیدم. مائده خانم گفت برو همراهش رو بذار توی دریچه. از چادر که اومدم بیرون، هی دوروبرم رو نگاه می‌کردم. دیدم نه، کسی اون دوروبرها نیست. نزدیک بود بدوم برم دنبال آقا نیما بگم نکنه اونی که آوردی، ترس ورش داشته و پا گذاشته به فراری چیزی، که یکهو یه دست کوچولودستم رو گرفت. نگاه کردم پایین، دیدم یه جفت چشم سیاه گنده زل زدن بهم. قدش زیرزانوی من بود. با اون دندون‌های یکی‌درمیونش می‌خندید. هرچی هم بهش گفتم اسمت رو بگو، زیربار نرفت.

توی راه هی با خودم کلنجار می‌رفتم که ورش دارم ببرمش دفترداری که اقلاً امیر آقا از نزدیک ببیندش. خیلی کوچیک بود؛ ولی خب اینجا از این قرارها نداریم. دیگه می‌گن ببر، باید ببری. نرگس شوخی هم می‌کرد باهام توی راه. هی مشتش رو آروم‌آروم می‌کرد توی دهنش و می‌گفت اگه نگیری، می‌خورمش ها. بعد که دستش رو از دهنش می‌کشیدم بیرون، کلی ذوق می‌کرد و می‌خندید. اون خاکی هم که خورد، شک ندارم همین‌جوری الکی خورده بود. بچهٔ بی‌پدرومادربزرگ‌شده همین می‌شه

دیگه. خلاصه تا به دریچه برسیم، همین‌جوری دست خودش رو، گوشهٔ لباسش رو، گوشهٔ لباس من رو می‌ذاشت دهنش بین اون دندون‌های نصفه‌نیمه‌ش. منم باید درشون می‌آوردم. آره. تا اینکه اومدیم دم دریچه. اون موقع به خودم گفتم محاله این بچه طوری‌ش بشه. نگاهش می‌کردی، می‌فهمیدی اصلاً مگه می‌دونه سرپیچی و این بحث‌ها یعنی چی. بعد به خودم گفتم یعنی الان می‌خوای این بچه رو بندازی توی این زیردریچهٔ تاریک، بعدش هم دروازه رو روش ببندی؟ می‌دونی، وایستاده بودم داشتم فکر می‌کردم اصلاً برگردم دفترداری، بگم مائده خانم، من این‌کاره نیستم. می‌رفتم ماهیگیری می‌کردم اصلاً. منتها دیدم نه، واسه نرگس که فرقی نداره. اون باید می‌رفت. ریختن سقف که با کسی شوخی نداشت. من اگه نمی‌بردمش، اون فرزاد ریغو که حتماً می‌بردش. منتها اون عین بز اخفش همین‌جوری ساکت و صامت کل راه رو باهاش طی می‌کرد، نه شوخی‌ای نه چیزی. بعدش هم بچه رو همین‌جوری پرت می‌کرد توی زیردریچهٔ تاریک و خداحافظِ شما. بچهٔ بیچاره رو زهره‌ترک می‌کرد. دیدم نه، اقلاً من اونجا باشم، می‌تونم یه‌کم آرومش کنم. اقلاً خیالم راحته که از اون‌جوری که من می‌فرستمش از شهر بیرون، کس دیگه‌ای نمی‌تونه بهتر بفرستدش. این شد که محکم موندم سر جام.

نرگس هم که اصلاً دوست نداشت بره توی اون تاریکیِ زیردریچه. من بهش گفتم بیا یه بازی بکنیم. تو نترس و برو اون تو وایستا، بعدش من این پایینِ لباسم رو می‌ذارم بجوی؛ ولی اگه نری، دیگه بازی بی‌بازی. گفتم تا ده بشمری، تاریکی تموم شده و نور اومده. اون هم رفت توی زیردریچه و منم زیر قولم نزدم. تا به هشت برسه، بدوبدو هم

دروازه رو بستم و هم دریچهٔ بالا رو باز کردم. خودم هم رفتم جلو که نرگس بتونه پایین لباسم رو از لای میله بجوه. هنوز هم خیالم راحت بود که بچه از چیزی نترسیده. اون نخ‌ها هم که اومدن پایین، نرگس باهاشون ورمی‌رفت. می‌گذاشتشون بین دندون‌هاش و فشارشون می‌داد. از بالا رفتن که کلی خوشش اومد، آخرین چیزی بود که دیدم ازش: داشت برام دست تکون می‌داد و نخودی می‌خندید. می‌بینی، خیالم راحت راحته که تونستم به بهترین وجهی که می‌شد، راهی‌ش کنم. خودم اونجا بودم و نذاشتم از چیزی بترسه؛ ولی بعدش که دیگه دست من نبود. یعنی خودم حتم داشتم که چیز بدی براش پیش نمی‌آد. بین همهٔ این آدم‌هایی که تا حالا بردم و توی راه هی خواستن برام توضیح بدن که اِلِه‌وبِله و ما هیچ کاری نکردیم، نرگس واقعاً با همه‌شون فرق داشت. منتها چیزی که من نمی‌فهمم، اینه که چرا آخرش کار اون هم مثل بقیه‌شون به جیغ و گریه ختم شد.»

آهی کشید و ادامه داد: «ولی خب به قول امیرآقا، همینه که هست، تا وقتی که آشور بیاد. حالا آشور هم که اومده؛ ولی انگار هنوز هم همینه که هست، نه؟» نگاهی به من انداخت.

نام نرگس را خوب به یاد داشتم. نام کسی بود که با سرپیچی از اندر، باعث اولین ریزشی شده بود که در عمرم به یاد داشتم. باعث شده بود که شهرزاد و گلرخ و سینا و مانی یتیم شوند. باعث شده بود که پدرم دیگر نگذارد مادرم نقاشی کند و مادرم روزبه‌روز به همه‌چیز بی‌علاقه‌تر شود. باعث شده بود که ما از میانهٔ محله به کناره برویم. خبر فرستاده شدنش به میان‌ارگ، برای همهٔ محله‌مان آرامش‌بخش بود. خیالمان جمع

شــده بود که خشــم اندر فروکش کرده. اندر توانســته بود نرگس را در میان نخ‌های سـبـز بزرگش به چنگ بیاورد و ببردش به آنجایی که هیچ‌کداممان نمی‌دانستیم کجا و چطور بود، آنجایی که اگر ســطل رنگ‌ارنگی نداشــتی تا به آن چنگ بزنی، باید با جیغ‌وفریاد واردش می‌شـدی. در آنجا بچهٔ کوچکی که امتحانی خاک چشــمه را به دهان برده بود، با بچه‌خورهایی که با اندر جنگیده بودند، یکی می‌شـدند. این خوب نبود. همهٔ گوشــه‌وکناره‌های ســرم را زیرورو می‌کردم تا آن کلمه را پیدا کنم؛ ولی در میان همهٔ کلمه‌هایی که از دفترداری میان‌محله‌مان تا دفترداری میان ارگ در ســرم چپیده بودند، نمی‌دیدمش. این کاری که نرگس کرده بود و چیزی که به سرش آمد، به هم نمی‌خوردند. تنها می‌توانســتم فکر کنم که این خوب نبود. لابد امیرهٔ اول هم این خوب نبودن را حس کرده بود و اشــک‌هایی که روی پوســته‌ها ریخته بود، به همین خاطر بودند. نرگس با خاک خوردنش باعث چیزدیگری هم شــد. باعث شــد تا بفهمم چرا باید آن مراسم را اجرا می‌کردم، حتی اگر به قیمت یک چشــمم تمام می‌شــد. در برابر همهٔ نرگس‌ها و آرزوها و داوودها، در برابر مادرم با آن ســطل پر از رنگش و در برابر اینکه کس دیگری به سرنوشتشان دچار نشود، یک چشم هیچ ارزشی نداشت.

صحنهٔ چهارم

سرتاسر شهر ارگ از دو روز پیش به جنب‌وجوش افتاده بود، از همان روزی که به‌همراه فاضل به دفترداری برگشتم و از مائده خانم خواستم بخت دوباره‌ای برای نشان دادن سرّ مراسم آشور به من بدهند. مائده خانم چند لحظه‌ای نگاهم کرد و بعد، از فاضل خواست برود و آقا امیر را صدا کند. بعداز آمدن آقا امیر و خیره شدن سه جفت چشم بر رویم، برایشان گفتم که حاضرم یک چشمم را بدهم تا دیگر هیچ‌یک از اهالی شهر با کوچک‌ترین اشتباهی راهی دریچه و آن سرنوشت شوم نشود. نگاه فاضل باز بین مائده خانم و آقا امیر در نوسان بود. مائده خانم با ته‌لبخندی بر لب، سر تکان می‌داد؛ ولی نگاه آقا امیر به همان سردی سابق بود. کمی خیره به چشمانم نگاه کرد و گفت: «ببینم جوون، همین چندروزه خودت به این نتیجه رسیدی؟ این‌ها رو از کس دیگه‌ای که نشنیدی، نه؟ قرارمون این نبوده.»

این را که می‌گفت، نیم‌نگاهی به فاضل می‌انداخت. فاضل گفت: «این بیچاره رو که نگذاشتین پا از چادر بیرون بذاره. اگه منظورت منم که چیزی بهش نگفتم.»

با سر تأیید کردم و گفتم: «امروز توی راه برگشت از دریچه یکهویی به ذهنم رسید.»

آقا امیر کمی چانه‌اش را خاراند و باز به چشمانم خیره شد. مائده خانم گفت: «این پسر با کسی حرف نزده، امیر. چیه؟ نمی‌خوای مراسم برگزار بشه؟»

آقا امیر گفت: «این چه حرفیه، مائده خانم! فقط می‌گم بد نیست که خوب مطمئن باشیم؛ همین.»

دوباره به من نگاهی انداخت و گفت: «باشه جوون. این‌طور که بوش می‌آد، انگار آشور راستی‌راستی یه ارتباط خاصی با مراسم داره که همین چندروزه نظرت این‌جوری برگشته.»

رو به مائده خانم گفت: «شما هم که موافقی. پس به محله‌ها هم پوسته بفرستیم.»

بنا به رسم، باید به محل‌دارها و دفتردارهای دیگر هم پیش‌از دیگران اطلاع داده می‌شد و آن‌ها هم بنا به تشخیص خودشان تأیید می‌کردند یا ایراد می‌گرفتند. فاضل خیالم را راحت کرده بود که وقتی مائده خانم و آقا امیر مراسم را تأیید کرده باشند، دیگر کسی مخالفتی ندارد. حرفش درست از آب درآمد و تشریفات مراسم به راه افتاد.

من باید تا لحظهٔ شروع، در چادر دفترداری می‌ماندم؛ حتی برای اجابت مزاج هم سطل بزرگی در گوشهٔ چادر گذاشته بودند تا به هیچ بهانه‌ای پا بیرون نگذارم. مائده خانم و آقا امیر به همراه دیگر محل‌دارها و دفتردارها در نزدیکی مراسمگاه اقامت کرده بودند؛ فقط فاضل هرازگاهی به من سر می‌زد و برایم از اتفاقات بیرون می‌گفت. به همهٔ اهالی شهر اطلاع داده شده بود که خودشان را به میان‌ارگ برسانند. وظیفهٔ همهٔ اهالی هر محله بود که از آمدن تک‌تک اعضای محله‌شان مطمئن باشند. آن جمعیت عظیم چندصدنفره، همه در فضای بیرون میان‌ارگ و در نزدیکی دریچهٔ اندر باید گرد هم می‌آمدند. از مراسمگاه تا زیردریچهٔ اندر را باید با ردیف سطل‌های پر از آش می‌پوشاندند. اهالی محله‌ها هم در جای درست خود، همه با پارچه‌هایی به رنگ محله در دست، قرار می‌گرفتند. ورشک‌های همهٔ محله‌ها از مسیر مراسمگاه تا زیردریچهٔ اندر صف می‌کشیدند.

من در انتظار روز مراسم، در چادر مانده بودم. در چادر راه می‌رفتم و وقایع روز مراسم را تمرین می‌کردم: در مراسمگاه بین اهالی محله‌ها که برایم پارچه تکان می‌دادند و جیغ می‌کشیدند، حرکت می‌کردم. نشانه‌های هر چهار محله را می‌گرفتم و وقتی ورشک‌ها شروع به کوبیدن بر روی سطل‌هایشان می‌کردند، در میان اهالی سبزارگ به راه می‌افتادم. آن‌قدر می‌رفتم تا به شهرزاد می‌رسیدم که با موی دم‌اسبی تیره و چشمان درشت سیاه خیره نگاهم می‌کرد. دست در سطل آش فرومی‌بردم تا گلوله‌ای به‌سویش پرت کنم؛ ولی مدام جاخالی می‌داد و برایم زبان درمی‌آورد. انگارنه‌انگار که این مراسم آشور بود و آن‌همه جمعیت در انتظار فروریختن دیوارها، می‌خواستند او به زیردریچه برسد؛ مثل روزهایی که در کناره، شهری‌ها و بچه‌خورها بازی می‌کردیم، جاخالی می‌داد و به‌سمتم می‌آمد تا دستم را بگیرد و به چادر تاریکی بکشاند. می‌خواستم برایش ضرورت این مراسم را توضیح بدهم. از بچه‌هایی می‌گفتم که دیگر لازم نبود با وعده‌ووعیدهای دروغی به بالای شهر فرستاده شوند، از زن‌هایی که می‌توانستند با خیال راحت با آش نقاشی بکشند؛ ولی شانه بالا می‌انداخت و می‌گفت: «به من چه؟» و باز به‌سمتم هجوم می‌آورد و از مراسمگاه بیرونم می‌کرد.

بار سومی که در مراسم تمرینی دوان‌دوان مراسمگاه را ترک کردم، چشمم به نقاب آشور افتاد که مائده خانم آن را کنار جای نشستن همیشگی‌اش برای من گذاشته بود. برخلاف نقاب ورشک‌ها، در جای دهان حفره نداشت. بالای نقاب، امتداد نوک‌تیز سه‌لبه‌ای داشت که به‌اندازهٔ یک آرنج از صورت پوشنده‌اش بالا می‌زد. یک بار آن را آزمایشی به سر گذاشته بودم. نقاب سنگینی بود که باید در طول مراسم به

چهره می‌زدم. در چهارمین بارِ مراسم تمرینی و این بار مجهز به نقاب آشور، راهی مراسمگاه شدم. انگار وزن همهٔ آن‌هایی را که به‌عمد و علنی از اندر سرپیچی نکرده بودند و تنها یک اشتباه باعث لغزیدنشان به زیردریچه شده بود، با خودم می‌کشیدم. در میان سبزارگی‌ها به راه افتادم و دیدمش؛ ولی این بار که به‌سمتم هجوم آورد، سر جایم ماندم و نزدیک که شد، محتویات سطلم را به رویش پرت کردم. دیگر باید می‌دوید تا ورشک‌ها تعقیبش کنند و در زیردریچه گیرش بیندازند؛ ولی همان جا ایستاد و با سرِ کمی به‌راست کج‌شده، به من زل زد. بعد عرعرکنان زد زیر گریه. شده بود همان بچهٔ دماغویی که بار اول در کناره دیده بودم. در پیراهنش فین می‌کرد و لک‌لک‌کنان به‌سمت دریچه می‌رفت. پشت سرِ ورشک‌هایی که تعقیبش می‌کردند، به راه افتادم و بعد از آن‌ها به زیردریچه رسیدم. از میان ورشک‌ها راهم را باز کردم. هنوز داشت عر می‌زد و انگار که با من قهر باشد، نگاهش را عمداً سمت دیگری می‌انداخت؛ ولی مراسم باید ادامه پیدا می‌کرد. وقتی توانستم با خنجرم بازوی شهرزاد کوچک را که یکریز ونگ می‌زد، به صورت تمرینی ببرم، فهمیدم که دیگر برای روز مراسم آماده‌ام.

وقتی آمادگی‌های همهٔ محله‌ها به انجام رسید، فاضل به سراغم آمد. نقاب آشور را پوشیدم و از چادر بیرون رفتم. سطل آشی را که بیرون چادر گذاشته شده بود، از زمین برداشتم. به همراه فاضل راهی مراسمگاه شدیم. فاضل که با نیشِ تا بناگوش باز نگاهم می‌کرد، گفت: «عجب روزی بشه، آقا! عجب روزی!»

گفتم: «اوهوم. آخرهاش شده دیگه.»

نگاهی به دیوارهای شهر در اطرافمان می‌انداختم که قرار بود به‌زودی نیست و نابود شوند. فاضل که نگاهم را دنبال می‌کرد، به دالان تاریک کوچکی در میان دیوارها اشاره کرد و گفت: «اون بدبخت‌ها رو بگو. تو خواب هم نمی‌بینن چی قراره سرشون بیاد.»

گفتم: «من که می‌گم تا آخرِ امروز دخلشون می‌آد.»

فاضل کمی دستش را تکان داد و گفت: «واسه امروز شاید یه کم دیر شده باشه. تا بخوایم از اینجا به محله‌های دیگه برسیم، نصف روز گذشته و کار کشیده به فردا.»

گفتم: «دیوارهای اون محله‌ها خودشون قراره بریزن. اون‌هایی که اونجان، دخلشون رو می‌آرن.»

سرتکان داد و گفت: «همم. خوشم می‌آد حواست جَمعه.»

کمی مکث کرد و نگاهی دزدکی به من انداخت و گفت: «انگار اون اول کار که ازت شنیدم، اشتباه کرده بودم.»

گفتم: «کِی؟ همون موقع که اومدم میان‌ارگ؟ چیزی به چشمم نیومد اون موقع.»

گفت: «نه، نه، اون موقعی رو می‌گم که آقا افشین باران خانم رو آورده بود اینجا. اون موقع یه جلسهٔ اساسی توی دفترداری داشتیم که تورو هم بیاریم اینجا یا نه. من اون موقع به مائده خانم گفتم باید بیارنت. فکرش رو بکن! چه حماقتی کرده بودیم اگه آشور شهر رو با دست خودمون نیست و نابود می‌کردیم. راستش رو بخوای، امیرآقا هم بدش نمی‌اومد؛ ولی مائده خانم کارش درسته. محکم گفت: «نه، کسی از خود این بچه چیزی ندیده.» قضیه هم منتفی شد. از وقتی اومدی، توی دلم بود که این رو

بهت بگم. می‌دونی؟ اون موقع توی فکرم بود که اون بچهٔ طفلکی نرگس رو این‌قدر الکی آوردن میان‌ارگ، اون‌وقت یه پسر نوجوون که خیلی بعیده مامانش رو موقع خبط کردن ندیده باشه، باید همین‌جوری قسر دربره. آدم بعضی وقت‌ها یه فکرهایی به سرش می‌زنه. خلاصه دنبال یه فرصتی بودم که این رو بگم بهت. بعد با خودم گفتم کِی بهتر از روز مراسم. می‌دونی؟ چی شد حالا؟ ناراحت که نیستی ازم؟»

سر تکان دادم و گفتم: «می‌دونم چی می‌گی. تو هم نگران بودی که سقف بریزه باز. سر این جور چیزها خیلی نمی‌شه راحت گرفت؛ ولی از امروز برای ما داستان جور دیگه‌ای می‌شه.»

خندید و گفت: «آره. خودت هم که می‌دونی چه‌جوری‌هاست. بین خودمون بمونه. من کلاً خیلی آدم بچه‌دوستی‌ام؛ ولی فکر اینکه یه بچه‌ای داشته باشم و یه لحظه سرم بچرخه و اون هم عین اون نرگس طفلی یه خبطی ازش سر بزنه... اصلاً فکرش هم بهم امون نمی‌ده. می‌دونی، باید با دست خودم می‌بردمش زیردریچه. اینه که هرچی خانمم اصرار می‌کرد، اون هم عین خودم بچه خیلی دوست داره، بهانه جور می‌کردم؛ ولی همون روزی که سروکله‌ت اینجا پیدا شد و دیدمت، ته دلم قرص شد. اون ایرادهای امیرآقا هم دلم رو هیچ نلرزوند. گفتم خب اون محل داره، باید هم این‌قدر محتاط باشه. ولی من همین‌جوری که دیدمت، نمی‌دونم چرا ولی حتم داشتم که کار شهرراه افتاده. اینه که رسیدم به چادر گفتم: «خانم، امروز روز خوش‌اقبالی‌ته.» اصلاً از آشور و این‌ها چیزی نگفتم ها. حواسم بود به اون. خانمم که بیچاره از اولش بچه‌دوست بود، اصلاً پی مطلب رو نگرفت که چی شد و امروز از

کدوم دنده بلند شدی. اینه که چند وقت دیگه این آقا فاضلی که می‌بینی، بابا شده. اون هم از صدقه‌سر این مراسم و آشورشه که آخرش دلم راضی شد.»

با لبخند گل‌وگشادی که فاضل در زیر نقابم نمی‌دید ولی امیدوار بودم در صدایم بشنودش، گفتم: «پس یه تشکر درست‌وحسابی به مائده خانم بدهکاری که نگذاشت من رو ببرن. هم شهر بی‌آشور نشد و هم خودت بچه‌دار شدی.»

فاضل به پشتم زد و گفت: «اون که آره؛ ولی تو هم حالا هی اون قضیه رو به رخم نکش دیگه. نزدیک بود یه غلطی بکنیم؛ ولی بختمون حسابی بلند بوده.»

در سر راهمان احدالناسی دیده نمی‌شد. همهٔ اهالی شهر در مراسمگاه جمع بودند. کمی بعد، از دور می‌توانستیم تودهٔ سفیدرنگ مواجی را ببینیم: اهالی میان‌ارگ بودند با پارچه‌های سفید در دست. پارچه‌ها را در هوا تکان می‌دادند، جیغ می‌کشیدند و هوهو می‌کردند. در میان تودهٔ سپید، صف ورشک‌ها در دو ستون و در سکوت ایستاده بودند. به‌همراه فاضل از میان ورشک‌ها رد شدیم. به هر طرف که نگاه می‌کردم، دست‌های تکان‌خورنده و دهان‌های ازشادی جیغ‌زن احاطه‌مان کرده بودند.

با گام‌های محکم، محلهٔ میان‌ارگ کوچک را پشت‌سر گذاشتم و به اهالی‌اش اجازه دادم تا احساساتشان را برای آشور بیرون بریزند. در صف پایانی میان‌ارگ، آقا امیر در کنار همسرش و دختر کوچکشان، امیره، ایستاده بودند و موقرانه پارچه‌های سپیدشان را به‌سویم تکان می‌دادند. امیرهٔ کوچک در دست راستش یک ماهی پشمی را در بغل می‌فشرد و در دست چپش پارچهٔ سپیدی داشت. خم شدم و پارچهٔ سپید را از دستش گرفتم و در جیبم گذاشتم. لبخند بی‌دندانی تحویلم داد. به

میان‌ارگ پشت کردیم. روبه‌رویمان از چپ به راست سه تودهٔ سرخ، طلایی و سبزرنگ موج می‌زدند. از جلوی همه‌شان گذشتم. هلهله‌ها و جیغ‌هایشان برای آشور را دریافت کردم و نشانهٔ محله‌شان را از دست کوچک‌ترین فرزند محل‌دارشان ستاندم و در جیبم گذاشتم. وقتی پارچهٔ سبزرنگ را از دست حسام گرفتم، فریاد جمعیت چندین برابر شد. ورشک‌ها با یک دست به کنارهٔ سطل آششان ضربه می‌زدند. طنین هماهنگ کوبنده‌ای در زیرِدالان پیچیده بود. راهم را در وسط ورشک‌های ایستاده در میان محلهٔ کوچک سبزارگ باز کردم. چهره‌ها را وارسی می‌کردم. در صف اول فریبا خانم با لبخندی برلب، پارچهٔ سبزرنگش را تکان می‌داد. آقا فرید در یک دست پارچه و در دست دیگر تاس تختهٔ جدانشدنی‌اش را هم‌زمان به حرکت درمی‌آورد. کمی آن‌سوترشان آقا روزبه ایستاده بود. وقتی نگاهم به نگاهش افتاد، محکم سری به تأیید تکان داد و پارچه‌اش را بالاتر برد. در کنار دستش زری با دست چپ بساط بافتنی‌اش را که ماهی پشمی نیمه‌کاره‌ای از آن آویزان بود، نگه داشته بود. می‌دانستم کسی که دنبالش بودیم، می‌بایست در ردیف‌های آخر باشد. از بین جیغ‌وفریادها و پارچه‌های سبزِ موّاج رد شدم و بالاخره چهرهٔ پدرم را دیدم. کمی از قبل لاغرتر بود؛ ولی با دیدنم یکی از آن لبخندهایی را که قبل‌ترها به مادرم می‌زد، روانه‌ام کرد. آن‌سوترش مژده خانم در کنار آقا محراب ایستاده بود. هرازگاهی به او سیخونک می‌زد تا پارچه‌اش را محکم‌تر تکان دهد یا برمی‌گشت و با حرکت سر به یکی از بچه‌های چشمه که حرکتش آرام شده بود، جنب‌وجوش می‌داد. به ردیف آخر چشم دوختم. مجید در گوشهٔ سمت چپ ایستاده بود و انگار تنها نیرویی که وادارش می‌کرد

پارچه‌اش را کمی بالا و پایین ببرد، نگاه‌های برندهٔ مژده خانم بود. کیمیا و سامان لبخندزنان در کنارش ایستاده بودند. نگاهم از چپ به راست رفت و از دو ردیف ورشک‌هایی که برایمان راه باز کرده بودند، گذشت و به آن سوتر رفت. آنجا گلرخ ماهی پشمیِ چندسرش را در دهان می‌فشرد. سینا هم پارچه‌اش را تکان می‌داد و هم هرازگاهی پا بر زمین می‌کوبید. نگاهم را از سینا هم بیشتر به راست بردم و با یک جفت چشم درشت سیاه که خیره نگاهم می‌کردند، مواجه شدم.

صحنهٔ پنجم

صدای کوبش دست ورشک‌ها برروی سطل‌های آش در فضا پخش می‌شـد. جلو و جلوتر رفتم تا رودررویش ایستـادم. با صورت گرگرفته نگاهم می‌کرد. شانه‌هایش با هر دم‌وبازدم بالا و پایین می‌رفتند. سـطل آش را بالا بردم و برروی سـرش خالی کردم. این بار جاخالی نداد. تنها چشمانش را بست و سرش را کمی عقب برد. ورشک‌ها دست از ضربه زدن به سـطل‌هایشـان برداشـتند و هوهوکنان او را آماج گلوله‌های آش کردند؛ ولی نه از گریه خبری بود و نه از قهرکردن. از میان جمعیتی که هراسـان برایش راه باز می‌کردند تا گلوله‌های آشـی ورشـک‌ها بهشـان نخورد، تندوتیز می‌دوید. جای دیگری برای رفتن نداشت. ورشک‌ها از اطراف، هرراه فراری به‌جز راه زیردریچه را بسته بودند. من و فاضل پشت‌سر ورشک‌ها روانه شده بودیم. وقتی به زیردریچه رسیدیم، شهرزاد که از سرو صورت و لباس‌هایش آش می‌چکید، پشت به دروازه ایستاده بود. ورشک‌ها برایمان راه باز کردند. فاضل کنار عصاهای باز و بسته‌کننده ایستاد و من جلوتر رفتم. شهرزاد با اخمی عمیق و لب‌هایی جلوداده، نگاهم می‌کرد. دسـتش را بالا برد و جلوی صـورتم پرت کرد. گفت: «می‌گفتین خودم می‌اومدم دیگه، این‌همه...» ته‌صـدایش می‌لرزید و نفس‌های عمیقی می‌کشـید. دسـتش را گرفتم و خون تاریکی را برروی حفرهٔ دیوار کنار زیردریچه روانه کردم. فاضـل دروازه را باز کرد. می‌بایسـت شـهرزاد را به درونش هل می‌دادم؛ ولی خودش داخل رفت و در تاریکی زیردریچه ناپدید شـد. تنها یک بخش دیگر از مراسـم باقی مانده بود. برای انجامش با همهٔ وجودم روی دلیل برگزاری این مراسـم متمرکز شـدم: به امیرهٔ اول فکر کردم که با اشـک، همشـهری‌های خطاکارش را

راهی این دریچه کرده بود، به نرگس کوچولو که هنوز آن‌قدر بزرگ نشده بود تا حتی بداند سرپیچی از اندر یعنی چه، به مادرم که تنها دل‌خوشی‌اش نقاشی‌های رنگارنگ شهرها بودند و به داوود که در چالهٔ آش عقب و جلو می‌رفت.

تیغهٔ خنجر را بالا بردم و در حفرهٔ سمت چپ نقاب فروکردم و محتویاتش را در دست راستم ریختم. دستم را روی حفرهٔ زیردریچه مالاندم. این درد تمام می‌شد؛ ولی همشهری‌هایم برای همیشه نجات پیدا می‌کردند. این را با خودم تکرار می‌کردم. به درون زیردریچهٔ تاریک رفتم و آنچه را در دستم باقی مانده بود، روی دیوارهای آنجا هم پراکنده کردم. از فرط درد روی زمین نشستم. دیگر تمام شده بود. مراسم کامل بود. با چشمان بسته در تاریکیِ زیردریچه دیوار شهر را برای آخرین بار با دستانم لمس کردم.

ولی دیوار از جایش تکان نخورد و قرص و محکم پابرجا ماند. چشم راستم را باز کردم و با مشت به دیوار زدم. کوچک‌ترین تغییری در صلابتش حس نمی‌کردم. کنارم در زیردریچه، صدای خندهٔ نخودی شهرزاد را می‌شنیدم؛ ولی بیرون زیردریچه را که تا چند لحظه پیش پر از هیاهو بود، سکوت مرگ‌باری فراگرفته بود.

فاضل با چشمان گشاد به دیوارهای شهر نگاه می‌کرد و بعد به زیردریچه. وحشت‌زده در ذهنم گام‌های مراسم را بررسی می‌کردم تا بفهمم کدام را از قلم انداختم. از دور آقا امیر را می‌دیدم که دوان‌دوان نزدیک می‌شد. در بین ورشک‌ها زمزمه‌هایی آغاز شده بود که هر لحظه بلندتر می‌شد: «پس چرا مراسم دیوارها رو خراب نکرد؟ چرا دیوارها نریختن؟ مگه قرار نبود که مراسم دیوارها رو ورداره؟»

از کنارم صدای شهرزاد را می‌شنیدم که فریاد می‌زد: «خوب گوش کنین. این مراسم همه‌ش دروغه. حرف‌های امیرهٔ اول همه دروغ بودن. اون بالا یه حلزون گنده نشسته که خیلی گشنه‌ست. اون می‌خواد همه‌تون رو بخوره. ریزش‌ها هم هروقت که صدا...»

چیزی در ذهنم می‌گفت که باید ساکتش کنم؛ ولی نای ایستادن نداشتم. آقا امیر که نزدیک شده بود، فریاد زد: «فاضل دروازه رو ببند! چرا ماتت برده؟»

رو به ورشک‌ها داد زد: «برین عقب. زود همه‌تون برین عقب. اگه دروغ‌های این عجوزهٔ تاریکی رو بشنوین و باور کنین، معلوم نیست چی به سر این شهر می‌آد.»

ورشک‌ها چند قدمی عقب نشستند؛ ولی صدای شکوه و شکایتشان را که واژهٔ «مراسم» درش تکرار می‌شد، هنوز می‌شنیدم. آقا امیر فریاد زد: «مراسم هیچ مشکلی نداشت؛ ولی این آشور، آشورِ تقلّبیه. اون آشورِ واقعی نیست؛ فقط یه دروغ‌گویه که به همهٔ اهالی این شهر کلک زده و خودش رو الکی آشور جا زده. الان قربانی‌ش می‌کنیم تا خشم اندر از اینکه کس دیگه‌ای رو جای آشور گرفتیم، فروکش کنه. برین عقب و از اونجا عصبانیتتون رو با آش نشون بدین تا اندر هم ببینه و قبول کنه.»

شهرزاد هنوز داشت فریاد می‌زد: «نه، بیاین اینجا. باید با این شمشیر و سپنج کار اندر رو تموم کنیم.»

ولی ورشک‌ها مطیعانه عقب‌نشینی کرده بودند. از دور می‌دیدمشان که از سطل‌های آش که در سرتاسر مراسم‌گاه پخش شده بودند، گلوله‌هایی به‌سوی زیردریچه پرتاب می‌کردند و فریاد می‌کشیدند. آقا امیر به شهرزاد گفت: «پس

می‌خوای با این شمشیر اندر رو بکشی، ها؟ قبل از تو هم خیلی‌ها خواستن این کار رو بکنن. می‌تونی بری بالا که بفهمی چی به سرشون اومده.»

من که نیم‌خیز شده بودم، گفتم: «امیرآقا، اون چیزهایی که راجع به مراسم گفتی، برای چی بود؟ من که به کسی دروغ نگفتم. شماها خودتون به من گفتین که آشورم. خودتون گفتین که سرّ مراسم رو درست فهمیدم. پس چرا دیوارها هنوز سر جاشون موندن؟»

آقا امیر سری تکان داد و گفت: «از نطفهٔ بد چیز خوبی درنمی‌آد، جوون. این رو همون موقع به مائده گفته بودم.»

رو به فاضل گفت: «بازش کن.» خودش عقب رفت و جلوی ورشک‌ها ایستاد.

به فاضل که به‌طرف عصای دریچه می‌رفت، گفتم: «وایستا! یه لحظه صبر کنین. باید دوباره اون پوسته‌ها رو ببینیم. شاید یه چیزی از قلم افتاده. می‌تونیم دوباره مراسم رو برگزار کنیم. من که هنوز یک چشم دیگه دارم. بذارین مائده خانم هم...»

ولی فاضل دریچه را باز کرد. از بالای سرمان نور تندی به درون دریچه تابید. دست راستم را بالای چشمم گرفتم. به‌زور از جا بلند شدم و به دروازه چنگ زدم. می‌خواستم باز هم از فاضل بخواهم فرصتی برای اثبات خودم به من بدهد. ناگهان نور بالای دریچه کمتر شد و شهرزاد جیغ کوتاهی کشید. به بالا نگاه کردم. دو نخ بزرگ در بالای دریچه پدیدار شده بودند. شهرزاد در یک دست سپنج و در دست دیگرش شمشیر طلایی را گرفته بود. هر دو دستش طوری می‌لرزیدند که مطمئن بودم هر آن یکی یا هر دویشان از دستش می‌افتند. رو به فاضل گفتم: «تو که می‌دونی من

دروغ نگفتم، مگه نه؟ تو که اونجا بودی وقتی داستان نرگس رو شنیدم و بعدش فهمیدم راز مراسم چیه.»

فاضل با تندی حرفم را برید: «خفه‌خون بگیر. اسم اون طفل معصوم رو نیار. چه‌جوری روت می‌شه؟ یه‌کم دندون روی جیگر بذاری، همه‌مون می‌تونیم صدای جیغ و ناله‌ت رو بشنویم و خیالمون راحت بشه. امیرآقا راست می‌گه. تو هم باید عین اون مادر عفریته‌ت با بدبختی به درک واصل بشی، بلکه یه‌کم این شهر آروم بگیره. می‌دونی اون داستان سطل رو الکی گفتم؟ مامانت می‌خواست سطل رو با خودش ببره اون تو که نبینه قراره چی به سرش بیاد؛ ولی مگه من می‌ذاشتم؟ وقتی اون نرگس طفلکی بدون هیچ دل‌خوشی‌ای رفت اون بالا، مگه من می‌ذاشتم اون عفریته با سطل رنگی بره اون تو. سطلش رو که گرفتم، شد عین بچه کوچولوها. گریه و خواهش و التماس می‌کرد. عین خیالم هم نبود. پرتش کردم این زیر. با ضجه و جیغ‌وداد از اینجا رفت. تو هم قراره همین‌جوری بری.»

با دیدن چهرهٔ پر از نفرت فاضل که تحمل راحت رفتن زنی را که تنها دل‌خوشی‌اش رنگ‌ها و طرح‌ها بودند نداشت، با دیدن دو نخ کلفت سبز که نزدیک و نزدیک‌تر می‌شدند تا هرچه را سر راهشان قرار گرفته بود ببلعند، دو نخ سیری‌ناپذیری که یک چشم را برای نبلعیدن همهٔ شهر، بهای مناسبی ندانسته بودند، به همین سادگی از آن حباب زیرزمینی پر از آش و پوسته‌های داستان و دل‌سوزی‌های همشهریانه به بیرون پرتاب شدم. تا آن زمان از حباب‌های چندنفری تنها آن‌قدر می‌دانستم که وقتی درون یکی‌شان باشی، بیرونی‌ها را کج و خنده‌دار می‌بینی؛ ولی

آن روز و همان‌طور که در بیرون از حباب آشیِ شهر نفس‌نفس می‌زدم، چیز دیگری از این حباب‌ها فهمیدم، اینکه وقتی از یکی‌شان به بیرون پرتابت کنند و شدت این پرتاب به‌قدر کافی زیاد باشد، ممکن است سُر بخوری و با کله در حباب دیگری که همان نزدیکی‌ها برای خودش غوطه می‌خورده، فروبروی. اگر در آن حباب دوم، دست برقضا شمشیر نوک‌تیزی در دستان لرزان دختری پیدا کنی، می‌توانی با پس‌ماندهٔ نیروی آن پرتاب، شمشیر را در دست بگیری و صاف حمله کنی به سرچشمهٔ هوای حباب اول. این کاری بود که آن روز وقتی که نخ‌های سبزرنگ درست به بالای سرمان رسیده بودند، کردم. شمشیر را از دست لرزان شهرزاد قاپیدم. چیزی نگفت و صورتش را که در سمت چپم بود هم ندیدم. دو نخ بزرگ به دورمان پیچیدند و آرام‌آرام به بالای دریچه بردندمان. رو به تاریکی سمت چپم که می‌دانستم شهرزاد را در خود گرفته، فریاد زدم: «بزن دیگه، بزنش.» امیدوار بودم که سپنج از دستان لرزانش به بیرون پرت نشده باشد. صدای زیر بریده‌ای در جوابم گفت: «آرش گفت باید صبر کنم تا کامل بریم بیرون.»

وقتی سرم از دریچه بیرون آمد، دلیل جیغ‌وداد‌های قربانی‌های بخت‌برگشتهٔ پیش‌از خودم را فهمیدم. روبه‌رویم دهانی باز شده بود آن‌قدر بزرگ که به‌راحتی چندین نفر را در خود جا می‌داد. در درونش دندان‌های تیز و زردرنگی که هرکدام کمی از من بزرگ‌تر بودند، دیده می‌شدند. بالای آن دهان، دو شاخک بزرگ بودند که بر روی هرکدام یک چشم گرد به ما خیره شده بود. شهرزاد با جیغ زیری گفت: «محکم بچسب.» شهرزاد را نمی‌دیدم؛ ولی دیدم که آن دهان بزرگ، از پیش هم بیشتر باز شد و آن چشم‌های

عظیم، ورقلمبیدند. صدای جیغی از دهان بزرگ بیرون آمد. انگار گوش‌هایم را سوراخ می‌کرد و صاف وسط سرم را هدف می‌گرفت. انگار همهٔ کسانی که در آن دهان بزرگ جا گرفته بودند، داشتند از ته دل جیغ می‌کشیدند. ضجهٔ پر از دردی بود که چیزی نمی‌گفت؛ ولی التماس می‌کرد. چهاردست‌وپا به نخ سبز که از دورم باز شده بود، چسبیدم. در بالای دهان بزرگ آویزان ماندم. آن بدن سبزرنگ که کم‌کم داشت به خاکستری بدل می‌شد، خودش را به چپ و راست و عقب و جلو تاب می‌داد؛ ولی هرچه رنگش خاکستری‌تر می‌شد، دامنهٔ حرکتش کاهش پیدا می‌کرد؛ تا اینکه بالاخره بی‌حرکت ماند و صدای جیغ زیر شهرزاد با ضجهٔ اندر در هم آمیخت که می‌گفت: «بزنش... الان بزنش...» از نخ خاکستری بالا رفتم و خودم را به تنهٔ اندر رساندم، درست به بالای گردنش. شمشیر را تا جایی که در توانم بود، بلند کردم. تا می‌توانستم، بالا پریدم و با تمام زورِ دست و فشارِ بدنم شمشیر را بر روی گردن اندر فرود آوردم. گردنش از آنچه تصور می‌کردم، نرم‌تر بود. گردن خاکستری، آرام و باوقار از جای خود به پایین سر خورد و صاف در دریچه فرود آمد. حجم سبز لزجی از جای بریدگی به بیرون پاشید. نفس‌نفس‌زنان از زمین بلند شدم و سرم را به چپ چرخاندم. روبه‌رویم شهرزاد را می‌دیدم که سپنج را در آغوش گرفته بود و گریه می‌کرد. بین من و او، چشم‌های قلمبهٔ اندر از دریچه بیرون مانده بودند و خیره به آسمان نگاه می‌کردند.

ته‌نامه

حالا بیشتر وقتم را در کتابخانهٔ نوآرگ می‌گذرانم. هرازگاهی که حوصله‌ام سر می‌رود و شهرزاد هم دوروبرم نیست، دست از کار می‌کشم. این جور موقع‌ها فکرهای عجیبی به سرم می‌زند. فکر می‌کنم شاید درست زیر پایم کسانی باشند که سفت‌وسخت سرگرم بازی‌های من‌درآوردی‌شان هستند یا با تمرکز، در حال خواندن داستانی قدیمی‌اند، یا گوشه‌ای ایستاده‌اند و منتظرند کسی دالانی بکند و آن‌ها را بیرون بیاورد، برعکسِ آن روزی که بعداز اولین بار رسیدن به دروازهٔ بزرگ نوارگ، از نگهبانش خواستیم برایمان پایین صدف اندر دالانی بکند. شهرزاد گفته بود این قراری است که با آرش و شیوا داشتند، اینکه شیوا مطمئن بود بعداز مردن اندر، اهالی محله‌ها هم بالاخره دست از آش خوردن برمی‌دارند و همه با هم می‌توانند آن زیرزمین را ترک کنند؛ ولی وقتی از دالان تازه‌کنده‌شده پایین رفتم، کسی آنجا چشم‌انتظارمان نبود.

همین که پا به دالان شهر گذاشتم، بوی تند تهوع‌آوری در مشامم پیچید. جلوتر رفتم و وارد شهر شدم. دالانی که نگهبان کنده بود، مستقیماً به همان دالان تاریک کوچک کنار چشمهٔ محله می‌رسید، همان دالانی که زمانی سپنج را در آن دفن کرده بودم و شهرزاد بعد از من از آنجا بیرون آورده بودش؛ ولی بالای سرم، سقف دیگر نه به رنگ آبی تیره بود، نه صورتی، نه بنفش و نه هیچ رنگ آشنای دیگری. رنگ سقف به خاکستری چرکی تغییر کرده بود. جلوتر رفتم. آن وقتِ شب همه خواب بودند و در کنار چشمه کسی نبود. باید همه را از وجود این دالان مطلع می‌کردم. به‌سوی چادر پدرم به راه افتادم. وارد چادر شدم و کرکره را کشیدم. پدرم که از خواب پریده بود و چشمش را می‌مالید، گفت: «چی؟ چی شده؟ نکنه اون عفریته دوباره برگشته، مژده؟ ها؟»

بعد نگاهش به من افتاد و ماتش برد. آرام‌تر گفت: «تویی، برزو؟» سرش را محکم تکان داد و از جا بلند شد و شانه‌ام را گرفت: «واقعاً خودتی؟ ولی آقا امیر خودش گفت فرستادنت بالا...»

انگار تازه چیزی یادش افتاده باشد، آهی کشید و گفت: «ما توی این محله خیلی اشتباه کردیم، برزو. خودم هم می‌دونم. روزبه و فریبا هم همین رو می‌گفتن. تو هم خب به‌جای خودت اشتباه کردی. می‌بینی وضعیتمون چطور شده؟ اندر داره برامون آش گندیده می‌فرسته که بدونیم اشتباه کردیم. فقط این رو که کجا اشتباه بوده، نمی‌دونم؛ ولی تو برگشتی. نکنه با اجازهٔ اندر برگشتی، ها؟ باید دوباره مراسم رو اجرا کنیم؟»

گفتم: «نه بابا، مراسم و اون حرف‌ها، این‌ها همه‌ش الکی بوده. کار اندر تموم شده. الان این جسد گندیده‌ش داره از اون بالا می‌ریزه پایین. همه‌تون باید زودتر...»

به‌خاطر خطاهامون ببخشه. تو هم همین‌طور، برزو. تو اشتباه کردی. همه‌مون اشتباه کردیم و باید تاوانش رو بدیم. باید کاری کنیم که خشم اندر فروکش کنه.»

به چشم‌هایم خیره شده بود. در دالان عقب‌عقب رفتم و نگاهش عوض شد، همان نگاهی شد که عمری از آن وحشت داشتم. جوری نگاهم می‌کرد که انگار به سوسک مرده‌ای خیره شده است؛ ولی من باز هم در دالان عقب رفتم، آن‌قدر که از زیر آن سقف خاکستری خارج شدم و در تاریکی فرورفتم. از آنجا می‌توانستم با خیال راحت نگاهش کنم که سرش را با افسوس تکان می‌داد و بعد با ترکیب خاک با آش درون سطلش، مشغول ترمیم بخش بالایی حفرهٔ دالان شد. با آخرین نگاهی که به شهرارگ انداختم، دیدم که در زیر نور خاکستری‌رنگِ سقف انگار پایین چشم‌هایش می‌درخشیدند.

دستش را روی دهانم گذاشت و گفت: «نگو برزو، نگو. می‌دونم بعد از مراسم تو هم خیلی گیج شدی؛ ولی این حرف‌ها رو نزن. این‌ها حرف‌های اون بچه‌خورهاست، حرف‌های اون عفریته‌ایه که داشت با اون جونورش اینجا پرواز می‌کرد و جلوی بچه‌ها از اندر بد می‌گفت و از یه دالون بازشده حرف می‌زد. کاری نکن که برای همیشه پشیمون بشی.»

گفتم: «ولی یه دالون واقعاً باز شده. ما بازش کردیم بدون مراسم و هیچی. اون‌ور چشمه‌ست. خودت بیای، می‌بینی‌ش.»

ناگهان چشمانش کمی بازتر شد و گفت: «پس یه دالان باز شده، اون هم بدون اجازهٔ اندر، آره؟ جاش رو نشونم بده.»

دستش را گرفتم و با سریع‌ترین گام‌هایی که می‌توانستم، به دالان رساندمش. گفتم: «ببین همین‌جاست. اون بیرون کنارش یه شهر بزرگه. اونجا...»

ولی پدرم داشت به‌سمت چشمه بازمی‌گشت. نگاهش می‌کردم که خم شد و از کنار چادر پسرها سطل آشی برداشت و دوباره به‌سمتم آمد. از کنارم رد شد و در نزدیکی دالان ایستاد. به‌آرامی گفت: «این دالان باید بسته بشه. من این دالان رو که بی‌اجازهٔ اندر حفر شده، می‌بندم.»

از جا پریدم و خودم را دم دالان رساندم و یک پایم را بیرونش گذاشتم. می‌خواستم باز هم برایش از شهر کناری بگویم که دستش را بالا برد و گفت: «حرف‌های اون عفریته رو تکرار نکن، برزو. ما باید این دالان رو ببندیم و بعد، از اندر بخوایم که ما رو